Huguette Clara

LE TAUREAU D'APREVILLE

CHRONIQUES DE COURAURGUES
TOME 5

roman

Relecture et corrections : Claude Damais, Anne Damais-Cepitelli

Autres contributeurs : Serge Pesce , Sophie Reynier-Clara, Jean Louis Clara

Édition : BoD · Books on Demand, 31 avenue Saint-Rémy, 57600 Forbach, bod@bod.fr
Impression : Libri Plureos GmbH, Friedensallee 273, 22763 Hamburg (Allemagne)
ISBN : 978-2-8106-2959-6
Dépôt légal : Mai 2025

« Or cognosco io che mia fera ventura
vuol che vivendo et lagrimando impari
come nulla quaggiù diletta et dura. »

Pétrarque, CCCXI

Je sais maintenant que mon cruel destin
Veut qu'en vivant et en pleurant j'apprenne
Que rien ici-bas n'apporte un bonheur durable
ce qui réjouis ne dure

<u>**1**</u>

Elle avait préparé un petit baluchon avec deux ou trois objets sans valeur qui avaient appartenu à sa mère : un peigne aux incrustations de nacre, un minuscule miroir au manche de bois sculpté, un châle de dentelle et quelques effets trop grands pour elle mais qu'elle pourrait porter bientôt. Car elle était devenue une grande personne le jour où elle avait pris la première décision de sa vie : quitter Apreville. Après derniers évènements, il n'y avait que cela à faire. Elle allait donc partir.

Mais on ne quittait pas ainsi sa famille quand on était une petite fille de onze ans. Ce départ devait être préparé longuement et dans le plus grand secret. Elle avait beau trépigner d'impatience, il lui avait fallu attendre des semaines, en étudiant le moment propice pour échapper à la vigilance de Bénédicte, sa nourrice, de son frère Basile, ainsi que de leurs alliés, ces sbires qui la surveillaient sans arrêt. Elle avait dû également tenir compte de l'obstacle considérable que représentait Maître Legal. Elle avait judicieusement choisi le jour où il était en visite chez quelque pratique, (il s'occupait d'affaires qui relevaient, pour Rosine, d'un mystère encore plus épais que celui de la présence du Saint Esprit dans chaque église).

Ce jour-là, elle avait acquis la certitude qu'elle ne pourrait jamais rien regretter. Depuis la disparition de sa mère, Rosine ne reconnaissait plus Apreville. Tout y était changé : en quelques semaines à peine, Maître Legal y avait instauré une autorité étouffante. Il y faisait peser sa présence de tous les instants et malgré de fugaces lueurs dans ses yeux révélant parfois une sorte de bienveillance bourrue, il la terrorisait. Du premier jour où elle l'avait vu vaquer comme un fantôme, - et on eût dit celui de son père, Aimé, dont on ne savait plus rien depuis un an - traversant silencieusement les terres et aboyant des ordres aux travailleurs, le visage fermé, plombé par un courroux que l'épaisseur de sa barbe ne suffisait pas à masquer, elle avait su, comme tous à Apreville, que la vie ne serait plus jamais la même.

La soudaineté des colères du nouveau Maître créait une atmosphère de panique et de trouble, de suspicion permanente. On ne l'aimait guère. Mais si devant lui, on filait doux, personne ne renonçait à ses propres intrigues, et Apreville n'en manquait pas, comme tous les endroits où l'on vit en vase clos. Plus que jamais, y régnaient l'hypocrisie, le mensonge, la méfiance. Les luttes mesquines qui avaient toujours existé entre les personnes que Rosine n'aimait pas mais qui constituaient son seul entourage, s'y étaient exacerbées au point de déclencher des cataclysmes. Si, comme les autres, elle avait appris à dissimuler, cela ne lui servait guère : c'était toujours elle la première visée. Les embûches se multipliaient, les pièges, ainsi que les injustes punitions et le tourment permanent qu'elle devait subir. Désormais, elle n'avait plus personne pour la protéger. Il lui fallait se méfier de tous et de tout.

Peu à peu, elle avait fini par comprendre que c'était l'amour pour ses parents qui la mettait ainsi en danger. Cet amour, qui était toute sa vie, était la cause de tous ses maux. Privé de lui, elle se trouvait tout à fait seule fasse aux forces contraires qui s'acharnaient sur Apreville. C'était bien elle qui était au cœur du problème, en son centre précis. Elle l'avait compris le jour des funérailles de sa mère : son malheur venait de commencer et tout désormais pouvait lui arriver. Une peur incontrôlable avait envahi son cœur noyé de chagrin. Et c'était sans doute cette peur qui l'avait fait grandir d'un seul coup ; elle faisait vibrer son sang et aujourd'hui, elle la poussait à fuir en la jetant à jamais hors de la maison où elle était née.

Elle devait partir. Et pour partir, il fallait beaucoup de prudence. Si elle était découverte, on ne le lui pardonnerait pas. C'est pourquoi elle n'avait rien laissé au hasard. Et il avait fallu attendre jusqu'à aujourd'hui : depuis le milieu de l'après-midi, seul moment où la surveillance dont elle faisait l'objet se relâchait quelque peu, elle se tenait cachée avec son baluchon, au fond d'une remise où personne ne venait jamais. Tremblante, sursautant au moindre bruit, pour se donner du courage elle tenait serré dans sa main le dernier bouquet de senteur que sa mère avait finement tressé en forme de bouteille à l'aide de tiges de lavande et de rubans de soie blanche. Ce petit objet était tout ce qui avait échappé aux mains enragées de Basile après la mort de leur mère, avec les quelques effets personnels que Rosine emportait. Le reste était parti en fumée dans un grand feu de joie qui avait brûlé jusqu'au matin au milieu d'un pré.

Terrée dans sa cachette, osant à peine respirer, elle avait attendu la tombée de la nuit. Elle l'avait quittée après l'angélus, juste avant la cloche du dîner. Elle ressentait au creux de sa chair la douloureuse absence de sa mère en abandonnant les lieux qui la lui rappelaient et où elle avait vécu les rares moments lumineux de son enfance. De l'enfance, l'insouciance, la tendresse, il ne restait que ce léger parfum de lavande qu'elle emportait avec elle, collé à son cœur pour le reste de ses jours. C'était lui qui lui donnait la force de partir et qui lui soufflait à l'oreille que quitter Apreville, c'était mettre fin à ses souffrances et ne plus craindre pour sa vie.

Au crépuscule, après l'angélus et juste avant la cloche du repas du soir, elle était en route par les chemins enfin déserts. Les habitants du domaine étaient rentrés après leur longue journée de travail et la voie était provisoirement libre. Quand, autour de la table des maîtres, on se rendrait compte de son absence, on se mettrait à sa recherche. La bastide, la ferme, les terres, les bois, tous les recoins seraient fouillés. Elle devait marcher plus vite.

Elle laissait derrière elle les vastes pâtures du domaine que l'obscurité envahissait peu à peu et qui baignaient dans la fraîche torpeur des premières nuits d'été. Elle venait d'atteindre la haute muraille de soutènement de l'aire qui surplombe granges et écuries. De là, elle serait bientôt sur le sentier de verdure, le long du Fossan, au nord de la bastide, par lequel on peut rejoindre Combeferres. Elle savait qu'elle trouverait Gigi près du puits de la Font à cette heure où elle avait l'habitude de le rencontrer.

Gigi était son ami. Il lui parlait avec la tendresse que l'on porte aux enfants, cette tendresse dont la mort de sa mère, l'avait brutalement privée. Quant à son père, après son dernier passage à Apreville, un an auparavant, elle ne l'avait plus revu. Ses deux parents l'avaient laissée démunie face aux cruautés de la vie. Leur monde venait de disparaître, et les quelques vestiges qui en restaient ne pouvaient pas la sauver. Gigi était désormais la seule personne sur laquelle elle pouvait compter. Auprès de lui, elle était sûre de trouver aide et protection. Lorsqu'il avait deviné son malheur, il lui avait dit qu'il avait laissé une petite fille de son âge au pays et qu'en souvenir d'elle, il ne l'abandonnerait jamais aux mains de ceux qui la persécutaient. A plusieurs reprises, témoin des coups qu'elle subissait, il l'avait arrachée des mains de son bourreau. Gigi était bien son seul ami. La seule personne en qui elle avait confiance.

Derrière elle, à peine amortie par la brume du soir, la cloche du repas se mit à sonner. Elle prit le pas de course. Si elle lambinait, ils auraient vite fait de la rattraper. Malgré la peur qui lui serrait le ventre, elle jubilait à l'idée que Bénédicte et Casimir seraient les premiers à devoir affronter la terrible colère de

Maître Legal ce soir pour avoir pris l'initiative de la faire rechercher en son absence, sans en avoir reçu l'ordre de lui qui était maintenant le seul Maître.

Bénédicte et Casimir n'avaient jamais été très tendres pour elle, alors qu'ils déployaient déférence et dévouement absolu à son frère Basile, le futur maître d'Apreville, l'héritier. Cela, elle ne l'avait compris que parce que Gigi le lui avait expliqué. Comment toute seule eût-elle soupçonné tant de bassesse de la part de grandes personnes à qui on l'enjoignait d'obéir aveuglément depuis toujours ?

Il lui fallait atteindre le puits de la Font le plus vite possible. Si Gigi n'y était pas, elle n'aurait plus qu'à s'en remettre aux mains de la Madone. Elle serrait la bouteille de lavande au creux de sa main. Son parfum était un espoir, celui de la fin de ses peines. L'obstination qu'elle mettait à avancer, c'était sa mère qui la lui avait apprise. Elle disait d'elle qu'elle était notre seule arme : « … ne jamais renoncer… pour que nos rêves se réalisent et que la vie s'accomplisse selon eux, car ils sont notre seule réalité… ». Mais Rosine n'avait pas de rêves. Elle avait seulement une urgence, celle d'échapper aux tortures qui lui étaient sournoisement infligées et qu'elle n'avait jamais osé dénoncer. Sa mère, malgré toute son affection, n'avait pas compris en temps utile qu'elle était l'objet de tant de haine et de violence. L'eût-elle défendue si cela avait été le cas ? Ou bien comme elle, était-elle prisonnière ?

Rosine avançait droit devant elle, en suivant le frais parfum de lavande de la petite bouteille enrubannée, comme si c'était sa mère qui lui montrait le chemin. La cloche du repas sonna avec plus de véhémence. Or, à Apreville la cloche ne sonnait jamais deux fois. Maître Legal, plus que ses parents, était strict au sujet des horaires. On avait cinq minutes après la cloche pour regagner la grande salle de la bastide. En ce moment même, si elle sonnait en continuité, cela signifiait qu'on avait donné l'alerte : on la recherchait déjà.

Pour calmer sa terreur, elle devait croire qu'elle allait voir la robuste silhouette de Gigi se penchant sur la margelle de pierre blanche de la guérite qui s'élevait, telle un champignon de pierre, au milieu des champs, et dont la porte ouverte exhalait une odeur d'infini montant des racines de la terre.

Des voix au loin l'appelaient. La lumière du crépuscule amenait sa fraîcheur revigorante sur les prés de la vallée qui attendaient la fenaison. Dans le silence du soir, les oiseaux chantaient avec entrain. La paix était devant elle, à portée de main. La délivrance. Car il était impossible que Gigi ne fût pas au puits de la Font à cette heure, en train de tirer de l'eau. Il la sauverait puisqu'il était son ami.

2

Comme tous les après-midis depuis la disparition de Rosine, Bénédicte avait l'intention de s'éclipser pour tenter encore une fois de la retrouver. Elle guettait le moment propice afin de ne pas éveiller les soupçons et s'attardait en faisant mine de surveiller le travail en cours.

C'était jour de grande *bugade*. Après les longues pluies de mai et de juin, on avait dû attendre le retour du beau temps et la lessive avait pris du retard. Mais depuis la veille enfin, le chaudron bouillait et on versait l'eau sur la cendre. Cet après-midi, on battait le linge et on le rinçait dans le grand lavoir, près du puits principal qui jouxte la demeure et les abreuvoirs. Comme toujours, le travail se faisait dans la bonne humeur. Si Bénédicte avait quelque scrupule à déserter cette grande lessive de printemps qui mobilisait toutes les femmes du domaine, elle pouvait compter sur la première femme de chambre qui savait prendre les choses en main en son absence et avait assez de poigne pour éloigner les garçons de ferme quand ils venaient tourner autour des lavandières. Le linge serait séché, repassé et rentré dans les armoires et les coffres de noyer parfumés à la lavande de l'année avant le début des grands travaux des champs. Encore une fois, Bénédicte pouvait se vanter de bien savoir organiser et distribuer les tâches. Là était le secret de sa réussite et elle en était fière.

Ce fut donc sans prendre trop de risque qu'elle quitta son poste. Depuis trois jours, elle consacrait plus d'une heure avant les cloches de l'angélus à chercher Mademoiselle Rosine. Comme d'habitude, elle emprunta discrètement le sentier qui passait sous la haute muraille de l'aire et qui traversait le vallon. De toujours, ce lieu lugubre lui avait donné le frisson. On racontait que, dans les temps anciens, la demeure avait subi les assauts de bandes armées venues des vallées. Le sang y avait coulé à flot. On avait entassé les morts au pied du grand mur. Bénédicte n'empruntait jamais le sentier sans la certitude de voir paraître de derrière chaque buisson des âmes errantes cherchant encore sépulture après tant de siècles.

Néanmoins, malgré leur sinistre aspect, ces hautes murailles qui donnaient à Apreville sa sévérité de place fortifiée restaient le symbole de sa richesse et de sa puissance. Avec ses immenses pâturages qui s'étendaient au sud des bâtisses, elles lui valaient sa renommée. C'était justement grâce à cette renommée que ses habitants, domestiques compris, jouissaient d'une certaine respectabilité aux yeux de tout Couraurgues et de ses alentours. Bénédicte, qui aujourd'hui occupait un poste important, était la première à en bénéficier. Sans Apreville, elle était moins que rien.

Malgré tout, elle y éprouvait toujours la même crainte irraisonnée qui l'avait assaillie le jour de son arrivée dont elle gardait un souvenir aigu. Quelqu'un était venu la chercher à la patache du soir par laquelle elle avait voyagé et l'avait conduite à la maison dans la jardinière qui faisait la liaison quotidienne avec le domaine. En franchissant la limite d'Apreville où elle ne savait pas encore qu'elle passerait sa vie, l'austérité du lieu lui avait glacé le sang. Et l'appréhension qui lui avait serré le cœur ne l'avait plus jamais quittée depuis.

Elle était alors toute jeunette. Elle avait quitté sa famille pour être « placée » dans cette demeure. Après des journées de désarroi, elle n'avait trouvé que le travail pour tenter d'effacer l'impression néfaste qui émanait des lieux et qui se mêlait étrangement au chagrin d'avoir quitté les siens. Elle s'était jetée à corps perdu dans les tâches les plus lourdes. Comme elle mettait du cœur à l'ouvrage, elle avait vite gagné la confiance de Madame, toute jeune elle aussi, qui semblait aussi désemparée qu'elle et qui était pourtant l'épouse d'Aimé Linguier, le Maître.

Avec le temps, toujours acharnée à l'ouvrage, elle avait apprivoisé le reste du domaine et de ses habitants. Elle y avait acquis le respect de tous. Aujourd'hui, elle n'aurait quitté Apreville pour rien au monde : c'était grâce à lui qu'elle était ce qu'elle était, c'était de lui qu'elle tirait les quelques rares satisfactions de sa vie de labeur. Elle aimait plus que tout entendre le trousseau de clefs tinter à sa ceinture. Ce poids lourd au petit bruit de métal qui tirait sur son jupon entre cotillon et tablier, elle le portait comme un trophée. Il était l'emblème de sa réussite. Grâce à lui, elle était devenue celle qu'elle avait toujours voulu être : la gouvernante d'Apreville, la maîtresse des clefs.

Juste avant sa mort, Madame lui avait remis solennellement le trousseau de la demeure. Bénédicte s'en souviendrait comme du plus beau jour de sa vie. Au paroxysme du désespoir, la jeune mère, se sachant perdue, lui avait également confié Rosine, sa fille, en lui demandant de la protéger des attaques sournoises dont elle faisait l'objet : « Nous savons toutes deux…, ma bonne Bénédicte, avait-elle dit avec une voix qui fendait l'âme… mais je remuerais en vain le couteau dans la plaie si j'étais contrainte de prononcer le nom du coupable. La déception qu'il me cause n'a d'égale que l'amour que j'ai pour lui. J'en meurs, vous le voyez… C'est pourquoi, Bénédicte, je vous en prie, soyez toujours sur vos gardes. Protégez Rosine. Apprenez-lui à devenir forte, à se battre, à ne jamais renoncer. Vous avez assez de bon sens et de cœur pour que je vous confie cette tâche ingrate. Faites le serment à une mère déchirée, sur son lit de mort, de défendre son enfant chérie… je vous en prie… » Bénédicte n'avait pas su résister à la poignante supplication de sa maîtresse. Elle avait juré sur la Madone, et elle avait pleuré avec Madame toutes les larmes de son corps.

Quelques jours après, la chère femme rendait son âme à Dieu et Bénédicte se retrouvait à la tête du domaine, maîtresse des clefs et seule face à ses nouvelles responsabilités. De nouveaux dilemmes s'étaient aussitôt présentés qu'il lui avait fallu résoudre : il s'agissait d'abord de mettre tout le monde au pas. Elle y avait mis toute la volonté et la hargne dont elle était capable. Très vite, des filles de ferme à la cuisinière, toutes, malgré la réticence qu'elles avaient à le faire, avaient fini par se soumettre à son autorité. Elle n'avait pu éviter de se heurter à Maître Legal qui s'était installé à demeure au domaine depuis la maladie de Madame et y avait instauré sa loi. Quand ce substitut du Maître s'absentait, un autre obstacle se présentait, pire encore, car alors, c'était à Basile, le jeune maître, qu'elle devait faire face. Ce dernier avait la prétention de tout régenter et cela n'arrangeait personne. Mais que faire ? Même Casimir était obligé d'obéir à ses ordres farfelus, empreints de la bizarrerie que le garçon mettait en toute chose.

Malgré ses quatorze ans, avec sa carrure d'adulte et ses larges épaules, il savait que personne ne pouvait contester son autorité : il était l'héritier. Dans quelques années, à sa majorité, si son père ne revenait pas, il serait le Maître d'Apreville. Il n'avait aucun scrupule à le claironner tout haut avec toute la morgue nécessaire. Toutefois, s'il se moquait de tous, il avait la prudence de retrouver une certaine docilité devant Maître Legal à qui il n'osait pas encore se frotter. Quant à Casimir qui avait assumé le rôle de régisseur aux côtés des maîtres, Nadège et Aimé Linguier, les seuls maîtres que l'entière domesticité avait connus jusque là, il voyait son rôle réduit à néant en sa présence. Et pour Casimir cela était plus délicat que de se soumettre à Maître Legal, à l'autorité duquel il devait également se plier.

Casimir avait moins de chance qu'elle devant qui servantes, cuisinière et femmes de chambre filaient doux. Le pouvoir qu'elle avait su établir n'avait pas de faille. C'était un pouvoir de femme sur des femmes. Et de toujours, aucun homme ne se serait aventuré à mettre son nez dans les travaux qui leur étaient réservés, les tâches ménagères et la bonne marche de la maison. Or, parmi toutes ces femmes, c'était elle qui avait réussi à montrer le plus d'habileté : c'était elle à qui Madame avait confié le trousseau. Elle dirigeait aujourd'hui la maison, et les hommes n'avaient rien à voir dans ses affaires. Ils n'avaient qu'à se plier, eux aussi, comme les autres, aux règles qu'elle était seule à édicter.

Mais, avec le trousseau, il y avait eu le serment. Elle y pensait sans arrêt. Hélas, à cause des difficultés qu'elle avait à surmonter dans sa nouvelle fonction, Bénédicte n'avait pas eu la possibilité, ces derniers temps, de s'occuper de Rosine comme elle avait promis de le faire. L'enfant affolée, ne sentant plus aucun appui autour d'elle, avait choisi la fuite et Bénédicte se sentait coupable : « Je sais pourtant comme sa mère tout ce qu'elle a déjà enduré et qu'elle endure encore ! Et il a suffi de quelques moments d'inattention…, une maison comme celle-ci laisse peu de temps pour d'autres affaires. Mais maintenant… comment rattraper ce manquement au serment fait à ma pauvre maîtresse sur son lit de mort ? S'il arrivait quelque chose à la petite Rosine… Un serment est un serment : Dieu me pardonnera-t-il ?»

Ainsi, depuis trois jours, pleine d'inquiétude et tentant d'effacer sa propre faute elle battait la campagne en cherchant Rosine. Si elle la retrouvait, elle éviterait également à la fillette, par un retour docile et repentant, quelque terrible punition supplémentaire. « Mais s'il n'était déjà plus temps redoutait-elle… ? » Et des larmes lui venaient pour cette enfant qu'elle avait en quelque sorte élevée, comme elle avait élevé son frère Basile.

Dans cette mission qu'elle s'était imposée, elle n'allait pas au hasard, car elle avait une information qu'elle ne partageait avec personne : elle était la seule à connaître le secret de l'enfant, et donc la seule à savoir exactement où il fallait se rendre pour retrouver sa trace. Il s'agissait du puits de la Font où les maçons piémontais allaient puiser leur eau tous les soirs. Ils en avaient reçu l'autorisation de Madame. Car depuis que Mademoiselle Marthe avait abandonné sa maison en flammes, il n'y avait plus d'eau à Combeferres où tous les puits avaient été endommagés et devaient être restaurés. Madame, tout le monde le savait, avait été l'amie intime de la demoiselle de Combeferres, ainsi que de la belle marquise, Evangéline de Bourdaine, connue ici pour sa générosité et son extravagance, et qui avait perdu la vie dans d'étranges aventures italiennes. C'était au nom de cette amitié que Madame s'était montrée si généreuse, l'eau étant une denrée précieuse même sur le riche domaine d'Apreville. Ainsi, les maçons avaient-ils pu construire leurs bicoques de bois sur les terres de Combeferres. Ils avaient maintenant un toit au-dessus de leur tête mais l'eau continuait de manquer, les travaux du grand puits s'avérant plus importants que prévu : récemment, Maître Legal avait renouvelé l'autorisation donnée naguère par Nadège.

Bientôt, les piémontais pourraient faire venir leurs épouses et leurs enfants, la reconstruction de Combeferres devant durer plusieurs années. Pour le moment, ils n'avaient avec eux que la vieille Mamma Marietta, la mère de Gigi. Bénédicte la connaissait bien, ainsi que Gigi. Malgré leurs manières rustres, ils étaient pleins de dignité et de charité chrétienne. Gigi avait plus d'une fois libéré Rosine de son agresseur en l'absence de Bénédicte qui n'était arrivée que pour le remercier et recueillir l'enfant pantelante dans ses bras. Gigi, plein de gentillesse et de courage, était devenu peu à peu l'ami de Rosine. Bénédicte le savait et lui en était reconnaissante. Il s'était toujours montré affable et serviable envers elle également. Pourtant Bénédicte devait se montrer distante car elle ne pouvait se permettre d'avoir un ami. D'ailleurs, elle n'en avait aucun, sa position le lui interdisait. Si on l'avait vue parler à un homme, qui aurait voulu d'elle comme épouse ? Une réputation est vite ruinée. Mais aujourd'hui, c'était vers cet ami de Rosine qu'en désespoir de cause, elle se dirigeait.

Dans ce pays où les étrangers au village étaient suspects par principe, Bénédicte était la seule à avoir approché les piémontais et à avoir eu quelque échange avec eux. Elle l'avait fait en se cachant : pour les habitants de Couraurgues, ces tâcherons bannis de leur pays n'étaient pas des gens fréquentables. Ils étaient des hors-la-loi chez eux, disait-on, et avec l'imagination dont on savait faire preuve quand on sentait quelque intrus approcher du village, on racontait des choses terrifiantes à leur sujet. Mais Bénédicte avait appris à les connaître : sous des allures rustiques, Gigi cachait un cœur d'or.

Néanmoins, si elle lui faisait confiance, approcher des baraquements eût été dangereux ; l'attendre au puits de la Font, quand il venait tirer de l'eau le soir l'était moins. Le lieu, éloigné des regards, avait déjà été complice. Il le serait sans doute encore et lui permettrait une nouvelle rencontre aussi fugace que discrète. Une question continuait de la torturer cependant : si Gigi était au courant de la fugue de Rosine, accepterait-il de l'aider ?

Hélas, ce soir, comme les quelques soirs précédents, elle ne vit venir personne. Il se faisait tard. Elle ne pouvait pas s'attarder davantage. La cloche allait sonner, il lui fallait rentrer. Si on ne la voyait pas paraître dans la salle à manger pour surveiller la cuisinière et la servante qui dressaient la table des maîtres, son absence serait remarquée et ferait jaser. Les domestiques étaient toujours à l'affût de quelque histoire alléchante à se mettre sous la dent, d'autant que leur jalousie ne connaissait plus de limite depuis qu'elle était officiellement devenue la promise de Casimir.

Aujourd'hui, elle venait de se mettre en danger pour rien. Elle s'en voulait de s'être montrée si naïve. Comment avait-elle pu croire qu'au puits, elle rencontrerait sans faute Gigi, comme si elle avait un rendez-vous avec lui ? Comment avait-elle pu imaginer qu'il savait où se trouvait Rosine ? Et que, de plus, s'il l'avait aidée, il aurait assez confiance en elle pour la mettre dans la confidence ? Elle venait de commettre une erreur doublée d'une grave imprudence. Elle en était tout ébranlée et ses jambes tremblaient sous elle. Il ne lui restait plus qu'à s'en revenir à Apreville, penaude, en espérant que personne ne l'ait vue s'éloigner de la demeure où était sa seule place.

Après tout, si cette petite cruche de Rosine qui n'en faisait qu'à sa tête, avait imaginé qu'elle pouvait quitter ainsi la maison et manquer à ses devoirs, elle devait bien savoir ce qui l'attendait quand on la retrouverait. Bénédicte ne pouvait pas grand-chose pour elle. Et plutôt que de se torturer à cause d'un manquement à un serment, elle devait d'abord penser à ses propres affaires. Car si elle était jugée complice de la fugue de Rosine, c'était tout son avenir qui était remis en cause. Et si on la voyait avec Gigi ou se rendant au camp des piémontais, elle serait la proie des mauvaises langues qui n'attendaient qu'un faux pas de sa part pour lui nuire : qui voudrait d'une épouse à la réputation douteuse ? Surtout pas un homme dans la position de Casimir qui, si elle était encore un peu incertaine aujourd'hui, n'était pas négligeable. Tout le monde savait que son avenir était tout tracé. A la majorité de Basile, il redeviendrait comme avant le régisseur du domaine et Maître Legal n'aurait plus rien à faire à Apreville. Le jeune héritier, devenu le maître, aurait vite fait de se débarrasser de ceux qui ne lui convenaient pas. Etre découverte signifiait dire adieu au mariage et par là même à sa position de gouvernante qu'elle briguait depuis toujours et pour laquelle elle avait sacrifié sa jeunesse : Casimir ne lui pardonnerait pas une seule erreur, ni même une faiblesse, sans parler de la moindre incartade. Elle serait vite remplacée. Les filles en âge de prendre époux ne manquaient pas.

Elle se mordait les lèvres, en colère contre elle-même d'avoir eu une trop courte vue des choses. Une anxiété incontrôlable la saisit et elle se mit à courir en direction d'Apreville. Lorsqu'elle arriva aux abords des pâturages, elle s'arrêta tout essoufflée. L'angélus venait de sonner, il lui restait un petit quart d'heure avant la cloche du repas. Il lui fallait un peu de temps pour retrouver son sang-froid et décider posément de ce qu'il convenait de faire. Car elle n'était pas femme à rendre les armes avant d'avoir combattu. Et rien n'était dit encore.Avec un peu de chance, personne n'avait pu distinguer sa silhouette qui se fondait dans l'ombre des halliers déjà épaisse à cette heure du crépuscule. Elle prit le temps de remettre en ordre sa coiffe, son corsage, et lissa bien soigneusement son tablier. Elle scruta les lieux. La voie jusqu'à la bastide était libre. Elle poussa un long soupir de soulagement. Dieu merci, elle avait encore une carte à jouer.

Par un ultime effort sur elle-même, elle recomposa son visage. Alors, toute trace de faiblesse disparut et la sévérité naturelle qui servait son autorité y reprit sa place. Elle se mit à marcher d'un pas mesuré, empreint de la dignité qu'elle ne manquait jamais d'afficher et qui lui servait d'armure en toute circonstance. Certes, il lui fallait encore compter avec la chance et le hasard pour ne croiser personne aux abords de la bastide. Si on ne la voyait pas arriver, elle surgirait discrètement d'un couloir sombre et retrouverait vite son poste comme si elle ne l'avait jamais quitté. Toujours la chance aidant, elle serait à l'abri des médisances et des attaques de ses adversaires. Elle serait sauvée. Sa respectabilité épargnée, son avenir pourrait se déployer tel qu'elle l'avait imaginé depuis toujours. Malgré son manquement à son serment, elle devait garder espoir, car Dieu ne pouvait abandonner l'une de ses créatures les plus intègres et honnêtes.

Elle marchait d'un pas égal. Elle approchait de son but. Son cœur se mit à battre plus fort... Encore quelques mètres et elle serait sauvée...

<u>3</u>

« ... di rimembrar mi giova et dole... »
Pétrarque, CLVI

<u>Journal de Debrume</u>

Mai 187...,

Je ne hante plus la forêt de Terpane : inutile, Marthe ne reviendra pas avant que sa maison ne soit à nouveau sur pied et elle ne m'écrira que pour me l'annoncer. Par contre, les travaux de Combeferres occupent mes jours !

Maintenant les piémontais me connaissent. Nous bavardons. Ils ne sont pas doués pour les longues paroles et le handicap de la langue est toujours présent entre nous, mais ils m'accueillent comme un frère depuis que l'un d'entre eux m'a reconnu : il était à la ferme d'Arrone[1], aux côtés de ceux qui s'apprêtaient à rejoindre Garibaldi pour attaquer Rome dans l'espoir insensé de parfaire l'unité de l'Italie et celui, encore plus insensé, de donner un sens à leur vie. Certains d'entre eux sont des vétérans de précédentes campagnes du général, toutes ardues et qui ont dévasté leur vie. Il y en a de très âgés, déçus par le comportement ambigu du Roi d'Italie à leur égard, aigris, fourbus et tordus par les peines, les labeurs, le poids des ans. Mais ils restent de vaillants bâtisseurs, affirme mon ami Honoré Deroure qui a une confiance illimitée dans l'homme et sa capacité à surmonter les épreuves : le secret de HD c'est de ne voir que le côté positif des choses. Il s'y emploie avec

---

[1] Cf Paluds

application. Je ne lui envie guère ses certitudes aux fondements toujours quelque peu fumeux.

Néanmoins, ce qu'il me dit au sujet de ces ouvriers montre sa générosité, son amour de l'humain en somme, qualités qui me font apprécier sa compagnie : « Vous n'avez qu'à regarder leurs mains. Les mains ne mentent pas, elles disent tout d'un homme. Celles-là, pleines de calles et rongées par le froid, l'eau et la rigueur des matériaux qu'ils manipulent, racontent l'âpreté du travail, mais aussi l'opiniâtreté et l'honnêteté qu'ils y mettent. » Il ajoute, avec le ton divinatoire qu'il affectionne : « Rassurez-vous, mon vieux, Combeferres sera à nouveau debout un jour. Peut-être serez-vous étonné de n'avoir plus à attendre longtemps ! Personne ne peut en être certain, mais personne ne peut garantir le contraire non plus ! Les piémontais sont là, et d'ici peu… ». Et de cette manière, il peut parler de Combeferres et de sa propriétaire pendant des heures. Puisse-t-il dire vrai… Mais j'en doute : c'est un ami de longue date et il tente par tous les moyens de faire naître quelque optimisme en moi !

Peut-être que Combeferres reprendra forme, un jour ou l'autre. Pour autant, je ne connais rien des projets de Marthe. Toujours aussi lointaine, elle n'a aucun scrupule à me laisser sans nouvelles. Elle devait quitter Paris où ses dernières activités étaient d'instruire les orphelins des victimes de la Commune. Elle m'avait laissé entendre qu'elle se fixerait à Combeferres d'ici peu…

Je suis prêt à attendre le temps qu'il faut, certes. Néanmoins, ici, sans elle, les choses perdent un peu de leur sens chaque jour. Trop de temps est passé depuis notre dernière rencontre. J'ai sans cesse à l'esprit l'intensité de certains moments pleins de charme… Mais il se peut que je me sois trompé sur leur signification…

Il est vrai que le séjour de quelques années qu'elle avait fait autrefois à Couraurgues et qui m'avait permis de la connaître, n'avait pas été déterminé par sa volonté mais par les besoins de la cause à laquelle elle appartient depuis toujours. Comme c'est en pénitente qu'elle a vécu ici, en prisonnière, il se pourrait qu'elle n'ait aucune envie d'y revenir. Pourtant, dans les minces moments de répit que lui laissent les contraintes imposées par ses combats, elle y trouverait ce après quoi elle court en vain. Car, si elle a toujours eu à cœur de se battre pour la liberté d'un peuple, c'est ici qu'elle pourrait trouver la sienne, et ce, sans avoir à sortir les armes ni voir couler le sang. La seule liberté permise se trouve dans chaque regard porté sur ce paysage minéral, immobile et changeant, insaisissable, imprégné des senteurs de l'air du temps et du passage des saisons. Chaque rocher, chaque perspective ouvre un monde que le silence amplifie, et permet d'atteindre une plénitude de l'esprit que l'on n'éprouve pas ailleurs. Ce pays de silence, de pierre et de vent, chacun peut le faire sien. Dans un premier temps il s'offre sans réticence. Mais ce n'est qu'illusion : il faut le conquérir. Cette quête évite de courir le monde. Car le monde entier est ici, dans l'étroitesse des montagnes et la douceur de leurs vallonnements, dans chaque plante étique qui s'accroche à la terre, dans le soleil, l'eau et le vent qui caressent les rochers sans délicatesse mais avec une infinie obstination, une sorte de patience qui, depuis des millénaires, leur permet de durer. Si seulement Marthe acceptait de le comprendre, elle qui, je le sais, cherche comme moi à décrypter le secret de la vie dans la palpitation de l'air, dans la vibration du silence…

    Mon ami Honoré Deroure, me conseille de me méfier de moi-même. Mes élucubrations, qui lui sont si étrangères, ne cessent de l'inquiéter : il faut vivre au lieu de rêver sa vie, me répète-t-il ! Et il n'y a pas un moment où il ne me montre comment le faire. Disciple d'Epicure, il a acquis une sagesse qui ne m'appartiendra sans doute jamais, dussé-je employer mes jours à tenter de la conquérir. Chaque été, lors de ses séjours à Couraurgues, il passe des soirées entières à me mettre en garde et parfois sans me ménager : « De même que le premier et le dernier moment de la vie, me dit-il par exemple, tous les événements qui la jalonnent arrivent en leur temps et on n'y peut rien. Mais il en est d'autres qui se signalent à nous. Et ils sont de non moindre importance. Soyez vigilant, mon vieux, ce signe si particulier ne se répète pas deux fois... fugace comme l'instant, il détermine une vie entière : il faut le saisir. Revenez donc sur terre, prenez les choses en main, cessez de vous laisser porter, cessez d'inventer des faux-fuyants, des subterfuges ! Bref, cessez de vous dérober ! La vie vous attend, que diable, secouez-vous ! Il est encore temps ! ... »

Sans doute ai-je souvent manqué de courage. Mais je n'arrive pourtant pas à considérer que, jusque là, je me sois rendu au fatalisme du vaincu. J'ai la prétention d'avoir fait des choix en toute connaissance de cause et de m'y être tenu. Me suis-je leurré moi-même ? Mais tout le monde se leurre ! HD lui-même ne cherche-t-il pas de bonnes raisons à ses choix par le biais de sa prétendue sagesse et dans l'étude de la philosophie ? Marthe ne se leurre-t-elle pas lorsqu'elle croit être utile à une cause aussi ambitieuse ? Elle s'est peut-être seulement trompée de rêve. Ou bien l'a-t-on trompée en lui proposant un rêve qui la dépasse largement. Un rêve trop grand pour elle, comme il le serait de toute évidence pour moi... Que valent nos rêves lorsque d'autres les manipulent à l'envi ? Mais que valent nos vies si nous ne vivons pas nos rêves ?

Quant à moi, si mes rêves mènent ma vie, je les ai choisis – tout au moins, me semble-t-il – en toute connaissance de cause. Je m'en suis remis à eux depuis la disparition de Céleste. Je n'avais pas d'autre choix. Mon séjour à Couraurgues, ma rencontre avec Marthe, la certitude de voir en elle le double de la seule femme que j'ai aimée n'ont pas été pour rien dans ce choix. Mais comment faire comprendre cela à ce vieil entêté plein d'optimisme qui pense que la vie a un sens (ou nécessite qu'on lui en trouve un) ? Et que chaque moment doit être vécu « hic et nunc » et avec intensité de surcroît ?

Il a beau être entêté, il me manque. Il ne sera pas de retour à Couraurgues avant quelques semaines. Alors, nous pourrons reprendre nos longues conversations nocturnes. On a tout à apprendre en se frottant aux convictions des autres, ne serait-ce que parce qu'elles permettent de nous conforter dans les nôtres. Malgré tout, j'ai de l'admiration pour lui et pour sa maîtrise des réalités de la vie : il reste pour moi le prototype parfait du grand sage, comme il déteste que je le définisse !

Avant son retour, j'aurai tout loisir d'entreprendre mon voyage annuel pour retrouver mon ami Benjamin Gaspard, géologue de son état, avec qui j'ai partagé quelques années de ma jeunesse avant mon union avec Céleste. Le vieux fou me dirait que je tiens à le revoir seulement parce qu'il a été le témoin de mon mariage, et qu'il s'agit encore d'une façon de revenir au passé et à mes vieux démons… Mais il dira ce qu'il voudra. Benjamin reste un ami très cher, il est d'ailleurs, avec HD et le juge Jobelin, les seuls amis que j'aie au monde.

De plus, quitter Couraurgues une fois par an au moins ne me fait pas de mal. L'expérience m'a montré qu'en m'éloignant de temps à autre d'eux, les lieux gardent leur mystère, leur charme indicible. Ce charme, qui a été capable de me rendre quelques effluves du passé avec tant de générosité, s'émousserait sans un peu de détachement intermittent, car l'habitude use tout, l'amour, le désir, et vient à bout des rêves les plus tenaces.

Je doute qu'avec son positivisme forcené le vieil obstiné soit capable de comprendre ne serait-ce qu'une parcelle de ce qui me retient à Couraurgues. Ce serait peine perdue que de tenter de le lui expliquer. Mais je suis sûr d'une chose : ce rêve, s'il s'agit bien de cela, - mon rêve qui, planant autour de Couraurgues, y a trouvé ses racines -, n'appartient qu'à moi. C'est moi qui l'ai choisi pour guider ma vie et non pas le contraire, comme le sous-entend le vieux philosophe en m'accablant des sarcasmes qu'il prend un plaisir sadique à déverser sur moi. Et il y est très habile, il sait où me toucher en plein cœur ! Il prend alors cet air narquois qui a le don de me taper sur les nerfs, et il ne cesse que lorsque je me mets en rogne ! Oui, j'ai choisi cette vie, j'ai choisi de suivre ce rêve, ne lui en déplaise !

Lorsqu'il me voit contrarié, il ne craint pas d'enfoncer le clou : il argue, avec une malice qui fait pétiller ses yeux de rationaliste aguerri que tout élan de mysticisme laisse froid, que c'est ma prison que j'ai choisie. Soit ! Laissons-lui le dernier mot ! Si mon rêve est une prison, cette prison me convient. Après tout, je n'ai pas de compte à lui rendre. Mais s'il veut rester pragmatique, il lui faudra bien reconnaître un jour qu'il y a des prisons plus sordides ! Des rêves aussi, d'ailleurs, l'expérience, hélas, nous le montre chaque jour…

<u>4</u>

A Apreville, les domestiques se gardaient bien de parler ouvertement de Rosine. Pendant deux jours et deux nuits, on avait déployé plusieurs équipes, comme pour une battue au sanglier, avec l'ordre de s'en tenir aux limites du domaine. Elles étaient revenues bredouilles. On n'avait pas prévenu les autorités, la nouvelle ne devant pas être ébruitée : cette disparition, qui suivait à presque un an d'intervalle celle d'Aimé, le père de la petite, pouvait entamer la réputation d'Apreville. Pour les affaires, la vie devait continuer comme s'il ne s'était rien passé avait déclaré Maître Legal dans un discours solennel.

On s'était tu, mais les cœurs n'étaient pas en paix pour autant. On sentait plus que jamais quelque chose de trouble planer dans l'air, tournoyer au-dessus des têtes comme un noir corbeau, l'hiver, au-dessus des terres nues. Certains savaient bien à quoi s'en tenir, même si, sous le poids des ordres, les bouches restaient hermétiquement closes. C'était le soir, dans les chambrées, qu'on chuchotait des mots à l'oreille, comme si de les prononcer à pleine voix pouvait attirer un nouveau malheur. La fugue de Rosine venait s'ajouter à la mystérieuse disparition du Maître, suivie, à un an d'intervalle, de la mort subite de son épouse survenue juste après l'étrange prise de pouvoir de Maître Legal.

Cette prise de pouvoir avait marqué, qu'on le voulût ou non, le début d'une ère nouvelle à Apreville : si rien n'y avait changé, rien n'y avait plus jamais été comme avant. Les signes précurseurs de ce changement s'étaient fait sentir quelques années auparavant, lorsque, pour la première fois, Aimé Linguier avait quitté le domaine, le laissant durant des mois entiers sous le contrôle de Casimir, le régisseur. Quand il était revenu, ce n'était plus le même homme. Autrefois actif et plein d'allant, il vaquait sur son cheval pendant des heures sans parler à personne, promenant sur tous des regards suspicieux comme s'il redoutait une attaque de ses plus fidèles serviteurs. Sa mélancolie paralysait chaque mouvement autour de lui allant jusqu'à affecter la bonne marche des travaux.

Au fil des années, alors que les tourments d'Aimé l'emportaient dans des pensées cauchemardesques, Nadège, son épouse, s'obstinait dans des dévotions sans fin qui avaient fini par prendre tout son temps. Dans la journée, elle gardait la chambre et si elle la quittait, c'était pour aller s'agenouiller au pied de l'oratoire, à l'entrée du domaine. Enveloppée dans un châle noir, le dos courbé, mal assurée sur ses jambes, elle avait désormais perdu la fraîcheur de sa jeunesse. On ne la voyait que rarement le dimanche à la messe et elle finit par ne plus paraître à la table du soir. Hélas, il y avait bien longtemps que le jeune couple ne se promenait plus les soirs d'été, le long des prairies, sur le chemin bordé de mûriers, suivant d'un œil attendri les jeux de leurs jeunes enfants qui couraient après les lucioles.

Un jour un visiteur était apparu, qui avait été accueilli comme il se doit. C'était Maître Legal. Ses visites s'intensifièrent au point qu'on tenait toujours une chambre prête pour lui. Il séjournait à Apreville régulièrement et semblait discrètement épauler Aimé, lorsque, chevauchant à ses côtés, il contrôlait les travaux que dirigeait Casimir. Puis Maître Linguier s'était à nouveau absenté durant une année entière : il n'était revenu qu'aux fêtes de Noël et était reparti aussitôt après. Le bruit avait alors couru que des affaires le retenaient en Provence. L'été de la même année, Maître Legal avait fait livrer ses malles. Il était arrivé juste après elles pour ne plus jamais repartir.

C'était par une journée noire d'automne. En fin d'après-midi, un terrible orage avait éclaté, balayant les pâtures devant les bâtisses. Plusieurs chênes qui, depuis des siècles, étendaient leur ombre épaisse sur des générations de moissonneurs avaient été ébranlés sur leur socle. L'un de ces arbres majestueux qui régnait au cœur du pré de la Font y avait perdu quelques belles branches. Les toitures des dépendances avaient été arrachées par la violence du vent. Une grêle épaisse avait ravagé les potagers et criblé de trous les feuilles jaunies des noyers.

Dans la lumière des éclairs d'une tempête, l'homme avait fait son apparition, comme s'il était issu d'elle et de ses maléfices. Sa houppelande dégoulinante de pluie, sa barbe détrempée et son chapeau en berne, il donnait l'impression de commander aux éléments du haut de sa monture. Aujourd'hui, les vieilles servantes disaient que cet orage avait été un signe du destin, un mauvais présage que personne n'avait voulu lire. Mais elles, elles le savaient : c'était bien ce soir-là que le sortilège avait envoûté Apreville et qu'on avait commencé à vivre dans la peur.

Le lendemain, la chose était rendue officielle : Maître Legal avait réuni toute la domesticité sur le parvis et, en présence de Madame Linguier, il fait un long discours pour dire en bref que c'était à lui désormais qu'il fallait obéir. Cette étrange passation de pouvoir qui se faisait en l'absence de Maître Linguier ne manqua pas d'étonner tout le monde. Mais tous l'acceptèrent sans faire de commentaire. Le même jour, un autre bruit avait couru : Aimé avait hypothéqué ses terres suite à de mauvais placements. Il était évident que sa faillite n'avait profité qu'à Maître Legal. Alors, on sut que désormais une page de l'histoire d'Apreville était définitivement tournée.

On ne revit Aimé Linguier qu'une seule fois, quelques semaines avant la mort de son épouse. Il n'eut pas le cœur de parler à ses gens, comme il en avait l'habitude. Il ne répondait même plus à leur respectueux salut, alors qu'ils s'inclinaient sur son passage. Depuis longtemps il ne donnait plus un seul ordre et ne s'immisçait plus dans la marche des travaux. Il s'était remis à errer sur son cheval durant des journées entières, sombre, les yeux dans le vague. On eût dit qu'il avait renoncé à tout, accablé par le malheur de la maladie de sa femme. Certains ajoutaient, avec du mystère dans la voix, qu'il devait porter de trop lourds secrets et trop douloureux. Toutefois, on eut la confirmation qu'un accord avait bien été passé entre les deux hommes : Maître Legal était devenu le nouveau Maître d'Apreville. Connaissant la famille Linguier, on ne concevait pas qu'une telle chose fût arrivée. Mais c'était pourtant la triste réalité. Aimé avait été vaincu par la faillite, les dettes et les hypothèques. Pendant quelques jours il traîna encore à cheval, comme absent, le fantôme de lui-même. Puis il repartit pour la dernière fois, comme un voleur, pendant la nuit. De ce jour, on ne le revit plus.

Un peu plus tard, le bruit courut qu'il avait disparu dans un naufrage.

Cependant, la vie continuait comme avant. Ou presque. Maître Legal s'employait à maintenir les habitudes en usage à Apreville. Mais quelque chose était profondément changé et on se résignait à cette nouvelle vie. Pour oublier le passé, après la mort de Nadège, la disparition d'Aimé et celle de Rosine, on évitait de parler des disparus et les vieilles servantes guettaient en silence les signes qui annonceraient un nouveau malheur.

Aujourd'hui, après un peu plus d'une année, personne ne s'étonnait plus de voir Maître Legal monter les chevaux d'Aimé comme s'ils lui avaient toujours appartenu, porter sa grande houppelande et jusqu'au chapeau qu'il avait ramené de Camargue, déambuler sur les terres, comme lui autrefois, pour inspecter les travaux accomplis et vérifier s'il pouvait donner le départ de ceux qui étaient en attente. Basile était le premier à le constater : l'échange avait été parfait. Si parfait qu'on eût dit qu'il n'avait pas eu lieu. Maître Legal se comportait en tous points comme autrefois son père.

Le garçon se tenait dans l'encoignure de la porte de la bastide pendant que le nouveau maître donnait ses instructions à la troupe de valets rassemblée sur le parvis. Comme Aimé avant chaque nouvelle fenaison, il recommandait célérité et diligence, car le foin était fragile et un orage pouvait toujours éclater en cette saison. Apreville se vantant d'avoir les meilleures terres à fourrage de la région, sous aucun prétexte cette réputation, dont la vie du domaine dépendait, ne devait être ternie.

Comme pendant les discours de son père, Basile ne bronchait pas. Personne ne faisait attention à lui. Il était pour tous, l'enfant de quatorze ans qu'ils avaient vu grandir. Pourtant, si le courroux qui ne le quittait plus ne transparaissait pas sur ses traits encore puérils, il rongeait chaque recoin de son âme. Non, rien ne semblait changé à la bastide, c'était lui, Basile, qui avait changé. Il ne pourrait plus jamais revenir en arrière. Désormais, sa vie était telle qu'elle était. Tout avait été dit et fait pour qu'il en fût ainsi. Il avait peu à peu glissé sur ces pentes douloureuses qu'on ne peut jamais remonter. Mais personne ne le savait. Pour tous, il était le jeune maître et on l'aimait tel qu'il était avec sa mèche de cheveux clairs balayant négligemment son visage et cachant un regard qui se durcissait de jour en jour. En grandissant, on lui trouvait de plus en plus souvent cet air mystérieux quelque peu romantique que les filles aimaient. Mais lui ne se souciait pas des filles. Il vivait d'autre chose, de cette brûlure intérieure qui l'habitait : elle avait pris une forme irréversible figée dans sa coque de métal depuis que son père avait laissé la main à ses créanciers et que Maître Legal avait été projeté aux commandes d'Apreville.

Avant cela, Basile avait imploré sa mère de chasser l'usurpateur et de lui confier, lors des absences intermittentes de son père, la direction du domaine. Il eût appris à assumer cette tâche avec bonheur aidé de Casimir. Mais elle avait soutenu l'étranger contre lui jusqu'au moment où son père avait rendu les armes et avait disparu de leurs vies.

Il savait ce qui poussait sa mère à tant de sollicitude à l'égard de cet homme. Il le savait comme peut-être tous ici. Et la colère ne le quittait plus depuis qu'il avait vu son père se soumettre devant le nouveau venu comme un vulgaire vacher, et dépérir peu à peu. La douleur de son absence se faisait chaque jour plus aiguë. Il ne pardonnerait jamais à Maître Legal son intrusion dans leurs vies. La haine l'habitait et il s'en repaissait. Elle alimentait son désespoir. Mais il n'avait qu'elle. Il la cachait soigneusement à tous, en particulier à Bénédicte, sa nourrice, qui aurait pu la deviner tant elle le connaissait, et en parler sur la place publique comme font en général les femmes. Il voulait la garder en lui-même, comme un trésor maléfique. Car un jour viendrait où, en se libérant, elle le libèrerait de son tourment. Elle lui permettrait d'accomplir ce qui n'était somme toute que son devoir de fils…

Sur le parvis, tous les valets de ferme, bergers, vachers, se tenaient devant celui à qui ils devaient maintenant se soumettre. En rang serré, silencieux, leur chapeau de paille à la main en guise de respect, ils se comportaient comme devant leur ancien maître. Pendant ce temps, Maître Legal pérorait du haut de sa monture qui avait été autrefois le cheval préféré d'Aimé. C'était peut-être pour mieux les convaincre qu'il avait également adopté son chapeau et ses cuissardes. L'homme avait l'assurance et la prestance de ceux qui sont aguerris aux discours en public, mais aussi les connaissances nécessaires pour mener à bien l'exploitation d'un domaine de l'envergure d'Apreville. Il reprenait à son compte les nombreux projets d'Aimé, comme celui de remettre en route l'élevage des vers à soie, d'introduire de nouvelles cultures, de redécouvrir des sources oubliées, de creuser de nouveaux puits pour étendre les cultures maraîchères. Novateur, Aimé avait été la risée des gens du pays qui connaissaient leur terre et son climat, mais celui-ci ne s'en souciait guère. Ses projets étaient étayés par de nombreuses études et il disait à Basile : « Vois, mon fils, c'est dans ce sens qu'il faut aller. Il faut valoriser ce domaine dont la production n'intéressera plus personne dans quelques années et ne nous permettra plus de vivre. »

Les vieux paysans qui s'étaient déjà moqué des entreprises d'Aimé, attendaient aujourd'hui le moment où l'échec de Maître Legal confirmerait leurs prédictions, mais dans l'ensemble, les habitants du domaine lui étaient reconnaissants d'avoir redressé la barre à temps, juste avant le naufrage dont ils eussent été les premiers à faire les frais. Pour toutes ces raisons, bon gré mal gré, ils s'adaptaient aux manières du nouveau maître qui, pourtant, ne les ménageait pas : hurlant ses ordres d'une voix de Stentor, il étayait son autorité d'un regard bleu d'acier traversé d'éclairs de cruauté qui eussent provoqué leur rébellion s'ils n'avaient pas su ce qu'ils lui devaient.

Après l'envoi de la fenaison, les ouvriers se dispersèrent pour atteler les haquets et se munir de leurs faux. Quelques heures plus tard, Legal était au bout du champ, toujours montant le cheval d'Aimé et observant la lente marche des faneurs. Il suivait distraitement le balancement régulier des corps, la patiente construction des andains, s'étonnait du changement des nuances de vert lorsque le foin était tombé sous la faux. Mais plus que tout, il avait plaisir à respirer l'odeur de bonheur que l'herbe coupée promettait et qui revenait chaque année, malgré la disparition des êtres chers, pour dire que rien n'était encore perdu. Car, vaille que vaille, il lui fallait aller de l'avant pour ceux qui restaient, les deux enfants du malheureux couple qu'il devait aider à grandir. Cette tâche lui avait été confiée par leur mère sur son lit de mort. Jamais il ne s'en déchargerait, même si elle attirait sur lui l'inimitié de tous.

Il savait que, si quelque bonheur lui était encore permis durant les jours qui lui restaient à vivre, ce ne serait pas un bonheur facile, mais d'une âpreté intransigeante. Il s'en contenterait en cherchant l'apaisement dans la certitude d'avoir accompli son devoir. Il aurait alors la conscience tranquille, malgré les apparences qui le desservaient, ces apparences si trompeuses dont tout le monde se contentait. Il était le seul à connaître la vérité et elle ne regardait que lui. Aimé avait disparu et on n'espérait plus son retour. Nadège était dans la tombe, perdue à jamais. Mais la vie continuait avec les contraintes qui en découlaient et désormais c'étaient elles qui lui tiendraient lieu de bonheur.

Il fit faire une volte à son cheval et l'engagea dans le sentier bordé de buis de la hauteur d'un homme qui s'épanouissaient sous l'ombre épaisse des chênes et des érables. En cette matinée du début de l'été, le soleil étant déjà haut, le cavalier appréciait la fraîcheur de l'endroit, sans doute le plus abrité du domaine. Il avait attendu cet instant de paix. Il s'accrochait au semblant de sérénité qu'il lui apportait et qu'il désirait avant tout maintenir en lui-même. Tout en marchant sous l'ombre des arbres, il faisait le point : depuis un an, il avait conquis la place de maître respecté. Son allure de cavalier émérite, les discours qu'il savait construire, l'avaient aidé à asseoir son autorité sur les gens d'Apreville d'abord réticents à lui obéir. Certes, le passé le harcelait et ne cesserait jamais de le faire. Il lui restait aujourd'hui à se rendre plus fort afin de mener à bien ce qu'il estimait être son devoir. S'il y parvenait, peut-être un jour Basile et Rosine lui en seraient-ils reconnaissants. Il saurait alors que ce qui avait été vécu ne l'avait pas été pour rien. Mais pour le moment, sa nouvelle situation ne le servait pas dans ce sens.

Il se dirigeait lentement vers les prés du Fossan pour vérifier où en était la deuxième équipe de faneurs lorsque Basile sortit d'un buisson comme un diable et lui barra la route, faisant cabrer son cheval. Ce n'était pas la première fois que le garçon cherchait l'affrontement. Il comprenait sa révolte d'adolescent, son refus d'accepter l'inacceptable : la disparition de ses parents avec, pour conséquence, la venue de celui qui était pour lui un étranger, prenant leur place encore chaude. Mais la vie était faite de détours ridicules. Un jour Basile reviendrait sur ses positions. Il lui fallait seulement attendre le juste moment pour lui parler. Après quoi les injustices et les mensonges étant dénoncés, la compréhension aidant, le passé serait apprivoisé et la vie pourrait prendre un autre tour. La paix reviendrait dans le cœur de Basile ainsi que dans le sien. On devait toujours faire confiance aux bons sentiments qui survivaient dans les cœurs les plus farouches.

Cette explication aurait lieu sans doute sous peu, à l'occasion de l'ouverture du testament de Nadège que le notaire reculait encore, sous prétexte que son mari Aimé devait y assister, lui que l'on disait disparu en mer... Non, Maître Trabon ne devait pas tarder davantage, il lui parlerait dès demain pour accélérer la procédure. Après tout, il avait en main des arguments.

Devant l'assaut de Basile, le cheval avait fait un écart mais Maître Legal, d'un coup de jambe, l'avait mis au galop, empêchant que le garçon ne le saisisse au mors. Il redoutait une nouvelle altercation. Il connaissait les reproches qui allaient lui être faits et auxquels il ne pouvait répondre. Il avait plus que de la sympathie pour le fils révolté de Nadège qui demandait raison de l'offense dont il croyait ses parents victimes et qui lui faisait subir au passage sa colère et son désespoir.

Mais le garçon était obstiné. Vers la fin de l'après-midi, il guettait Maître Legal du côté du sentier qui menait au puits de la Font. A cette heure, il n'y avait personne, les piémontais étant encore à leur travail. Le sentier était si étroit que, cette fois, le cavalier ne put se dégager. Basile l'arrêta et se mit à hurler sa rage de toutes ses forces.

Or, Debrume, de retour de Combeferres, en entendit les échos. Il tendit l'oreille :

- Calme-toi mon garçon… Tu sais bien qu'on ne peut rien contre tout cela… Tu n'as pas le choix. Jusqu'à ta majorité je serai ton tuteur légal. Ta mère l'a voulu ainsi. Nous recevrons bientôt les papiers officiels, tu verras, tout cela sera fait dans les règles et tu n'auras rien à redouter. C'est le mieux qui puisse t'arriver, quoi que tu en penses. En attendant il faut bien que quelqu'un prenne les affaires en main. Je ne vois pas comment tu pourrais passer au travers de la loi et donc de mon autorité. Il faut commencer par obéir pour devenir un homme ! C'est ta seule chance d'apprendre et de t'armer contre la vie, crois-moi !

Mais Basile n'écoutait pas :

- Rosine, hurlait-il ! Où est Rosine ? Qu'avez-vous fait d'elle !

- Tu plaisantes j'espère ! Si Rosine a disparu, il n'y a que toi qui saches pourquoi, ne fais pas l'enfant !

- Non ! C'est vous le coupable ! Vous la terrorisez ! Elle est partie à cause de vous, je le sais, j'ai vu comment vous la traitez ! Que lui avez-vous fait cette fois ? Pourquoi l'avez-vous enlevée ? Où la cachez-vous ?

Debrume s'était arrêté derrière un fourré et se tenait à distance. Il ne perdait aucun mot de cette houleuse conversation. Il entendit encore Basile hurler « salaud ! » de la voix éraillée et mal maîtrisée des garçons de son âge. Il le vit partir en courant alors que Maître Legal continuait de l'appeler.

Tendant le cou, l'inspecteur suivit la course du garçon. Il se dirigeait vers les prés séparant le Fossan de l'aire de battage soutenue par l'immense mur qui donne à Apreville sa signature de puissance séculaire. A travers le feuillage léger des saules qui prenaient racine dans le Fossan, il voyait Basile courir à toutes jambes. Au pas compté, il le suivit de loin.

Il assista alors à une scène étrange. Arrivé au pied de l'aire, le garçon se jeta avec violence contre le haut mur de soutènement, comme s'il voulait l'embrasser de ses deux bras. Avec des hurlements sauvages, il se cogna la tête contre les pierres à plusieurs reprises et en y mettant toute sa force. Quand son visage fut en sang, il se laissa couler le long du mur et s'affaissa comme un tas de chiffons.

Le silence revint. De loin, Debrume, immobile, observait toujours le garçon recroquevillé en boule au pied du mur. Vaincu par sa colère, il restait prostré. Ses épaules étaient secouées de sanglots profonds que, de là où il était, Debrume ne pouvait entendre. Dans leur soumission silencieuse, ils exprimaient la force d'un désespoir dont la violence était insoutenable. Debrume en eut froid dans le dos. Cette violence, il l'avait souvent rencontrée. Il la reconnaissait. Elle sentait le drame, le sang, la mort, l'inéluctabilité d'un terrible destin.

<u>5</u>

Icare savait où son cavalier voulait le mener en ces petits matins du début de l'été, après que les averses de printemps avaient cédé la place aux longues heures d'un soleil tranquille et bienveillant. Le mois de juin à Couraurgues s'épanouissait sous la profusion des fleurs sauvages et l'herbe des prés y paraissait plus verte qu'ailleurs. Le pays si aride en été, si rude en hiver, n'était alors que sourire et douceur. Les travailleurs de la terre l'animaient de leurs appels, et leurs activités battant leur plein, la vie grouillait dans les champs, autour des fermes et des bergeries. Pourtant, ce n'était pas le charme de la vie bucolique qui attirait Debrume, mais bien l'agitation laborieuse qui régnait sur le chantier de Combeferres : chaque matin, une sorte de superstition le faisait seller son cheval, comme si son absence d'un jour devait être cause d'un ralentissement des travaux qui retarderait le retour de Marthe.

Il arrivait sur les lieux alors que les ouvriers s'affairaient depuis le lever du jour. Mus par la sempiternelle conviction que le nouveau sera toujours supérieur à l'ancien, les puisatiers avaient abandonné la restauration du vieux puits pour en creuser un autre, de plus grande envergure, après que le sourcier avait décelé la présence d'eau derrière la demeure à l'emplacement d'une ancienne dépendance disparue lors de l'incendie. Les maçons avaient remonté les murs du corps central du bâtiment jusqu'aux linteaux des fenêtres qu'un tailleur de pierres mettait toute son opiniâtreté à sculpter. Le bruit lancinant de la massette frappant régulièrement le pointeau ne ravissait que Debrume aux oreilles de qui il était comme une musique : il lui parlait avec insistance de Combeferres enfin ressurgi de ses cendres et de l'arrivée prochaine de Marthe.

Ce matin-là, il fut étonné de voir qu'un grand débroussaillage avait mis à terre un vaste hallier duquel émergeait autrefois le majestueux tilleul emporté par les flammes et dont l'écu d'or, posé juste au-dessus de la demeure, l'avait attiré vers elle, lors de son premier séjour à Couraurgues, durant l'automne - dix ans déjà !– qui avait marqué un tournant décisif dans sa vie. Si Gigi, le maître d'œuvre et fidèle recrue de Corsan avait été présent, il lui eût demandé la raison de ce nettoyage. Ce hallier ne gênait en rien la circulation autour de Combeferres et le protégeait du vent du nord particulièrement redoutable en hiver. Le supprimer était inutile à moins que la construction de nouveaux bâtiments ne fût envisagée. Il voyait d'un bon œil tout ce qui allait dans le sens du retour de Marthe, mais il ne comprenait pas ce que signifiaient de nouvelles constructions : avait-elle le projet d'accueillir des inconnus à Combeferres ? Que mijotait-elle ?

Malgré ses doutes, il ne s'attarda pas sur le chantier. Quelque chose le poussait plus loin. Sans même formuler son désir, il se retrouva sur le sentier longeant le Fossan qui menait au puits de la Font où les piémontais avaient reçu de Linguier puis de son épouse, Nadège, la dame d'Apreville, l'autorisation de puiser de l'eau. Il dépassa le puits où il n'y avait personne et continua longtemps au petit trot enlevé pour le bonheur d'Icare qui avait besoin de se donner de l'exercice. Il reconnut tout à coup l'endroit où il avait vu s'effondrer Basile la veille. Il eut un sourire narquois envers lui-même : « Bien sûr, se dit-il, c'était bien ici qu'il fallait que tu viennes, comme par hasard ! On ne se refait pas : chien de chasse tu es… »

Il mit pied à terre devant la haute muraille avec l'intention de l'examiner avec minutie. Rien n'y parlait du chagrin du garçon. Les pierres étaient régulièrement taillées. Elles comportaient quelques aspérités, (quelques dissonances aurait-on dit d'une partition). Mais celles-ci n'en chamboulaient pas l'harmonie. Elles n'étaient que la signature de celui qui avait construit le mur et y avait laissé « la marque de sa main ». L'inspecteur ne s'attarda pas et revint sur ses pas. Le soleil était maintenant haut dans le ciel et il faisait chaud. De retour, il fit un arrêt au puits de la Font. Ce dernier était flanqué d'un abreuvoir creusé à même la pierre et Icare y plongea la tête avec délectation.

Debrume resta une heure pleine à attendre, sans savoir quoi. La scène étrange de la veille, le garçon se jetant sur le mur et se blessant gravement à la tête, ne cessait de le tourmenter. Les questions affluaient, tandis qu'Icare se livrait à ses ablutions, relevant la tête violemment et l'éclaboussant de longues gerbes de paillettes de cristal qui brillaient au soleil. Enfin, après cette longue halte, encore quelque peu indécis et rêveur, le cavalier décida de se remettre en selle. Ses pas le ramenèrent dans la direction du mur de l'aire d'Apreville devant lequel il s'était arrêté une heure auparavant : encore une fois il traversa le Fossan au gué qui était presque à sec malgré les récentes pluies et ne laissait couler qu'un filet d'eau sans force se frayant un chemin parmi les pierres blanchies d'une vase qui se craquelait en séchant. Il n'était pas loin de midi. Le soleil à son zénith brûlait la peau.

A nouveau et comme sans l'avoir voulu, il se trouva à l'endroit où la veille, il avait vu Basile se jeter désespérément sur le mur, - ce mur qu'il avait observé de près une heure environ auparavant. Il eut la surprise de l'y trouver. En espérant qu'Icare se comporterait en complice averti et ne lancerait pas un hennissement ou un éternuement dont il le gratifiait quelquefois quand l'impatience le gagnait, il se mit en devoir d'observer le garçon à travers le clair feuillage des saules : il était agenouillé devant le mur, comme en prière, pétrifié sur place. Son immobilité était troublante. Quand Debrume s'éloigna, Basile était toujours dans la position où il l'avait trouvé un bon quart d'heure auparavant.

Cette nouvelle scène avait fait naître en lui-même un trouble qu'il avait déjà éprouvé. Peut-être dans une autre vie, ironisa-t-il. A n'en pas douter, la souffrance de Basile, il la ressentait étrangement dans sa chair. Elle ravivait, avec la soudaineté d'un coup de griffe, une douleur qu'il avait connue, puis oubliée bien avant de l'avoir véritablement déchiffrée. Une douleur persistante, née de cette enfance fragile qu'il avait crue heureuse, mais dont les contraintes et les incompréhensions avaient laissé en lui-même un malaise qui l'accablait encore aujourd'hui, et qui l'assaillait quand il s'y attendait le moins.

L'attitude de Basile ne lui en ramenait qu'un petit écho, ténu comme la note d'un piano qui aurait sonné au fond d'une vallée, très loin, dans l'obscurité. Certes, il était facile de se reconnaître dans les autres, et il arrivait souvent qu'une note qu'on croyait être seul à percevoir, se mît à vibrer à l'unisson de leurs malheurs. Oui, c'était bien trop facile, et souvent dangereux.

Dans ce cas pourtant, de même que la lointaine douleur dont les relents d'amertume lui revenaient encore, celle de Basile se révélait tout autant que la sienne, hors de sa portée. L'empathie avait beau être spontanée, elle ne changeait rien, chacun avait sa propre histoire qui restait fermée aux autres. Celle de Basile avait un rapport avec Apreville. Elle était marquée du sceau de son mystère, liée à son passé et à celui des nombreuses vies qui s'y étaient écoulées. Evangéline et Marthe, qui avaient été les amies de Nadège, avaient toujours évité de lui parler d'Apreville sans pour autant nier qu'il existait dans cette famille une situation insolite et douloureuse. A la vue de la curieuse attitude de Basile, il pensa qu'il devrait découvrir de quoi il s'agissait.

« Aurais-je en tête de venir en aide à mon prochain ? De détective serais-je devenu une sorte d'aumônier ? Dois-je secourir ce garçon en mémoire d'Evangéline pour qui le fils de son amie comptait, car elle l'avait vu naître et s'était certainement attachée au charmant bambin qu'il avait été ? Elle ne l'eût pas laissé noyer sa vie dans ce tourment si elle avait encore été là après la mort de sa mère… Sa mère qui était également l'amie de Marthe… » Il pensait tout haut mais cessa aussitôt en voyant le regard réprobateur d'Icare qui lui faisait l'œil rond.

Après s'être éloigné des limites d'Apreville et en revoyant les murs encore décapités de Combeferres, Debrume retrouva son aplomb, se dit qu'il était incorrigible et qu'il voyait des énigmes partout, des âmes torturées, des drames inévitables, du sang prêt à couler. Bref, il ne voyait de la vie que le mal qui rongeait le monde et qui effaçait la beauté des choses. En colère contre lui-même, il tenta de se convaincre que Legal et Basile avaient eu un différend dont il avait été le témoin fortuit, voilà tout, et que rien n'était mystérieux dans la rébellion d'un adolescent. On sait bien qu'elle est incontournable, voire nécessaire. Mais l'image du garçon se précipitant sur le mur, s'y cognant la tête jusqu'au sang, et celle de sa douloureuse prostration continuèrent de le tourmenter toute la journée.

C'est pourquoi le soir, après que Cendrine lui eut servi son repas et fut allée se coucher, le laissant seul devant une longue nuit d'insomnie, il sut que ces images ne le lâcheraient pas et qu'il n'était pas près de dormir. Autant mettre à profit ces heures vides au lieu de laisser voguer son inutile imagination. Il n'avait qu'une chose à faire. Abandonnant ses livres et son fauteuil, il traversa la placette et se rendit à l'écurie où Icare faisait semblant de ne pas dormir. Après l'avoir sellé encore tout enchifrené de sommeil, le cavalier quitta le village. Deux heures du matin venaient de sonner au clocher. Une lune épanouie éclairait le moindre recoin de nuit. Un calme enchanteur régnait dans les rues et il n'était là que pour lui : personne d'autre ne souffrait d'insomnies à Couraurgues, et après la sempiternelle ronde de Marino, on n'y voyait que quelques chats errants en quête de nourriture.

La nuit lui appartenait donc et le village avec elle. Après les remparts, c'était du chant des grillons qu'il prenait possession, de l'odeur de terre humide et d'herbe fraîche, de la fraîcheur de l'air qui venait des montagnes et d'où émergeaient les senteurs de certaines plantes qui n'exhalaient leurs effluves sauvages que la nuit. Vers Combeferres, la chouette hulotte accompagna un long moment sa marche de sa plainte sans cesse répétée et dont le désespoir obstiné atteignait le cœur. La lune, compagne utile autant que belle, n'avait jamais brillé d'une telle blancheur. Et cette nuit tout au moins, elle se révélait être un témoin bienveillant dépourvu de l'air revêche qu'il lui connaissait parfois. Il eut la certitude qu'elle l'aiderait à comprendre, elle qui était un véritable mystère et rendait dérisoires les mystères des hommes.

L'intention de l'ex-inspecteur était de se rendre au pied de ce mur qui semblait tant compter pour Basile. Il espérait que la lumière produite par la lanterne sourde qu'il n'avait pas omis d'emporter, lui viendrait en aide en dévoilant un relief ou une forme significative que la clarté de midi, trop puissante, n'avait fait qu'écraser, l'effaçant totalement à la vue. Il fallait bien que ce mur eût une signification particulière pour l'adolescent qui s'y était lacéré le visage et les membres au mépris de la douleur physique, et qui y revenait dans la journée comme si là était son point d'ancrage. Cette signification, il lui fallait la découvrir. Il ne savait dire pour quelle raison mais il en ressentait l'urgence. Etait-ce à cause de ces échos d'enfance revenus furtivement à lui comme surgis d'un épais brouillard en observant le garçon qui ressemblait peut-être à celui qu'il avait été ? Etait-ce pour retrouver le garçon qu'il avait été et qui n'existait plus ? Car il connaissait l'égoïsme de la nature humaine et il était comme tout le monde. Il lui fallait être honnête : cela ne pouvait être par simple charité chrétienne qu'il s'intéressait à cet enfant.

Debrume laissa Icare le plus loin du lieu où il se rendait. Il connaissait, à l'ombre de la lune, un coin de trèfle dont le jeune hongre se repaîtrait goulument, un somptueux coin d'herbe tendre, un festin qu'il était heureux de lui offrir tandis qu'il vaquerait à ses affaires.

Il avança avec précaution le long du sentier qui longeait le Fossan jusqu'au gué, comptant toujours sur l'aide de la lune. Arrivé à bonne hauteur de la haute muraille, il aperçut, depuis la frange de saules, une lueur qui lui fit ralentir le pas. Il attendit un moment avant de traverser le gué. Autour de lui, il n'y avait que le silence. Les grillons eux-mêmes avaient cessé leur chant, ainsi que les crapauds qui se tenaient éloignés de ce lieu par trop fréquenté.

La lueur ne bougeait pas, ce qui n'eût pas été le cas s'il s'agissait d'un piéton se dirigeant à l'aide d'une lanterne. Avançant avec prudence, il comprit pourquoi. Le mur était illuminé comme pour la fête des escargots, quand les villageois scellent dans le creux des vieilles pierres les coquilles emplies d'huile et dotées d'une mèche. Dans la nuit, le ruban que forment ces lumignons posés à bonne distance l'un de l'autre trace le parcours de la procession qui traverse de part en part le village et zigzague d'un oratoire à l'autre pour revenir à l'église, accompagnée du bourdonnement des dévotions et du chant des cantiques. Basile était dans cette lumière, bras ouverts, comme s'il n'avait pas bougé depuis midi. Par intermittence, il levait la tête vers le ciel, ou tout au moins c'est ce qu'il sembla à Debrume qui ne le lâchait pas du regard. En observant mieux, il se rendit compte que le garçon ne dirigeait pas ses yeux vers le ciel, mais vers une masse sombre entourée de lumignons disposés en rangs plus serrés. Cette masse dominait de haut sa tête.

Debrume avait du mal à admettre que c'était cet objet bizarre que Basile fixait, comme hypnotisé. Et pourtant il n'y avait aucun doute. Il s'agissait bien d'une paire de cornes de bœuf, un trophée que l'adolescent avait accroché au mur et devant lequel il avait l'air de procéder à une méditation silencieuse. A ses pieds un rectangle était dessiné à l'aide de grosses pierres blanches que Debrume était certain de n'y avoir pas vues dans la journée. Ce rectangle de la longueur de la taille d'un homme était placé perpendiculairement au mur et à l'aplomb du trophée.

Le garçon leva tout à coup les bras et bascula plusieurs fois la tête en arrière, puis de droite et de gauche. Des paroles arrivaient maintenant aux oreilles de l'inspecteur dans un bruissement indéchiffrable. Cela ressemblait à des psalmodies, des sortes d'incantations. Enfin, tandis qu'il joignait ses mains au-dessus de sa tête, restant longtemps dans cette position, Basile exhala des soupirs à fendre l'âme, des sortes de cris rentrés, qu'il avait du mal à libérer. Ils exprimaient une supplication, un appel désespéré. A ces soupirs, Debrume prenait la mesure de la souffrance de Basile que le garçon, se croyant à l'abri des regards, manifestait avec violence devant le mur le jour précédent.

L'étrange manège dura longtemps. Il fut abruptement interrompu quand Basile s'allongea face contre terre et bras en croix, dans ce rectangle de pierre qui délimitait son corps et dessinait autour de lui une sorte de couche. Il gisait tel un moine en pénitence devant l'autel. Il resta sans bouger dans cette position plutôt inconfortable. Puis son dos fut d'abord agité d'un tremblement avant d'être secoué de spasmes que Debrume reconnut pour être des sanglots.

L'émotion figeait l'ex-inspecteur sur place. A quel rite dédié à quel Dieu et pour quelle expiation cet enfant s'adonnait-il ? Pour étancher quelle misère ? Il lui fallait comprendre à quoi cet adolescent fantasque se livrait, ce qu'il avait en tête, et surtout, ce qui, dans cette jeune vie, avait pu nécessiter de tels épanchements.

Cependant la tâche s'avérait difficile. Debrume ne connaissait personne à Apreville pour lui apporter quelque éclaircissement. Nadège Linguier, dont Evangéline, aussi bien que Marthe, lui avait parlé tant de fois en termes élogieux, avait rendu son âme à Dieu quelques semaines auparavant. Il ne voyait pas comment aborder ce qu'il avait déjà dans l'idée d'appeler une enquête, en incorrigible curieux de l'âme humaine qu'il était, ou en défenseur de l'ordre (c'était ainsi qu'il désignait sa fonction, malgré sa retraite largement anticipée, quand il voulait donner à sa curiosité maladive ses lettres de noblesse).

Il eut un coup dans la poitrine en pensant qu'avec l'âge, il devenait comme Marino dont l'obsession était de faire respecter la loi. Certes, l'aide du brigadier, dont il avait eu tant de fois l'occasion de solliciter les généreuses qualités, s'était toujours avérée efficace, bien que sa présence et son côté lourdaud n'aient jamais cessé de lui peser, sans parler de la fantaisie de ses déductions, de ses méthodes cavalières et de son manque d'esprit d'analyse. A part cela, il n'avait rien à reprocher à Marino : c'était un homme de bonne volonté, qui croyait en son métier.

Quant à lui, il ne s'était jamais senti investi d'une mission. La réalité était plus cruelle : il n'avait trouvé que cette curiosité insatiable face à chaque mystère qu'était la vie des êtres pour combler le vide de son existence. Pour quelqu'un qui, de toujours, avait exercé son métier avec le plus grand détachement possible, se donner l'illusion d'être un défenseur de l'ordre, voilà qui était drôle ! Mais aujourd'hui, si cette illusion, qu'il avait toujours bannie de son esprit, le tentait, c'était bien la preuve que son réservoir de rêves était au niveau le plus bas et qu'il allait falloir s'occuper de le réalimenter au plus tôt !

<u>6</u>

« la testa or fino et calda neve il volto… »

Petrarca, CLVII

<u>Journal</u>

16 juin 187…

 Voilà enfin de quoi combler mon attente : Basile est une mine ! Je vais régulièrement à Apreville la nuit pour l'observer. Rien ne change. Toujours les mêmes « rites ». Toujours les mêmes sanglots aussi. Sa douleur est très vive. Et il s'acharne à la cultiver. (Suis-je bien placé pour l'en blâmer ? En tous cas, certainement pour le remarquer). Chaque nuit, elle lui revient intacte, et chaque nuit elle l'incite à mettre en scène ce qui me semble un rituel dédié à sa glorification. C'est là un symptôme émergeant- le seul - et donc une voie à explorer.

 Durant la journée, tout cela disparaît, le mur transformé en autel de fortune devant lequel il se prosterne, le rectangle de pierres, les objets du culte, lumignons, cornes de bœuf. J'ai fouillé les buissons à l'entour. A part les pierres, (mais toutes se ressemblent ici et l'endroit n'en manque pas), je n'ai rien trouvé. Où est la cachette où il dépose les précieux éléments de son culte ? Il doit s'agir d'un lieu assez éloigné pour qu'on ne puisse pas faire la connexion avec le mur où se déroulent ses agissements, si on venait à les découvrir. S'il prend autant de peine à dissimuler son secret, c'est que la dissimulation est partie intégrante de son jeu. Il semble toutefois impossible que quelqu'un à Apreville n'ait pas déjà découvert ses pratiques. Dans ce cas, il fait comme s'il ne le savait pas et il continue tout bonnement… Comment savoir de quoi il s'agit ?

 Sans doute un jour, par hasard, assisterai-je à la mise en place de cette espèce de rituel et à la façon dont il prend fin. Je saurai alors où est la cachette. Et après ? C'est tout de suite qu'il me faudrait comprendre ce que tout cela signifie. La souffrance mène loin. Ce ne serait pas la première fois que je le constate. A moins que l'urgence ne soit que dans mon imagination, comme trop souvent et je le déplore. Il ne pourrait s'agir que d'un jeu… sans conséquence : Basile est encore un enfant.

J'ai décidé d'en parler à HD, je ne vois que lui à qui confier mes doutes sans me ridiculiser. HD : mon ami Honoré Deroure qui, après avoir passé l'hiver à Nice et être venu installer sa demeure d'estive ici, il y a quelques semaines à peine, en est reparti aussitôt pour un petit voyage jusqu'à Marseille. Je n'ai fait que l'entrevoir durant quelques heures, mais encore une fois nos retrouvailles ont été pleines de joie et de gravité.

17 juin

HD est de retour. Je l'appelle par ses initiales qui m'ont inspiré son surnom : « l'homme discret ». Ce qu'il n'est évidemment pas, mais l'antinomie m'amuse. Cependant, malgré son exubérance, je dois dire qu'on ne peut pas vivre davantage à l'écart du monde que lui, bien qu'il en cultive une profonde connaissance. C'est un grand « amateur d'âmes », ainsi se définit-il lui-même. Son humanisme, doublé d'un optimisme naturel, le dessert quelquefois, mais il persévère dans sa confiance en l'homme comme le vieil entêté qu'il est. Voilà pourquoi j'aime sa conversation. Sa façon positive de voir les choses réussit parfois à contrebalancer mon pessimisme naturel. Sur quel que sujet que ce soit, quand on le sollicite il est intarissable : sa prolixité est à l'opposé du laconisme des gens du pays, sans parler des piémontais qui battent les records. Le contraste est revigorant ! Mais quel incorrigible bavard !

Ici, HD est le seul humain à des lieues à la ronde à s'intéresser aux découvertes de la science. Il les étudie de près, il est abonné à de nombreuses revues scientifiques que la patache lui amène chaque quinzaine. Son engouement pour les sciences le conduit à en déduire leur évolution dans le futur : il vous expose l'avenir de l'humanité avec l'aplomb des visionnaires.

Mais il est avant tout désireux de connaître la nature humaine. La science, dit-il, nous offre aujourd'hui des techniques nouvelles qui nous y aident. Il s'adonne à celle de la photographie dans cet unique but. Cette technique commence à se diffuser bien qu'elle n'en soit encore qu'à ses balbutiements, promet-il. Pour ce faire, il a acheté tout un matériel hétéroclite et coûteux qu'il renouvelle sans arrêt. Il en est entiché comme un enfant de ses soldats de plomb. Ce matériel qui ne cesse de se perfectionner, assure-t-il, lui permet d'approcher l'homme au plus près et de le surprendre dans des attitudes qui le révèlent mieux que les livres de psychologie. Les aliénistes en font leurs dimanches et la police l'utilise également ! De plus, la technique va en se simplifiant, et elle sera bientôt praticable par tout un chacun. Le daguerréotype sera vite dépassé. On dira adieu aux plaques de verre, de métal et aux procédés chimiques hasardeux ! Les plaques sèches à l'albumine feront partie de la préhistoire... Aujourd'hui, si le transfert de l'image des plaques de verre sur le papier se fait avec plus de facilité, il y faut encore de la chimie et de la précision, et une infinie patience ! Mais rien ne peut se faire sans la photographie, de même qu'on ne peut plus se passer de télégraphe. « Tout cela vous le savez mieux que moi conclut-il. Mais sachez que le procédé ne s'arrêtera pas là. Bientôt les images s'animeront. On verra les gens bouger, vivants. Vous pouvez rire, je vous assure que c'est l'avenir et que cette technique en se développant, bouleversera le quotidien de tous, même des plus humbles. Et comment ne pas succomber ? Le matériel est beau avec ses brillances de cuivre, de bois vernis et de cuir. Ces objets sont de vrais petits bijoux... ! Et les optiques de précision, une merveille ! Je vous montrerai les clichés que j'ai pris il y a quelques années, vous serez étonné ! Afin de convertir l'éternel sceptique que vous êtes, je vous propose que nous développions ensemble dans la chambre noire ceux que vous ferez un jour. Vous verrez, c'est passionnant ! »

Cela, c'était l'année dernière. J'attends donc avec une certaine curiosité de voir les clichés qu'il a promis de me montrer. J'aime son enthousiasme. Je voudrais être comme lui, confiant en l'avenir, confiant dans les sciences et dans l'homme, dans sa certitude que nous marchons vers un monde meilleur... ou bien croire en Dieu... Quel repos pour l'esprit !

Qu'apprendrai-je de ses clichés au sujet de l'âme humaine ? Ses images de Couraurgues remontent à dix ou douze ans. Comme les gens de ce pays semblent particulièrement doués pour les tourments de l'âme, je ne doute pas que sa moisson a été fructueuse !

Quant à l'art de la photographie, il a raison mais seulement en partie. Je garde précieusement celle que nous avions faite le jour de notre mariage, la seule image qui me reste de Céleste. Bien sûr, ce sont ses traits, mais c'est à peine elle, figée, floue comme voilée par les éraflures du temps... et cet étrange regard qui n'était pas le sien, ces yeux qui déjà semblaient voir... Elle était tellement plus belle, et ses yeux si pleins de vie... ! Ou bien est-ce l'absence qui l'a à ce point embellie ? Ah, quelle étrange chose que le souvenir... !

Même jour à 18h

J'espère toujours une lettre de Marthe : ce serait la première depuis deux ans. Quelle impatience, mes mains trembleraient en l'ouvrant ! Elle me demanderait de m'informer de l'avancement des travaux de Combeferres et de lui en rendre compte. Il me semble étrange qu'elle ne puisse imaginer que je suis à Combeferres tous les jours et que la reconstruction de sa maison a autant d'importance pour moi que pour elle, sinon plus. Elle me donnerait sa nouvelle adresse. Peut-être est-elle revenue à Paris pour exercer son nouveau métier d'institutrice.

L'intrépide aurait-elle définitivement renoncé aux aventures héroïques pour se consacrer à des tâches plus sereines ? Je n'y crois qu'à moitié, même si c'est ce que je désire le plus. Mais je ne sais plus rien d'elle depuis si longtemps. Elle est insaisissable. C'est sans doute ce qui me fascine en elle. Je ne sais combien de temps je devrai attendre encore de ses nouvelles. Est-ce vraiment tout ce que j'ai l'intention de faire : attendre, immobile comme statue de sel ?

Si je lui parle de tout cela, je sais ce que me dira mon vieil ami qui n'a jamais attendu une femme. Même si le regret le point parfois, un regret qu'il n'avoue qu'à demi-mots (il a horreur de voir ses théories mises à mal), il me répètera son antienne : « Nous n'avons pas le choix. Il nous faut vivre, ne pas oublier de vivre hic et nunc… *les regrets ne valent pas grand-chose… Ils ne sont que vues de l'esprit, apitoiement grotesque sur soi-même pour justifier nos propres erreurs ! »*

Vivre, c'est d'accord. Mais qu'appelle-t-il vivre ? Plus le temps passe, moins je le sais… Apprendre à vivre est déjà bien assez difficile. On s'y épuise. Quant à mon ami, il lui faut remplir sa vie de sensations, d'impressions, d'actions inutiles autant qu'éphémères. Libre à lui ! Et pourtant, au bout du compte, n'est-ce pas ce que je finis par faire, contraint et forcé ? Mais avec tellement moins de panache que lui, hélas !...

<u>7</u>

Cette nuit-là, la pluie se remit à tomber longue, dévastatrice. Un torrent dévalait les rues du petit village recroquevillé dans le sommeil. Debrume se retournait sur son matelas de laine sans réussir à trouver l'apaisement. Des lianes d'eau dévalaient du toit, pénétraient les murs et surgissaient en se tordant autour de lui. L'eau envahissait la maison. Quand elle atteignit ses draps, suffoquant, il s'éveilla en sursaut. Les éclairs en rafale illuminaient la pièce. Les éclats de tonnerre qui s'ensuivaient faisaient trembler le soubassement du village pourtant bien ancré sur son socle de rochers. Parmi ces coups répétés, il eut du mal à repérer ceux du heurtoir contre sa porte, malgré leur véhémence. Sortant avec peine des brumes opaques des mauvais rêves, il prit peu à peu conscience qu'il devait se lever et aller ouvrir. Il sauta dans son pantalon et se précipita dans l'escalier au moment où l'horloge du clocher sonnait trois coups : « Juste mon heure, se dit-il, mais cette nuit tout de même je me serais bien abstenu ! » Certes, il n'eût pas mis le nez dehors par ce temps, seulement par égard pour sa monture.

Il entrebâilla la porte et aperçut un fantôme encapuchonné de noir, collé dans l'encoignure. Il n'avait pas de lanterne et c'était à peine si on le devinait. Promenant sa chandelle dans l'opacité d'encre qui l'enveloppait, Debrume mit un temps à identifier Gigi dont le regard seul, brillant comme du jais, émergeait d'un fouillis de cheveux et de barbe noire. Il le fit entrer en hâte et referma la porte derrière eux alors que le tonnerre éclatait au-dessus de leurs têtes et que l'eau entrait en trombe, intruse indésirable.

Sa houppelande dégoulinante de pluie, Gigi se tenait devant lui tête baissée, muet comme une carpe, sans l'intention apparente de dire un mot. Debrume savait qu'il faudrait lui arracher les raisons de sa présence l'une après l'autre et avec une infinie patience. Un travail de longue haleine auquel il était aguerri depuis qu'il connaissait non seulement les longs silences de Marthe qu'il avait appris à savourer comme un fruit défendu, mais aussi ceux des piémontais ses compagnons, plus énigmatiques encore que ceux des villageois. Il soupira, prit son mal en patience, éclaira la lampe à pétrole. Hélas, le feu était éteint : un café eût été le bienvenu. Il déplora également l'absence de quelqu'un qui connût assez de piémontais pour lui servir d'interprète.

Contre toute attente, ce fut dans un italien imparfait mais compréhensible que le jeune homme s'exprima. Il le parlait avec une lenteur qui convenait parfaitement à la connaissance succincte que Debrume avait de cette langue. Dans le dialogue qui s'ensuivit, bien moins pénible qu'il ne l'avait redouté, Gigi révéla une circonspection et une intelligence généreuse qui contrastaient avec son ascétisme bourru d'homme des bois rétif aux codes ordinaires des échanges en société.

La première émotion passée, le jeune maçon, devant l'accueil dépourvu d'hostilité de Debrume, présenta de plates excuses avant d'expliquer les raisons de sa visite : « Mademoiselle Rosine a insisté, elle dit qu'elle vous connaît bien. C'est elle qui m'envoie au nom de l'amitié qui existait entre sa défunte mère et Mesdemoiselles Marthe et Evangéline, vos amies de longue date. Elle est chez nous. C'est ma mère qui s'occupe d'elle. Elle ne veut pas retourner à Apreville. Elle sanglote dès qu'on lui en parle et rien ne peut la calmer. Sauf quand elle parle de vous… »

Elle était arrivée deux jours auparavant, bien après l'angélus. Elle avait avec elle un petit baluchon et leur avait demandé asile. En proie au plus grand désarroi, affamée et en larmes, ses vêtements déchirés, elle fuyait un grand danger, disait-elle. Mamma Marietta ne l'eût laissé repartir pour rien au monde. Le lendemain ils apprirent que les domestiques avaient cherché Rosine toute la nuit et le surlendemain, que Maître Legal avait ordonné d'étendre les recherches aux terres qui jouxtent Apreville, avec quelques incursions sur les premiers contreforts du Couron, mais sans aller jusqu'au village. Bénédicte, la gouvernante, que Gigi connaissait bien, avait fait une visite éclair au campement. Comme elle ne se décidait pas à frapper à sa porte, il lui avait ouvert. Mais elle l'avait regardé avec les yeux effarés de celui qui se trouve face au diable en personne. Elle était repartie en courant à toutes jambes, sans lui adresser un mot. Perplexes, la mère et le fils s'étaient questionnés du regard. Mais Rosine les avait remerciés : elle était soulagée qu'on ne lui eût pas signalé sa présence. Il valait beaucoup mieux ainsi, avait-elle ajouté avec sagesse.

- Le danger, c'est la folie, dit Gigi en regardant le bout de ses godillots d'un air désespéré. La folie qui rôde partout à Apreville. Tout le monde en est atteint maintenant. Depuis la mort de Madame Linguier elle gagne du terrain chaque jour, comme une contagion.

Et ce grand gaillard aguerri à toutes les peines, qui avait affronté les ennemis sans broncher aux côtés des garibaldiens, avait les mains qui tremblaient en évoquant cette étrange tourmente dont il ne comprenait pas les raisons.

- C'est la folie qui va gagner, c'est elle qui gagne toujours. Il faut que vous m'aidiez. Je suis innocent !

- Personne ne t'accuse ! Que redoutes-tu ? Qui voudrait t'accuser ? Viens t'asseoir, nous allons tout reprendre du début et tu vas me dire ce que tu sais de Rosine et d'Apreville.

Debrume, oubliant sa mauvaise nuit parsemée de cauchemars, rassemblait ses idées en vitesse, alléché par l'énigme que présentait la triste mésaventure de la petite fille. A Apreville, on la cherchait mais on ne voulait pas avertir les autorités de sa disparition. Certes, une histoire de famille se règle dans le huis-clos et point n'est besoin d'étrangers pour tout embrouiller : question de secrets à protéger pour sauver honneur, dignité et privilèges. Rien que d'habituel donc. D'après Gigi, cependant, Bénédicte semblait ne pas ignorer où l'enfant s'était réfugiée. Mais pourquoi avait-elle fui quand il avait ouvert sa porte ? Le comportement bizarre de la gouvernante venait s'ajouter au comportement non moins bizarre de Basile qu'il avait vu pleurant au pied du mur de l'aire après avoir accusé Maître Legal de la disparition de sa sœur. Mais ce garçon qui semblait quelque peu perturbé était-il digne de foi quand il avançait de telles accusations ?

D'après le maçon, des bruits commençaient à courir au village : Rosine aurait été enlevée par des bandits à la solde de Maître Legal. A l'instar des domestiques d'Apreville, les villageois tenaient pour responsable le nouveau maître des lieux de tous les malheurs qu'avaient subis Aimé et Nadège Linguier. Bien sûr, au village, la médisance était monnaie courante. Et les ragots n'étaient pas davantage dignes de foi que les accusations d'un enfant perturbé.

- Après avoir accusé ce Maître Legal que personne n'aime, les villageois nous accuseront : vous le savez comme moi, pour les gens d'ici, les bandits, c'est nous !

- Tu connais quelqu'un qui aurait un intérêt précis à le faire ?

- Je ne vois pas… La haine trouve toujours ses raisons… Et tout le monde nous en veut. Mais peut-être, comme j'ai été témoin… Parce que… je peux vous assurer que c'est pour fuir la folie d'un seul qu'elle est partie, Mademoiselle Rosine… Elle en a eu assez. Elle ne pouvait pas faire autrement. Et moi non plus : c'était mon devoir de l'aider.

Tout en se tortillant sur son siège, visiblement gêné de parler de ses exploits, Gigi raconta alors comment il avait sauvé à plusieurs reprises Rosine des griffes de son agresseur.

- Depuis, elle venait souvent me voir au puits de la Font. Nous sommes devenus amis. Je lui parlais du pays et de ma fille : j'ai au pays une fillette qui m'attend, elle a à peu près l'âge de Rosine et je ne l'ai pas vu grandir à cause de mes engagements et de l'exil qui en a découlé… Alors Rosine, bien sûr, je devais l'aider et la protéger. Je n'aurais plus pu me regarder dans la glace sinon…

Mais malgré l'insistance de Debrume, il lança de hauts cris à l'idée de révéler le nom de l'agresseur : d'abord parce que personne ne le croirait et que la délation était exclue de ses principes. Et d'autre part, parce que, s'il parlait, ce serait bien pire pour lui comme pour la fillette. D'ailleurs, le mal était déjà fait : sa victoire avait tant humilié son adversaire, il avait lu tant de haine dans ses yeux qu'il avait su que cela ne s'arrêterait pas là. Il était, certes, assez grand pour s'occuper de ses propres affaires, une bagarre de plus ne lui faisait pas peur. Mais il redoutait les attaques sournoises. En révélant son nom, il ne ferait qu'envenimer la situation et il ferait courir un grand danger au campement et à ses compagnons : il était facile de mettre le feu à leurs cabanes de fortune construites avec de mauvaises planches de chantier. Non, il ne parlerait pas et leur entrevue devait rester secrète. Ce n'était pas pour rien qu'il était venu la nuit, sans lanterne et par ce temps d'orage où il savait que tout le monde se barricadait chez soi. Il viendrait à bout de son ennemi tout seul : personne ne pouvait l'aider, et d'ailleurs, il espérait encore régler le problème à l'amiable. Ce n'était pas pour lui qu'il avait besoin d'aide : pour le moment l'urgence était seulement de protéger la demoiselle. Et cela, il n'avait pas les moyens de le faire seul.

Pour en savoir davantage et sachant qu'il ne pourrait faire changer d'avis cet homme rustre et généreux, Debrume ne pouvait donc compter que sur les diverses impressions qui l'avaient assailli ces derniers jours. Si quelque chose de grave était sur le point de se produire à Apreville et qu'il arrivait trop tard, lui non plus ne pourrait pas se le pardonner. Mais Gigi avait raison, cette nuit, la question de Rosine devait l'occuper à part entière.

C'était une enfant malingre. Elle avait un air de petit animal terrorisé. Elle semblait connaître de près sa terreur. Elle l'avait sans doute maintes fois regardée dans les yeux. Depuis longtemps, elle avait dû lutter seule contre elle. Peut-être sa mère, Nadège, avait-elle eu d'autres soucis que d'écouter les jérémiades de sa fille. Son persécuteur devait être malin. Si le raffinement et la perfidie de ses chantages avaient jusque là échappé à tous, il devait avoir la main mise sur ceux qui auraient tenté de défendre Rosine et qui cédaient devant lui. Mais qui était-il ?

Toutefois, malgré l'urgence de la situation, la question tourmentait Debrume et le faisait tourner en rond. Les visages d'éventuels agresseurs de la petite défilaient à toute vitesse dans sa tête, les proches, les moins proches. A part lancer des accusations, un jeune garçon comme Basile ne pouvait pas grand-chose, même si le bougre, pour ses quatorze ans, avait déjà la taille et probablement la force d'un adulte. Il y avait beaucoup de monde à Apreville. N'importe qui pouvait être coupable.

Par ailleurs, Maître Legal ne s'était pas fait que des amis dans le domaine. Quelqu'un lui en voulait d'avoir pris la place convoitée du maître. Si Basile le traitait ouvertement d'usurpateur, il n'était pas le seul. Casimir y avait perdu son rôle avantageux de régisseur. D'autres également, dans la troupe des valets et des domestiques, subissaient les conséquences de la nouvelle gestion d'Apreville. En général, rien ne transpirait de ce qui s'y passait, mais quand, on ne sait comment, une information perçait, elle suscitait des commentaires sans fin au village. Et en ce moment on ne parlait que des transformations que Maître Legal voulait faire subir à Apreville avec le projet d'abandonner certaines cultures pour les remplacer par d'autres, plus novatrices. Tout le monde redoutait ces changements. On plaignait beaucoup ces hommes et ces femmes qui avaient passé leur vie à Apreville depuis leur naissance, tout à coup menacés d'en être renvoyés. Mais renvoyés où ? Ils n'avaient aucun lieu où aller. Ils eussent été réduits à mendier une place de journalier. Quelle déchéance pour des domestiques d'une bonne maison ! Et le chœur reprenait l'antienne : Maître Linguier n'eût jamais fait subir à ses gens de tels outrages.

- Si l'on m'accuse, continuait Gigi, - et on m'accusera puisqu'on ne me croira pas - cette faute retombera sur mes compagnons. Nous serons chassés comme des malfaiteurs alors que nous gagnons notre pain à la sueur de notre front et sans rien demander à personne. Mademoiselle Marthe seule pourrait nous protéger des attaques et je sais que vous êtes son ami. A part vous, je n'ai confiance en personne ici.

Certes, Gigi ne devait pas faire les frais des différends qui emportaient Apreville, ni de la mauvaise humeur des villageois qui avaient toujours quelque grief contre ceux qui n'étaient pas des leurs. Hélas, pensait Debrume, rien ne changera donc jamais ! Mais pour l'heure, ce n'était pas le moment de cuisiner Gigi. Debrume connaissait la légendaire ténacité des piémontais, et leur pragmatisme à toute épreuve. Il n'en viendrait pas à bout avec des promesses et sans de solides arguments reposant sur des preuves tangibles. En l'absence de Marthe, il fallait seulement l'empêcher de devenir la victime de son bon cœur, et lui éviter une injuste accusation pour rapt d'enfant. Pour ce faire, mettre la petite fille en lieu sûr, était la première chose à faire cette nuit. Il fallait l'emmener loin de chez Gigi. Mais celui-ci ne l'entendait pas de cette oreille :

- Je n'ai rien fait de mal, insistait Gigi ! Je n'ai fait que mettre l'enfant à l'abri ! Ma mère s'occupe d'elle et la sert comme une princesse malgré nos modestes moyens... Je ne veux pas l'abandonner, je l'ai toujours aidée et je continuerai. D'ailleurs, Bénédicte témoignera, elle a vu tant de choses... elle le dira au juge j'en suis sûr... Tout le monde ne peut pas toujours mentir ! Je voudrais seulement...

- Ne sois pas si naïf, interrompit Debrume. Tu te consoles à bon compte. Bénédicte connaît son monde et elle a peur autant que toi des représailles de celui ou de ceux qui sont vos ennemis communs. En attendant, il est urgent de trouver une solution. Je m'en occupe sur le champ. Retourne chez toi et attends mes instructions, mais je te promets que la nuit prochaine Rosine sera à l'abri et que tu ne seras accusé de rien. Sois sans crainte. Je ne te laisserai pas tomber, bien que tu ne me facilites pas la tâche.

- Il n'est pas question que vous vous chargiez de tout. Je dois faire ma part. C'est ce que la petite attend de moi. Je ne la trahirai pas !

Debout devant la porte d'entrée, il continuait de triturer les bords de sa houppelande détrempée tout en se confondant en excuses pour la voir inonder les tomettes cirées. Mais il ne se décidait pas à partir.

On lisait dans le cœur de Gigi comme dans un livre ouvert. Certes, il était obstiné. Mais sa confiance en Debrume était absolue, celle d'un enfant, ne comportant pas l'ombre d'un doute. Il savait ce que l'inspecteur avait fait à Arrone pour éviter l'inévitable, la mort programmée de centaines d'hommes. Quelque chose de plus grand qu'eux reliait les deux hommes, et c'était la cause à laquelle ils avaient offert leur vie. Si Debrume avait été son sauveur, il le serait une fois encore en l'aidant à sauver Rosine. Mais lui Gigi, ne serait pas en reste. En bon soldat qu'il était, il ne déserterait pas son poste.

- Si j'avais pu me passer de votre aide, je ne serais pas venu vous déranger, mais j'ai besoin de vous. Voilà l'affaire : l'enfant a une tante, la sœur de Madame Nadège, qui habite Montbazin en Provence. La fillette m'a demandé de l'y conduire car elle est sûre que là, elle ne risquera plus rien. Je pense qu'elle a raison. J'ai donc seulement besoin d'un mulet, d'une voiture, et d'un peu d'argent pour le voyage. Je me charge du reste.

- Gigi, es-tu devenu fou ? C'était donc cela à quoi tu pensais depuis le début ? Non ! Je ne te laisserai pas faire cette folie ! Tu ne ferais pas deux lieues sans être arrêté par la police. Cette mission ne peut se faire sans le soutien de l'autorité. Rentre chez toi maintenant. Je te ferai savoir ce que tu dois faire avant demain soir. Tu feras ta part, sois-en certain, je connais ton courage et ton honnêteté !

Jusque là, Gigi avait parlé cet italien lent et laborieux qui avait au moins le mérite de rendre le dialogue possible entre les deux hommes. Mais quand il eut obtenu de Debrume l'assurance que Rosine ne quitterait pas sa maison cette nuit et que l'inspecteur ne l'exclurait pas de la mission qui lui était échue, il se répandit en remerciements piémontais dont ce dernier ne comprit un traître mot. Puis il se décida enfin à prendre congé. Il s'enfonça dans la nuit, sans lanterne pour guider ses pas, mais le cœur chargé d'espoir, après avoir mille fois déclaré sa fierté d'être aux ordres d'un héros de la cause qui lui donnait la possibilité de faire son devoir envers plus faible que lui et sans perdre son honneur.

Des manifestations d'admiration de Gigi, l'inspecteur ne concevait aucune satisfaction. Bien au contraire, elles lui faisaient froid dans le dos. Encore une fois quelqu'un attendait de lui ce que les circonstances lui imposaient et qu'il n'avait pas choisi, ce à quoi il n'était pas sûr de parvenir. « Qu'ai-je donc fait pour susciter tant d'espoir autour de moi, alors que tout ce que j'entreprends part à vau l'eau et que ma vie n'est pas un exemple de réussite… Ils sont donc aveugles !» Mais il n'était pas temps de penser à tout cela. Il fallait agir et vite : trouver une solution avant demain soir, puisque c'était ce qu'il s'était entendu promettre à Gigi. Toutefois, de solution il n'en avait pas l'ombre d'une en vue. Ce n'est qu'après le départ du piémontais et une longue réflexion, que celle-ci se présenta à son esprit.

Il était un peu plus de quatre heures du matin. Ce n'était pas une heure pour se rendre au presbytère et éveiller Monsieur le Curé. Mais avant la première messe, il serait sur place. Il restait à espérer qu'il ne croiserait pas en chemin ce fouineur de Marino qui hantait les rues dès l'aube et qui ne manquerait pas de s'étonner de cette visite matinale à un homme de foi de la part du seul habitant du village qu'on n'avait encore jamais vu à la messe.

En attendant, Debrume voulut savourer quelques instants de tranquillité qui seraient peut-être les seuls avant longtemps. Revenant à ses vieilles manies, il alluma enfin son feu et se délecta des restes d'un café de la veille malgré son goût quelque peu charbonneux. Calé dans son fauteuil, il reprit la lecture de Pétrarque là où il l'avait laissée, espérant encore une fois y trouver le secret de cet amour auquel l'auteur avait dédié sa vie en construisant pour Laure disparue une œuvre éternelle. Lui aussi avait aimé une femme. Mais il était incapable de lui rendre un hommage, même modeste. Son chagrin l'accablait, il ne pouvait l'arracher de son cœur, le subissait et le portait comme un poids mort, aussi âpre et terrifiant qu'au premier jour. Loin d'écrire des poèmes qui seraient lus par les générations, il vivait dans l'instant, paralysé par le souvenir, ce qui l'avait amené à devenir spectateur de sa propre personne pour laquelle il n'éprouvait que sombre dérision. Indifférent à ce qui l'entourait, il traversait les saisons avec nonchalance, sans conviction et parfois avec un certain dégoût. L'avenir qui se présentait à lui était une chose opaque, invraisemblable, qui ne le concernait pas. Il ne savait quoi en attendre. Continuer de vivre comme un vaincu, sans courage ni volonté pour affronter la réalité, le condamnait à une inutilité dont la grisaille l'écœurait par avance.

Et pourtant, aujourd'hui Rosine était en détresse et il y avait Gigi, et ce pauvre Basile dont le désespoir poignant le hantait… Oui, aujourd'hui, comme tant d'autres fois, quelqu'un attendait quelque chose de lui…

<u>8</u>

Le lendemain, Honoré Deroure faisait tenir un mot à Debrume le conviant à dîner pour fêter son retour. L'ex-inspecteur se réjouit à la perspective de cette rencontre et du repas frugal fait de pain, de saucisson et de chocolat noir dont HD se nourrissait et qu'il ne manquerait pas de lui offrir.

Bien avant le coucher du soleil, il se rendit à l'orée du village où, passé le cimetière, son ami avait sa maison. Il prit la muletière qui va à Bourdaine et qui traverse des langues de terre arrachées au pied rocailleux du Couron par les constructions hardies que sont, aux emplacements les plus escarpés, les murs de pierre sèche. Ici, aucun puits, aucune source. Ce lieu désertique annonçait le royaume des rochers souverains, celui de la montagne à laquelle le village tournait le dos pour y appuyer plus sûrement ses assises. Comme sur le Couron, les plantes sauvages qui tentaient vaillamment de s'y implanter étaient aussitôt extirpées par les troupeaux de chèvres qu'on y menait paître. Mais parfois, ces surfaces ratissées et privées d'eau voyaient pousser avec parcimonie un petit carré de légumineuses. A certains endroits, les murs de pierre sèche y épousaient tellement les courbes tourmentées de la roche qu'ils pouvaient atteindre des hauteurs considérables et permettre des espaces assez larges pour y faire tourner un mulet. On empierrait alors une aire sur laquelle on battait les céréales qu'on engrangeait dans des bâtisses de pierres, constructions rudimentaires, dépourvues d'enduit où l'on obtenait un séchage parfait.

C'est l'une de ces granges que HD avait transformée en une petite habitation pour sa villégiature d'été. Il y avait fait construire une citerne qu'alimentait l'eau de pluie. En cas de sécheresse, on amenait l'eau à dos de mulet. Le rez-de-chaussée servait d'écurie à son cheval. A l'étage, au fond de la modeste chambre à coucher, s'ouvrait un réduit aveugle où il avait installé son laboratoire de fortune dans lequel il donnait libre cours à sa passion.

Comme HD aimait les longues chevauchées à travers les terres cultivées et les sentiers de la montagne, il ne manquait jamais d'emporter son trépied et sa chambre photographique. Maintes bergères et paysans avaient ainsi été saisis par son objectif, figures revêches que l'étonnement et l'incompréhension paralysaient. Alors que le temps les emportait dans son voyage, HD les retenait dans l'immobilité de ses clichés pour témoigner de leur humble vie de labeur. Bien qu'encore vivants, ils faisaient déjà partie des fantômes qui hantent le passé après avoir marqué de leur passage éphémère une infime partie de la vie de quelques humains. Cette idée fascinait Debrume. Quand il lui arrivait de se rebeller contre lui-même et son manque d'enthousiasme, il se disait que, comme son ami HD, lui aussi un jour tenterait de fixer des fragments de vie sur du papier. Ainsi aurait-il l'impression de combattre la labilité de son existence dérisoire. Une illusion que celle d'arrêter le temps, pensait-il, mais celle-ci a quelque chose d'attrayant qui pourrait peut-être me rendre la vie moins insipide… Plus tard, mais quand ? Et la réponse, comme toujours, restait suspendue dans le vague brumeux du futur.

Toutefois, ce jour-là, sous l'ombre du noyer, il ne fut pas question des dernières techniques photographiques. Tout en dégustant le petit vin de Bellet dont HD amenait chaque année avec lui quelques tonnelets, convaincu que l'altitude le bonifiait, Debrume lui demanda de lui parler d'Apreville. A son habitude, l'ami commença par un long prologue, se félicitant d'avoir la réserve de vin et de chandelles adéquates pour la soirée qui s'annonçait.

« Je vois ce qui vous tourmente, dit-il. C'est bien sûr dans le passé que se trouvent les racines des joies et des peines que se transmettent les humains. J'ai bien connu Aimé Linguier d'Apreville et sans doute vous servira-t-il de connaître un peu son histoire pour comprendre les démarches et les gestes de son fils dont l'étrangeté vous choque, mais qui, moi, ne m'étonnent qu'à moitié. Car je crois savoir à quoi ils correspondent.

Vous voyez ce magnifique mûrier au bout de mon pré ? Il date de l'époque où un engouement pour la culture du ver à soie avait pris toute la Provence. A Couraurgues aussi on s'y était essayé. Sans beaucoup de succès, il est vrai. Cet arbre en est l'ultime vestige. Il produit des fruits en abondance. Chaque année quand ils sont mûrs, je convie les enfants du village à s'en régaler. Il en arrive des hordes de tous les coins du pays qui se gavent de fruits. Cette récolte quelque peu animée donne lieu à un carnage : les branches de l'arbre, ainsi que les alentours, tout est couvert du jus rouge des fruits et il faut la pluie de plusieurs orages pour le voir disparaître. Mais ce rouge sanguinolent inspire les jeux des enfants. Dans leur naïve cruauté, pour imiter leurs ainés, et espérant ainsi devenir bientôt des hommes, ils aiment s'adonner aux histoires sanglantes.

Aimé Linguier était souvent parmi eux. Il n'était pas en reste pour feindre les morts violentes et faire couler le sang. Mais malgré cela, il était différent. Malingre, timide, je lui trouvais un air de sagesse que n'avaient pas les autres enfants et j'eus envie de le connaître davantage. Je lui parlais. Nous sommes devenus amis et notre amitié dès lors n'a jamais cessé. Je ne prétends pas savoir tout de lui, loin s'en faut. Je l'ai d'ailleurs perdu de vue il y a plusieurs années, quand, bien après son mariage, il a été accablé par le poids des responsabilités que comporte la gestion d'un domaine tel qu'Apreville. Je n'ai jamais prétendu le comprendre non plus. D'ailleurs, comment comprendre les êtres qui vous entourent ? Leur mystère reste entier même si l'on vient à connaître quelques vicissitudes de leur vie.

Aimé était un garçon âpre au travail et conscient de ce qui l'attendait. Il savait qu'il serait un jour le maître d'Apreville et il s'y préparait. Il était étrange de l'entendre parler, lui si jeune, (il avait à peine douze ans alors) du domaine qu'il aurait la charge de faire prospérer pour le transmettre, tel qu'il l'avait reçu, à sa descendance. Il était obsédé par elle, cette descendance incertaine qui hantait son esprit au point qu'il me semblait vivre de plus en plus pour elle plutôt que pour lui-même. Il savait déjà que son premier né serait un fils, alors qu'il était loin d'avoir trouvé sa promise. L'enfant devint ce qu'il promettait, un jeune homme travailleur et sérieux. Trop sérieux pour s'intéresser aux femmes. D'ailleurs, le lui aurait-on permis ? Dans ces familles où le patrimoine compte plus que la vie, c'est le père qui choisit et qui décide. Son père arrangea donc cela comme il arrangeait tout le reste.

Les terres jouxtant le domaine d'Apreville appartenaient depuis toujours à un certain Ventaroux, un propriétaire du village voisin, Courrel. Elles étaient sorties de la famille Linguier depuis plusieurs générations et chaque héritier se succédant s'était acharné en vain à les ramener dans le domaine. Le père Linguier, de même que son propre père, avait longtemps sollicité Ventaroux. Mais ici, on ne vend pas, mon ami, (on se ferait tuer plutôt que de vendre), on annexe, on étend, on agrandit. Et si on vend, ce n'est pas à n'importe qui : on choisit soigneusement l'acquéreur. Par chance, le Ventaroux de cette génération avait de nombreuses filles à marier, dont à l'heure actuelle une seule a survécu. Après de longues tractations, il fallut attendre la naissance de la cadette, Nadège, pour se mettre d'accord. Les autres sœurs, largement dotées, avaient trouvé mari depuis longtemps, mais Nadège arrivait plus tard. Son père, déjà âgé, voulait partir la conscience tranquille après avoir mis ses affaires en ordre. Il tenait à la voir mariée avant sa mort. Il était pressé. De son côté, Linguier n'avait que ce fils, Aimé, l'héritier conscient de la nécessité d'avoir une descendance et qui avait aussi le désir des terres du Ventaroux en question. L'accord fut conclu les enfants au berceau. Il permettait aux deux pères, de leur vivant, d'assurer la destination de leurs biens et leur sauvegarde. Une manière de perdurer sur cette terre, d'ouvrir les portes d'une éternité matérielle, à leur mesure… Pratique vieille comme le monde, je ne vous apprends rien, que les grands adoptent pour rassembler des royaumes, et que les petits imitent, car leurs possessions, bien que modestes, valent plus qu'un royaume.

Les enfants furent mariés bien avant leur vingtième anniversaire. La jeune épousée, qui ne devait pas avoir plus de seize ans, arriva à Apreville… cette Nadège dont on a tant entendu parler au village et qui est, hélas, aujourd'hui sous la terre… Quelques mois après, elle donnait naissance à un garçon, Basile. Elle se remit à grand peine de cette naissance, ou plutôt elle ne s'en remit pas et commença à dépérir. Aimé l'entourait de sa sollicitude. La rudesse de son affection teintée d'austérité ne pouvait répondre aux besoins de la délicate personne qu'était Nadège. Elle rêvait de bien autre chose. Mais un homme pourra-t-il un jour comprendre les mystérieux rêves des femmes ?

Il vint alors se confier à moi. Il ne savait plus quoi faire. Nadège sombrait et il se sentait sombrer avec elle en essayant de la sauver de l'étrange mal de vivre qui la gagnait. Il perdait pied peu à peu devant cet ennemi redoutable qu'il ne réussissait pas à cerner. Il lui semblait avoir tout essayé. Il avait comblé Nadège de tout ce que peut procurer la richesse matérielle. Or, tout cela la laissait de marbre. Ce n'était pas ce qu'elle attendait de lui. Mais il n'avait que cela. Il prit alors conscience que cette richesse à laquelle il avait consacré tous ses efforts depuis l'enfance, ne lui servirait jamais à rien. Car il ne possédait pas les vraies richesses, celles dont rêvait Nadège, qui seules comptaient pour elle et qui à lui, étaient interdites. Nadège l'aimait-elle ? Il est vrai que, de son côté, il n'avait vu en elle que la femme qui lui permettait de transmettre les biens de ce monde, à l'instar de son père et de son beau-père qui venaient de mourir, en le faisant le plus riche propriétaire de la région. La confiance en la vie qu'on lui avait inculquée ne trouvant sa raison que dans la puissance et l'étendue de ses propriétés, il n'avait jamais imaginé qu'un jour l'amour impossible pour une femme pourrait lui enlever le goût de vivre. Car, si elle ne l'aimait pas, il aimait son épouse, à sa façon, certes, mais je suis témoin qu'il l'aimait.

Nadège continuait de s'enliser dans un malheur qu'elle ne pouvait partager avec personne. Après de nombreuses tentatives, impuissant à la sauver d'elle-même et avant de sombrer à son tour, Aimé décida de chercher une issue. Il ne connaissait qu'une chose, le travail. Il s'y engouffra tête baissée. On disait de lui qu'il ne pensait qu'à l'argent, comme tous ceux de sa race. Pour ma part, je n'en suis pas convaincu. Je pense que le désespoir l'a poussé à tenter le diable pour survivre. Comme le travail, la bourse était un moyen. Je ne sais quel ami bien intentionné l'y initia. Il se mit à me parler des rizières de Provence : certains investissements en vue de leur développement pouvaient rapporter gros. C'est ainsi qu'il s'intéressa à cette région, et qu'il finit de s'y perdre.

Il fit un premier voyage qu'il me raconta dans le détail. Il y rencontra nombre de personnes différentes et explora tous les visages de ce pays. Il s'attarda longtemps dans la vieille Crau qu'il me décrivit avec enthousiasme : il cherchait à comprendre pourquoi sur ce sol caillouteux et sec poussait le *coussouls* qui donne le meilleur foin de la Provence afin d'en faire la culture ici à Couraurgues, sur les terres les plus arides, ce qui bien entendu est une hérésie. Bien que très matérialiste, Aimé était plein de ce genre de rêves qui ne menaient nulle part (et peut-être par là rejoignait-il sa femme plus qu'on ne croit) : ses projets s'avérèrent tous irréalisables. Mais il y croyait dur comme fer… avec une obstination qui me faisait peur. Chacun de ses projets me laissait pantois, et certains me donnèrent des frissons dans le dos…

A cette époque, il revenait souvent à Apreville. Nous étions toujours aussi proches. Jusqu'au jour où il découvrit les taureaux de Camargue. Dès lors, on ne le vit plus que rarement. J'ai compris aussitôt qu'il s'agissait moins d'une passion que d'une sorte d'envoûtement. Il s'était entiché de ces bêtes. Il attendait beaucoup d'elles. Trop. Il s'était mis en tête de renouveler le cheptel de notre région. Il en fit venir des troupeaux entiers à Apreville. C'étaient de robustes bêtes mais hélas, d'une race ancienne qui ne pouvait s'adapter en dehors de son pays d'origine. Ce fut un désastre. Nombre de fermiers qui lui avaient fait confiance s'élevèrent contre Aimé. Dès lors, tout s'enchaîna très vite. Les choses s'envenimèrent, son commerce fit faillite. J'ai su plus tard qu'il perdait également des sommes considérables dans les rizières. Mais il n'avait pas renoncé à la Camargue pour autant. C'est à partir de cette époque qu'il a cessé de m'écrire. Je ne l'ai plus jamais revu.

Rosine était née depuis plusieurs années, signe que, malgré la crise qui avait suivi la naissance de Basile, Nadège était revenue à la vie et à de meilleurs sentiments envers son époux au moins pendant un temps. Sait-on jamais comment les couples qui souffrent s'accommodent de leur malheur…

Cet été, en revenant à Couraurgues, j'apprends que l'on n'y a plus vu Aimé depuis un an environ. On m'a dit qu'il a disparu en mer dans un naufrage. L'information est venue très officiellement d'Apreville, paraît-il. Il y avait eu une ou deux messes, trois peut-être. Tout le village était présent mais je suis arrivé après la dernière. J'ai été très affecté par la nouvelle. Ce pauvre garçon, que je me rappelle torturé, amoureux, maladroit mais dirigeant d'une main de fer son domaine, je n'arrive pas à croire qu'il ait disparu bêtement en mer, lui qui ne vivait que pour ses terres et ses montagnes. Il a laissé derrière lui une situation difficile… Depuis, il y a eu la maladie et le décès de Nadège. Elle n'avait aucun sens des réalités. Elle a dû être désemparée à tel point que juste avant sa mort, elle aurait confié la gestion du domaine à Maître Legal. Vous en savez peut-être plus que moi sur le sujet. Je ne saurais rien vous dire d'autre. Je n'ai d'ailleurs jamais rencontré ce monsieur.

Que le fils, Basile, voue un culte aux taureaux dont il savait son père animé d'une passion à laquelle on peut dire qu'il avait sacrifié sa vie et sa fortune ne m'étonne guère. Bien sûr, on a l'imagination fertile à cet âge. Et je ne serais pas étonné si le garçon a cherché quelque dieu ou puissance des ténèbres pour étancher son angoisse… Il n'est pas davantage à blâmer que tous les humains qui depuis la nuit des temps essaient de combler le vertige de leur solitude par des croyances mystiques ou religieuses.

Néanmoins, une question me chiffonne. Apreville, depuis toujours, respire le mystère. Oui, des personnes bien étranges que le couple Linguier… J'ai toujours senti en Nadège, les rares fois où je l'ai rencontrée, une blessure profonde, une fêlure qui lui donnait un charme indicible. Elle n'était pas faite pour vivre dans ces terres ingrates, parmi ces rustres qui font rarement preuve de délicatesse et qui ont l'imagination peu fertile. Cela me semble une évidence, mais je ne sais pas grand chose d'elle.

Par contre, j'ai rencontré quelquefois Elyette, sa sœur, dotée elle aussi du même charme plein d'étrangeté que Nadège, avec en plus une certaine extravagance quelque peu vénéneuse… (Et la voix de HD tout à coup s'était faite plus grave, comme si ce venin l'avait marquée de sa morsure cachée). Pour tout vous avouer, je l'ai… très bien connue… C'est maintenant la dernière vivante de la fratrie.

Vous savez que je ne prête jamais foi aux ragots. Cependant, j'ai quelque curiosité à savoir le fin mot de l'histoire… J'aimerais connaître ce qui s'est vraiment passé pour mon jeune ami Linguier et pourquoi sa famille semble aujourd'hui dans un tel désarroi. Une autre chose me tient également à cœur : j'aimerais retrouver les traces de cette sœur de Nadège qui lui a survécu, Elyette dont je ne sais plus rien depuis tant d'années… trop d'années… Ah ! La vie…, mon ami, la vie… ne manque jamais de se montrer cruelle… et le bonheur qu'on croit inaltérable… »

HD resta longtemps pensif. La nuit s'était peu à peu installée autour d'eux. Les grillons s'étaient mis à chanter à l'unisson et la chouette hulotte leur répondait, hachurant le silence de son cri mélancolique. Debrume goûtait l'harmonie de ce moment de confidences sans détour. Il ne savait pas encore que ce long récit, qui aboutissait à un regret de son ami pour une femme trop longtemps et vainement aimée, allait envahir sa propre vie contre son gré pendant de longs mois et allait marquer sans doute à jamais le sentiment qu'il éprouvait pour Couraurgues tout entier. Mais Honoré, avant de servir le frugal repas qu'il avait préparé, ajouta, d'un air de supplication un peu honteuse, comme s'il demandait l'impossible :

« Fouiller le passé relève de vos compétences… Je voudrais, - j'ose à peine vous le demander - que vous vous chargiez de cela pour moi… Vous m'aideriez à me mettre l'âme en paix, et n'est-ce pas le rôle d'un véritable ami ? Vous savez que j'ai toute confiance en vous. Voilà de quoi il s'agit : je voudrais que vous retrouviez la trace d'Elyette de Montbazin afin que je puisse lui remettre, grâce à votre ambassade, quelque chose que j'ai gardé par devers moi mais qui lui revient de droit puisqu'il s'agit du portrait que je fis d'elle ce fameux jour du baptême de Rosine. Je ne pense pas que ce sera difficile pour vous, bien qu'elle se déplace beaucoup. Elle n'habite peut-être plus Montbazin depuis qu'elle a quitté son époux. J'ai perdu sa trace, voyez-vous, à mon grand regret… Voudriez-vous la retrouver pour moi ? Si j'essayais de le faire, j'y manquerais d'habileté. Il va y falloir du doigté, la petite personne est quelque peu…

Vous pourriez commencer par le village où les deux sœurs sont nées, Courrel, qui n'est pas bien loin d'ici… vous retrouveriez peut-être la trace de la famille Ventaroux. Vous y apprendriez du même coup quelque chose au sujet des époux Linguier si peu assortis. Vous feriez ainsi coup double ! Voyez le curé. Les curés sont au courant de tout en général. Il doit bien rester à Courrel quelque souvenir de ces belles filles Ventaroux qui ont fait chavirer tant de cœurs. Peut-être aurez-vous la chance de tomber sur un de leurs anciens admirateurs ! Aimé, Nadège, Elyette… Vous déplaira-t-il de passer l'été en leur compagnie ?... Vous devriez voir aussi le notaire… Et le docteur Courbet qui a assisté Nadège dans sa maladie… Vous pourriez parler également avec les gens d'Apreville, les servantes sont toujours si bavardes ! Mais vous savez ce que vous avez à faire, que diable ! Vous connaissez votre métier ! Vous me laissez parler tout seul… et nos verres sont vides ! »

<u>9</u>

« … et fuggo anchor cosi' debile e zoppo… »
Petrarque LXXXVIII

Journal
mardi 12

HD a lourdement insisté. Il est amoureux. Amoureux éconduit mais non résigné, quoi qu'il veuille me faire croire, je le connais si bien ! Je ne sais pas au juste ce qui s'est passé avec Elyette, mais je sens que pour lui c'est de la première importance. Je la retrouverai, je lui dois bien ça !

Par ailleurs, j'ai bien vu que le naufrage d'Aimé et sa disparition en mer ne le convainquent pas. Pour lui, Apreville respire le mystère (il n'est pas seul à le dire, c'est le bruit qui a toujours couru au village, comme il me l'a souvent répété) et aujourd'hui plus que jamais. C'est en effet la vague impression que le lieu m'a souvent donnée. Mais l'opinion de HD n'est pas fondée sur quelque vague impression : il a connu Aimé et côtoyé Nadège, « elle, si différente, si perdue, dans ce pays qui lui était hostile… » D'où vient tant d'hostilité à l'égard de Nadège ?

« Les plus grandes joies de la vie, a-t-il dit, n'égalent jamais en intensité ses plus grandes douleurs dont la cruauté déborde ou retentit sur les générations. Celles-ci s'en trouvent marquées à jamais, victimes innocentes, ne cessant de crier vengeance pour se libérer d'une souffrance qui ne leur appartient pas. Aimé et Nadège ont été des victimes et sans doute leurs enfants le seront aussi, hélas ! » Et il ne renierait cette affirmation pour rien au monde.

Pourtant, comment lui faire confiance : s'il était tout simplement ravi, ce vieux filou, d'avoir trouvé quelque chose pour me pousser à l'action ? Il me répète sans cesse : « Vous devriez vous mêler de cette histoire comme votre profession l'exige au lieu de traîner les pieds en rêvassant comme vous en avez l'habitude. Pensez que vous seriez au moins utile… Eviter un drame, ce n'est pas rien ! ». Voilà ce qu'il me serine sans arrêt. Si l'histoire d'Apreville lui semble une occasion de choix, je n'ai pas fini d'entendre la même chanson, cet été ! Il est mon aîné et mon ami, comment m'en offusquerais-je ?

Certes, je traine les pieds. Mon métier, si passionnant mais si difficile, m'a appris la prudence. Aimé et Nadège ont formé un couple étrange, mais n'y en a-t-il pas pléthore de par le monde ? Le mariage en soi n'a-t-il pas quelque chose contre nature, qui lie des personnes pour la vie, sur le même chemin ou dans la même prison, selon… ? Non, je ne vais pas partir en guerre pour si peu, même si HD a peur de me voir m'encroûter, comme il le dit si finement, et qu'il adorerait m'inventer des mystères à me mettre sous la dent. Là où il voit des meurtres sur le point de s'accomplir, je veux me limiter à voir des situations difficiles. Or, pour le moment, pour autant que je sache, il n'y a eu de morts que naturelles à Apreville. Mis à part le naufrage…

*

Dans la nuit de mardi, enfin la conscience en paix…

Je me félicite d'avoir donné ce conseil à Gigi. Monsieur le curé nous a été fort utile. C'est un homme juste, au courant de beaucoup de choses apprises en confession, mais tenu au secret. Il n'a pas eu un instant d'hésitation. Il a fait le nécessaire auprès de l'évêché. Accompagnée de Mamma Marietta, la fillette sera hébergée au couvent des Ormeaux tenu par les Clarisses de V, et ce, durant le temps nécessaire. Elle sera sous bonne garde et Mamma Marietta pourra rentrer chez elle quand elle voudra. A moins qu'elle ne préfère se rendre utile auprès des bonnes sœurs. Monsieur le Curé en personne les a accompagnées. Il m'a rendu compte de leur installation hier soir après les vêpres.

*

mercredi 13

Et pourtant, je dois le reconnaître, j'ai moi aussi le sentiment que quelque chose ne tourne pas rond à Apreville. Ce matin, en rencontrant Bénédicte au village, poussé par une sorte d'inspiration, je me suis décidé à l'interroger au sujet de Basile. En mule rétive, elle a détourné l'obstacle et, avec sa manière équivoque, a sous-entendu que tout était changé depuis l'arrivée de Maître Legal. Puis elle est partie en courant, comme si j'étais sur le point de la violer. Il faut dire que je ne suis plus soutenu par aucune autorité. Je n'ai aucun droit d'interroger les gens. Tout le monde sait que j'ai donné ma démission voilà plusieurs années. Pourquoi me répondrait-on, surtout quand on a quelque chose à cacher ? Et à voir le comportement fuyant de la gouvernante, il se pourrait bien qu'elle ait quelque chose à cacher…

*

vendredi 15

J'ai attendu la patache du soir : toujours pas de lettre de Marthe. Après deux longues années de silence, renouer avec sa parole me mettrait du baume au cœur. J'aurais tant besoin de son aide avant d'entreprendre quelque recherche sur Apreville. Je me souviens d'une conversation où elle m'avait rapporté les propos d'Evangéline qui aimait, elle aussi, cultiver les mystères. Avant de partir en Italie où elle a trouvé la mort, elle lui avait dit : « Tant qu'elle sera sous ma protection, Nadège ne pourra rien redouter. Je connais son secret. Personne ne pourra rien contre elle, moi vivante. S'il m'arrivait quelque chose, je compte sur toi, Marthe, tu es la seule véritable amie que j'aie au monde… »

Or, Evangéline est décédée, assassinée par son amant jaloux à Pérouse où elle avait été envoyée par Corsan pour surveiller la réception d'une cargaison d'armes. Avant son départ a-t-elle révélé à Marthe le fin mot de l'histoire ? Nadège a suivi Evangéline dans la tombe, à quelques années d'intervalle, bien trop jeune elle aussi pour mourir.

Marthe n'a jamais voulu m'en dire beaucoup plus. Un secret est un secret. Elle a seulement conclu : « Nadège a connu un drame dans sa jeunesse qui a marqué au fer rouge toute sa vie. »

Aujourd'hui, si elle savait ce qui se passe ici, peut-être interviendrait-elle. Elle ne se pardonnerait pas de n'avoir pas porté secours aux enfants de Nadège. Je dois lui éviter ce chagrin bien que je commence à lui en vouloir de son silence.

Dans les propos de Marthe, je me souviens bien qu'il a été parfois question de Camargue, et des voyages d'Aimé. Evangéline avait dû longuement lui en parler : elle connaissait tout de la Camargue où

76

elle avait commerce de chevaux. Les dires de Marthe corroborent ceux de HD, et tout cela commence à être intrigant… ! Car, si le secret de Nadège a quelque rapport avec sa propre mort et celle d'Aimé, leurs deux décès pourraient avoir un lien non fortuit, bien que rien pour le moment ne le fasse soupçonner… Il faudrait quand même s'en assurer ; ce serait la moindre des choses et le moindre hommage à rendre aussi bien à Nadège qu'à Evangéline.

C'est cette vieille canaille qui a raison ! Je dois commencer par Courrel comme le suggère Honoré. Puis j'irai en Camargue. Par la même occasion, je passerais par Montbazin afin d'être agréable à ce vieux fou au cœur tendre ! Benjamin, mon copain géologue qui explore depuis des années le sol de la vieille Crau m'y attend comme chaque année. Il connait à fond le pays, depuis qu'il creuse la terre pour y trouver je ne sais quoi ! Même si la Camargue est restée à l'état sauvage, préservée de toute civilisation, les traces d'Aimé Linguier seraient comme l'aiguille dans une meule de foin. Sois réaliste, doux rêveur que tu es !

Et puis, est-il prudent de quitter Couraurgues en ce moment ? Si aujourd'hui je sais Rosine en sécurité, en m'éloignant d'Apreville, je devrais laisser Basile à ses sanglots devant son mur des lamentations… Comment le protéger de si loin ?

*

lundi en fin d'après-midi,

Aujourd'hui, j'ai trouvé HD assis auprès de son poêle et réchauffant son café. J'ai cru voir mon double ! Il était en train de trier de vieux clichés. Il semblait abattu. C'était une journée pluvieuse de la fin du printemps. La pluie tombait en cataracte. Le froid perçait les os comme en automne. Mon ami n'était pas enclin aux bavardages. Aucun commentaire à propos d'Apreville, aucun enthousiasme pour un croustillant mystère. De toute façon, lui non plus ne connait pas le secret de Nadège.

Chose rare chez lui, HD me semblait enclin à la nostalgie. Il s'est mis à me parler de son enfance. Etaient-ce les odeurs de pluie et de terre mouillée qui avaient éveillé ses souvenirs, il m'a fait une description minutieuse du jardin où il a grandi : « Chaque jour j'y retourne, m'a-t-il dit, et chaque nuit… et sans doute y retournerai-je tant qu'il me restera un souffle de vie et une bribe de conscience ». Il a évoqué sa mère pour la millième fois, « trop crédule et naïve pour ce monde dont la dureté et la fausseté l'effrayèrent toute sa vie ». Et il ne cessait de revenir au jardin : « J'entends encore le grincement du portail. L'acidité de sa petite voix me parlait de retour au bercail, d'abri, de tendresse… Je revois l'enduit écaillé de rose des murs, les trois ou quatre marches par lesquelles on accédait à la terrasse couverte d'une vigne, la tonnelle des jours heureux… Tous ceux que j'aimais assis autour de la table… oui, je les revois comme si j'allais les toucher. Et les repas sous la lampe à pétrole où les papillons de nuit venaient se griller les ailes… ! Autour de la terrasse poussaient des massifs d'hortensias, des fleurs à profusion : leur aigre odeur si prégnante, je la respire encore avec la même volupté… »

Il est resté un long moment les yeux perdus dans la vision de ses souvenirs. Je n'ai pas osé le faire redescendre dans le présent dont l'insipidité et l'aridité ne peuvent souffrir aucun rapprochement avec les beautés de ces années de la vie si faciles à idéaliser. Je n'ai pas voulu non plus le faire replonger dans les questions somme toute étrangères à nos vies que sont celles d'Apreville. Alors, longtemps, par amitié, j'ai respiré avec lui les parfums mêlés des fleurs de son enfance.

Mais avant de prendre congé, comme, dans le village, j'ai entendu ces jours-ci le nom de Rosine passer d'une bouche à l'autre et provoquer des conversations houleuses pleines de questions et de craintes, je me suis senti en devoir de l'informer de la fugue de la fillette et de mon intervention occulte pour lui éviter les dangers qui la terrorisent. Il est redescendu d'un seul coup de son rêve, et, sans transition aucune, d'un geste quelque peu abrupt, m'a tendu un paquet en me disant : « Examinez cela à tête reposée. J'ai fait ces daguerréotypes il y a des années. Ils vous parleront du passé d'Apreville mieux que je ne pourrais le faire. Mais ne lambinez plus, mon vieux, si vous voulez sauver la tête de vos amis piémontais et épargner à ces deux pauvres orphelins des désagréments inutiles ! ».

Il a raison, il est temps que je m'attelle au problème avant qu'un malheur n'arrive.

<u>10</u>

Les clichés d'Honoré Deroure avaient été faits le jour du baptême de Rosine, onze années auparavant. Debrume s'était aussitôt attelé à la tâche : il avait passé la nuit à essayer de déchiffrer le mystère de ces visages figés dans une pâleur qui laissait deviner, plus que la stupeur des regards, une sorte de recul, comme si ces gens avaient été terrorisés à l'idée de laisser transparaître quelque chose d'eux-mêmes. A la manière d'un entomologiste, HD avait systématiquement photographié chaque habitant du domaine et chaque invité autour du berceau de Rosine. Dans ce défilé hétéroclite, les détails ne manquaient pas, parfois d'une précision étonnante : broderies de la robe de baptême, tressage de l'osier du berceau, voiles d'organdi et dentelles qui le recouvraient, fronces serrées des jupons de coton ou de soie, colliers de perles, cheveux lissés sous les coiffes amidonnées, moustaches cirées. Comme si, en photographiant leurs parures et les objets qui les entouraient, Honoré avait cru pouvoir restituer l'essence même des personnes présentes. Mais il n'en était rien : les regards énigmatiques et les visages fermés, malgré quelques sourires de circonstance, ne révélaient aucun secret.

Au bout d'une nuit, ayant acquis avec eux une certaine familiarité, Debrume questionnait ces gens comme s'ils allaient lui répondre. Il n'avait pas réussi à identifier tout le monde. Il ne savait pas s'il les avait déjà rencontrés. Même en tenant compte du travail du temps, on voyait bien que le curé n'était pas celui qui était en fonction à Couraurgues depuis une vingtaine d'années, un homme plutôt courtaud et gras, celui-là même à qui il avait demandé de venir en aide à Rosine. L'abbé du baptême était un jeune homme élancé et bien de sa personne, mais quelque peu frêle et palot, qui semblait cultiver la discrétion. S'il n'apparaissait que deux fois sur ces images, il y était en bonne place, aux côtés de Nadège, la jeune maîtresse de maison.

On reconnaissait bien Aimé : il se tenait très droit près de son épouse. Le petit Basile lui donnait la main. Le nourrisson, dans les bras de sa mère, était tout enchifrené dans sa longue robe de dentelle blanche et son bonnet de baptême. Cette photo de famille aurait dû dégager une certaine douceur, mais elle en était totalement dépourvue. Aimé avait l'air d'être accablé par quelque contrariété, un trop-plein de responsabilités et de mauvaise humeur. Près de lui, Nadège, le buste raide, montrait un visage fermé, sans un sourire, alors qu'on la voyait radieuse sur d'autres clichés où elle se penchait sur le berceau avec la tendresse d'une mère comblée, ainsi que dans son rôle de maîtresse de maison où elle apparaissait à son aise auprès de ses invités.

HD était habile, mais à cette époque, sa technique photographique n'en était qu'à ses débuts : certains clichés où les personnages avaient un peu bougé présentaient le flou qui désespère les photographes. Mais Debrume se rendait compte que, paradoxalement, ce flou était davantage parlant que les détails parfaitement nets : le mouvement rapide que le jeune prêtre faisait vers Nadège et qui avait laissé une trace évanescente autour de sa personne dévoilait un élan hardi plein d'une sorte de sollicitude. Les sourires, les mouvements de tête de Nadège se superposant, laissaient penser à des sentiments et intentions contradictoires qui l'agitaient. L'objectif d'Honoré avait saisi par inadvertance ce qu'un coup d'œil à une photo bien léchée ne pouvait percevoir. C'était, à peine ébauché, un pan de la vie de ces hommes et de ces femmes. Mais Debrume avait beau se demander quelle était la réalité qui se cachait derrière celle, officielle, de ces clichés, il ne saisissait pas la véritable signification des tesselles de temps immobilisé qu'ils contenaient. L'appareil photographique, témoin impuissant, n'avait fait que les effleurer.

Le jour n'allait pas tarder à se lever. Insatisfait, mais toujours soucieux de ne pas se laisser emporter par d'oiseuses élucubrations, l'inspecteur scrutait les visages en promenant pour la millième fois sa loupe sur chacun d'entre eux. Tandis que les invités lui étaient inconnus, il était parvenu à identifier les domestiques d'Apreville l'un après l'autre. Ils avaient bien sûr quelques années de moins et, dans leurs costumes de fête, ils étaient parfois méconnaissables. Les servantes aux coiffes immaculées portaient de longs tabliers blancs aux volants impeccablement amidonnés sur les robes noires des jours de réception. Les vieux valets qui servaient encore à Apreville étaient tous là, rasés de près, tenant leur feutre flambant neuf à la main. Deux d'entre eux, que Debrume avait bien connus, décédés l'année dernière, étaient alors des hommes encore pleins de vigueur, dans la force de l'âge. Celle qui lui avait donné le plus de fil à retordre était la figure d'une toute jeune fille. Mais il avait fini par la reconnaître : c'était Bénédicte. Si fraîche et si différente d'aujourd'hui, elle avait l'air tout à la fois appliqué et insouciant de la jeune servante dévouée à sa maîtresse. Toutes deux se regardaient en souriant et Debrume crut deviner entre elles une certaine connivence. Quelque part, dans un groupe, Casimir, l'air un peu ennuyé et dédaigneux des jeunes gens mal à l'aise dans le rôle qu'on veut leur faire jouer, regardait l'objectif avec mauvaise grâce.

Ces daguerréotypes parlaient bien, sans le vouloir, des liens qui se tissaient, se défaisaient et se renouaient au fil du temps, du fait des échanges de tous les jours, dans la communauté qu'était somme toute Apreville. Debrume avait trépigné toute la nuit devant ces images, espérant découvrir quelque chose de véritablement parlant. Mais après des heures d'observation, il constatait qu'il n'avait rien de plus sous les yeux que des clichés un peu délavés, dont le papier raide comme du carton se gondolait, et qui dans quelques années finiraient par disparaître. « Qu'espérais-tu, incorrigible poète ! Tu crois encore que les indices naissent comme les coquelicots au milieu d'un champ de blé ? pensait-il tout haut. »

Et pourtant, il y avait Bénédicte, cette jeune fille, si jolie et légère, qui semblait la gaieté même. Une dizaine d'années plus tard, elle était devenue la revêche intendante d'Apreville que Debrume connaissait, dont les bandeaux bien tirés sur les oreilles disaient l'aigreur et l'intransigeance de celle qui possède l'autorité et doit la maintenir à tout prix. L'image lui rappela leur rencontre et la façon dont elle avait fui devant lui quand il avait voulu lui poser quelques questions. Une fuite a toujours une signification. Et puis, à défaut de lièvres, se dit-il… Il se souvint à point nommé de Gigi : il lui avait affirmé que Bénédicte venait parfois au puits de la Font vers la tombée de la nuit et échangeait quelques paroles amicales avec lui et ces apartés ne plaisaient peut-être pas à tout le monde.

Cette nuit-là, dans son impatience et pour évacuer la tension procurée par sa minutieuse observation, Debrume décida de tenter sa chance. Il partit à l'aube. Muni de sa lorgnette et de quelques provisions de bouche, il passa la journée à guetter les allées et venues de la domesticité depuis l'orée de la forêt qui bordait les prés d'Apreville. Les grands pâturages, réputés dans la région pour leur rendement exceptionnel qui faisait la richesse du domaine, s'étendaient devant ses yeux, sous le soleil joyeux de juin. Tandis qu'Icare s'acharnait sur un carré de trèfle qui s'était épanoui à l'abri des buis centenaires, Debrume, toujours juché sur la branche du même érable sur lequel il bivouaquait depuis l'aube, ne perdait rien des activités d'Apreville. Tout entier à sa surveillance, il ne vit pas arriver la fin de l'après-midi.

Autrefois il avait observé Combeferres de la même manière, durant des journées entières. Certes, Apreville n'était pas Combeferres, et ne lui donnait pas les mêmes battements de cœur. Il n'y avait aucune attache et n'y en aurait jamais. Avec l'hypocrisie qu'il mettait en général envers lui-même, il se persuadait que, s'il n'y avait pas eu HD et ses satanés daguerréotypes d'un passé disparu dont l'attrait était seulement dû au fait qu'il était hors de portée, il eût dormi toute la nuit comme un bienheureux, en oubliant l'existence même d'Apreville, de la défunte Nadège, de Basile et de ses étranges activités. Toutefois, même si l'enjeu de cette surveillance n'était pas le même pour lui que celui d'autrefois, quelque chose, il ne savait quoi, le poussait à la prolonger.

Au bout de cette journée, certes, il gardait le sentiment mitigé, plutôt désagréable et frôlant la colère, que tourner autour d'Apreville ne lui servirait jamais qu'à tuer le temps. Si la protection de Basile et de Rosine, vue comme un respectueux hommage à Evangéline de Bourdaine, son amante disparue, ne devait aider à sauver Gigi, et que le fait de sauver Gigi ne fût un service rendu à Marthe pour qui il avait un mystérieux attachement, il ne voyait pas en quoi ce que HD appelait déjà « sa nouvelle affaire » pouvait impliquer sa personne, au point de devoir l'y plonger corps et âme, comme cela avait été le cas lors des enquêtes menées dans sa brève carrière. Or, c'était cela qu'on espérait de lui, un dévouement total. Et ainsi ne pouvait-il éviter la sale impression d'être acculé à accomplir un devoir imposé contre sa volonté.

Toutefois, et cela était encore plus dérangeant, il constatait avec une sorte de désarroi qu'il se laissait faire sans se révolter, avec seulement la retenue et l'indifférence qu'il mettait en toute chose. Etait-ce par habitude, et parce que les mystères poussaient sous ses pieds comme l'herbe des prés ? En vérité, tout cela lui était tellement étranger ! Et personne ne s'en rendait compte ! Il n'était pas sûr d'avoir encore le désir d'être agréable à Marthe au point de s'embarrasser de ses problèmes. Elle était bien trop loin de lui depuis trop longtemps. La vie les avait séparés et bientôt, il cesserait tout à fait de penser à elle. Il l'effacerait de sa mémoire comme il avait injustement effacé, contre sa volonté, des pans entiers du souvenir de Céleste. Il n'y était pour rien : le coupable, c'était le temps qui détruisait tout, la vie, le souvenir, sans rien laisser sur son passage. Non, rien… qu'une sorte de confusion dans laquelle on continuait de se débattre sans savoir pourquoi, en inventant de nouveaux rêves, tout aussi ridicules et éphémères que les précédents. Et voilà où j'en suis, concluait-il avec toute la vigueur qu'impose la mauvaise foi…

Cependant, malgré les fallacieuses raisons dont, comme à son habitude, il tentait de faire des certitudes, tous les matins dès l'aube, il était là, juché comme un écureuil sur son érable, au centre du hallier qui faisait face à Apreville. Et comme chaque jour, il attendait de voir surgir Bénédicte avec cette patience qu'il aimait cultiver comme seule vertu. Après avoir exploré les abords immédiats de la bastide, mettant le peu de conviction que l'on met aux gestes vains mille fois répétés, il dirigeait mollement sa lorgnette contre les murs de soutènement des terres hautes qui entouraient la vaste demeure.

C'est alors qu'il l'aperçut. Il la reconnut aussitôt. La voilà, se dit-il avec une sorte de joie, cette petite folie, tellement incongrue en ce lieu avec son toit en pagode. Il la distinguait pour la première fois parmi les arbres, sans doute à la faveur d'un éclairage qui la mettait tout à coup en évidence. C'était bien devant cette minuscule bâtisse construite autrefois par un ancêtre épris d'exotisme, qu'Honoré Deroure avait installé son trépied et fait poser les invités le jour du baptême de Rosine. Son toit, auquel il manquait aujourd'hui quelques tuiles de vernis coloré était facilement identifiable.

Si l'endroit précis de la prise de vue semblait peu important, le lieu n'était cependant pas anodin, puisque, dans l'esprit de Debrume, il venait de déclencher une étrange alchimie : ce lieu unique, que son ami avait choisi pour y fixer les souvenirs d'un tel jour de fête, lui devenait accessible. Il s'y trouvait transporté en un clin d'œil. Le passé venait de s'ouvrir à lui et tout allait devenir clair.

Précipité à l'orée du groupe, le voilà qui pénètre peu à peu parmi les invités. Son intrusion ne perturbe pas la petite fête. Il peut observer chacun à loisir : personne ne le voit. Mais pour lui tout devient tangible. C'est à cet instant là et à cet endroit précis que se trouvent Nadège et sa jeunesse radieuse. Il n'est pas loin d'elle, elle est parmi ces inconnus, auprès de la folie restée debout après tant d'années, et, bien qu'endommagée par les ans, intacte dans son extravagance. Il va vers Nadège. Mais comme dans les rêves, les obstacles surgissent devant lui. Il se fraie un chemin avec difficulté, se débat dans une insolite mollesse. Il atteint enfin le berceau. Sur son passage, autour de la folie, les gens se sont animés peu à peu d'une vie que le lieu vient de leur rendre. Il entend leurs voix, et reconnait clairement celle d'Honoré qui leur enjoint de se poster devant l'appareil. Ils lui obéissent de bonne grâce. Enthousiaste, l'ami s'agite, leur indiquant à grands gestes la position qu'ils doivent prendre, disparaît sous son drap noir pour réapparaître aussitôt et immobiliser tout le monde d'un geste péremptoire jusqu'au déclenchement de l'appareil.

Oui, Debrume est parmi eux, leurs rires et leurs voix. Souriante, Nadège irradie de bonheur. Aimé s'approche d'elle et son visage se ferme. Elle perd son sourire et n'est plus dans le bonheur. Elle regarde son mari comme si elle avait peur de lui. Ils n'échangent pas un mot. Devant le recul de son épouse, Aimé s'est éloigné, d'un pas d'automate. Il répond, comme absent, à ses invités. Nadège est restée près du berceau. Elle cherche quelqu'un des yeux. Le jeune abbé est tout à coup près d'elle, surgi d'on ne sait où. Ils se sourient à peine. Il lui parle si bas qu'elle seule peut l'entendre. A voir leurs visages, Debrume sait qu'il s'agit de paroles bienveillantes. L'abbé regarde Nadège, ou plutôt la contemple avec douceur. Puis il se penche vers elle et caresse la longue robe de baptême de Rosine qui dort dans ses bras. Nadège cherche des yeux son époux. Debrume reste perplexe devant le mélange de sentiments que la scène recouvre. Mais il comprend que c'est ici que se joue toute l'histoire de Nadège et d'Aimé, de Basile, et de ce bébé autour duquel on a rassemblé tant de monde. Cette histoire où le jeune abbé a sa part.

Après combien de temps l'enchantement avait-il pris fin ? La nuit n'était pas loin de tomber. Du bout de sa lorgnette, Debrume avait beau s'arracher les yeux, il ne voyait plus que les vieux murs construits par des générations de bergers pour structurer les pentes de la montagne en retenant la terre. Ils n'avaient pas changé avec leur couleur grise à force de cuire leur carapace au soleil. L'herbe sèche également était la même, le bleu du ciel aussi. Mais que restait-il aujourd'hui, devant la folie, du jour de liesse auquel Debrume venait d'assister ? Où étaient-ils tous passés avec leurs sourires, leurs regards, leurs voix, toutes ces voix qui s'entremêlaient dans un brouhaha indistinct et joyeux ? Nadège et Aimé étaient décédés ; le petit Basile avec déjà son air effaré, donnant la main à son père, ou se laissant emporter dans les bras de Bénédicte sa nourrice, Basile était en train de devenir un homme… ; et Rosine, encore une enfant, venait de quitter le nid familial, poussée par la terreur et le désespoir. Les domestiques avaient tous pris de l'âge, et Bénédicte, alors si jeune et fraîche, si heureuse du bonheur de sa maîtresse, Bénédicte était devenue la sévère intendante d'Apreville qui s'enfuyait devant Debrume à son approche.

Bénédicte, il la guettait en vain depuis deux jours, perché sur son érable. Il ne l'avait encore jamais vue, à croire qu'elle ne mettait plus le nez dehors, tandis que les servantes allaient chaque soir au puits de la Font où elles rencontraient les piémontais et parmi eux, Gigi : il entendait leurs rires lorsqu'elles se donnaient la licence de plaisanter hardiment avec ces jeunes gens, loin de la surveillance de leurs aînées. Fallait-il en déduire que Bénédicte évitait Gigi ? Gigi qui la considérait pourtant comme son amie, et comme la seule personne à pouvoir témoigner en sa faveur et à lui sauver la mise, la même personne pourtant qui n'avait pas osé venir toquer à sa porte un soir où elle s'était aventurée jusqu'au camp des piémontais…

Au bout de quelques jours cependant, alors qu'il ne l'espérait plus, elle finit par paraître sur le seuil de la bastide, un cruchon à la main. Debrume eut tôt fait de sauter de son perchoir. Le temps qu'elle mît à arriver au puits, il y était à l'attendre. Elle eut un mouvement de surprise en l'apercevant, grâce à quoi, durant quelques instants, elle se plia à ses questions avec moins de mauvaise grâce qu'à leur dernière rencontre dans la rue du village, sans se départir pour autant de la sévérité qui semblait lui être devenue naturelle. Lorsque Debrume évoqua une bagarre entre l'agresseur de Rosine et Gigi, le ton changea. Elle dit d'une voix dure, avec un aplomb que Debrume n'eût jamais imaginé chez une femme de sa condition et qui le cloua sur place :

- On vous aura trompé, Monsieur ! Personne ne se bat à Apreville. Les valets sont tous surveillés de près et tenus à la plus haute discipline, de même que les servantes, qui sont sous ma responsabilité et à mes ordres. Personne n'a jamais brutalisé Mademoiselle Rosine. Elle est aimée et respectée de tous, de même que Monsieur Basile. Certes, il faut reconnaître que rien n'est plus pareil depuis que Maître Legal dirige cette maison… Les choses ont bien changé à Apreville. Voyez vous-même, les gens disparaissent, à commencer par Monsieur, il y a plus d'un an maintenant, puis Rosine… A quand le tour du jeune Maître ?

- Que voulez-vous dire s'écria Debrume ?

- Il faut protéger Monsieur Basile ! Ce n'est encore qu'un enfant innocent, se mit-elle à crier de toutes ses forces d'une voix fébrile et en brandissant le cruchon qu'elle tenait à la main et qu'elle finit par fracasser contre la margelle du puits !

Encore une fois, elle partit en courant, comme prise d'une panique incoercible. Elle criait encore en s'éloignant, la voix cassée par l'émotion.

- C'est la punition de Dieu qui s'abat sur nous pour tous les péchés qui ont été commis ici ! Il arrivera encore quelque malheur ! Cela ne peut pas être autrement ! La vengeance, Monsieur … la vengeance…

Mais elle ne finit pas sa phrase continuant de courir. Toutefois, toujours à portée de voix, elle s'arrêta net et, se retournant, échevelée et essoufflée, ajouta, des larmes dans la voix :

- Rosine a disparu et qui se soucie de savoir si elle est encore vivante ? Je vous en supplie, au lieu de me harceler, protégez ces deux orphelins, vous qui avez pouvoir de le faire ! Ils ne doivent pas payer pour leurs parents. Cherchez le vrai coupable ! Les enfants sont des innocents sacrifiés sur l'autel de passions néfastes et destructrices ! Vous aurez beau fouiller, vous verrez que je ne suis pour rien dans tout cela. Ce n'est pas moi qu'il faut interroger ! Laissez-moi tranquille, je n'ai rien à vous dire !

11

Malgré ses grands airs, Debrume voyait que Bénédicte appelait au secours : une menace planait sur Rosine et Basile qui trainaient derrière eux le malheur de leurs parents. Certes c'était la fugue de Rosine et les jeux excentriques de Basile qui l'avaient amené à rôder autour d'Apreville. Mais comme, d'après les dires de HD, les pratiques de Basile avaient un lien avec les passions de son père, peut-être n'était-il pas nécessaire de leur donner tant d'importance, supputait-il. La transmission de père à fils était somme toute une affaire banale. Le cercle se refermait avec tant d'évidence… ! On pouvait se satisfaire de la rondeur de cette boucle qui semblait parfaite.

Il pensait donc qu'il était encore temps de passer son chemin. C'était même son plus cher désir que de s'occuper seulement de sa petite personne, loin de ce monde dans lequel il se sentait étranger, quitte à tourner en rond, comme il le faisait depuis des années, autour du repère central qu'était pour lui le souvenir de Céleste. Mais il y avait les photographies du baptême de Rosine. Ces disparus vivant de la vie mystérieuse des daguerréotypes occupaient maintenant ses jours et ses nuits. Il était fasciné par leurs apparitions fantomatiques qui pâlissaient lentement sous la morsure des onze années écoulées. Il ne pouvait fermer ses oreilles à l'appel de ces âmes en peine qui attendaient quelque chose de lui et semblaient lui demander raison. Elles ne lui laissaient pas de repos. Il en laissait refroidir son café et délaissait les lettres de Marthe ainsi que son *Canzoniere* qu'il avait relégué dans un coin de sa bibliothèque. Observer ces hommes et ces femmes revenait à visiter un cimetière en allant de tombe en tombe pour lire les noms gravés dans la pierre, hommage tacite autorisé aux vivants envers les défunts. Mais il était devenu bien plus que leur simple spectateur. Ils avaient maintenant leur mot à dire : ils lui offraient de franchir le pas, de les rejoindre, et cette tentation de l'obscur qu'ils lui proposaient se faisait de plus en plus pressante.

Car si les hallucinations étaient absentes durant le jour, ses nuits se peuplaient de cauchemars troublants, toujours identiques, où leur monde en noir et blanc s'animait de vraie vie. Il s'y trouvait parmi eux, auprès de la petite folie, devant la chambre noire d'Honoré Deroure qui faisait des gestes désordonnés avec ses bras, la tête enfouie sous le drap noir. Il marchait à leurs côtés, envoûté par l'étrangeté de ce royaume de la mort d'où les vivants ne revenaient jamais et dont la puissance était inexorable. C'était Nadège qu'il cherchait. Il ne la trouvait pas. Il savait qu'il ne lui restait plus que quelques instants pour la sauver. Mais il s'éveillait tout à coup en sueur. Ces gens, ses compagnons, venaient de murmurer quelque chose de terrifiant à son oreille. Il reprenait conscience et les voix se troublaient aussitôt en un charabia étourdissant. Dans son sommeil, les mots hurlés à l'oreille lui avaient été clairs, mais, une fois éveillé, il ne pouvait plus en comprendre le sens. N'était-il pas revenu à la réalité seulement parce que ce sens, un vivant ne pouvait le comprendre ?

Avec le sentiment d'avoir fait une erreur fatale qui ne lui serait jamais pardonnée car elle avait définitivement compromis sa mission, la gorge encore serrée, il ne lui restait qu'à se lever. Dans la plate réalité de sa propre vie, il avait à nouveau devant lui des images fixes. Il reprenait ses esprits et constatait avec bonheur qu'il n'avait qu'elles, ces simples images inanimées, pour faire le chemin à rebours et remonter au passé de Nadège et d'Aimé. Revenir à ce dont il disposait et qui était à portée de son entendement, voilà ce qu'il fallait faire. « Seuls les faits…, se répétait-il dans le besoin de s'en convaincre ». Il était temps d'en faire l'inventaire.

Il savait d'avance que les domestiques d'Apreville ne parleraient pas. D'ailleurs, il n'avait aucune qualité pour les interroger. Bénédicte dresserait toujours son incompréhensible hostilité devant lui et il n'obtiendrait jamais sa collaboration : pour laver Gigi de quelque accusation infamante, ce n'était pas sur elle qu'il fallait compter.

Il consulta le registre des mariages de Couraurgues. Monsieur le Curé confirma que le jeune couple Linguier avait préféré, pour la cérémonie, Courrel, la paroisse du village où était née Nadège. « Les enfants non plus n'ont pas été baptisés à Couraurgues… ce qui est étonnant de la part d'une telle famille dont la souche remonte à des générations et qui a toujours été si généreuse envers nos bonnes œuvres… C'est Aimé qui est venu me l'annoncer. Il en semblait très contrarié. Il a fait toutefois un don à la paroisse à chaque occasion, je peux vous retrouver cela dans les registres. Mais alors qu'ici, quand un enfant est baptisé, tous les fidèles se réjouissent ensemble de son entrée dans la grâce de Dieu, le village a été tenu en dehors de l'événement. Depuis, et même encore aujourd'hui après la disparition de Nadège et d'Aimé, Apreville reste fermé aux villageois. Un royaume dans le royaume pourrait-on dire… si l'image ne rebute pas le républicain convaincu que vous êtes ! »

Le lendemain, Debrume chevauchait vers Courrel. Il était parti de très bonne heure alors que le jour pointait à peine. Il traversa la forêt de Garmagne et rejoignit le chemin de terre qui traversait le plateau lui faisant suite. Le mistral s'était mis à souffler dégageant le ciel du moindre nuage. Le soleil enflammait le sol, les buissons rabougris se tassaient sous la chaleur comme des bêtes aux abois. Le vent soulevait par rafales la terre desséchée. Des nuages de poussière roulaient vers lui, troublant sa vue et provoquant la nervosité d'Icare. A l'ombre étique d'un genévrier, le cavalier essaya de trouver un peu de repos pour un bref déjeuner.

Tout en mâchonnant lentement la terrine de lièvre préparée par Cendrine, il pensait aux voyages qu'il avait faits avec Marthe, à son petit visage entêté, à son courage autant obstiné qu'inutile, à son étrange présence à ses côtés qui ravivait à chaque pas la conscience aigüe de l'absence de Céleste. Et la sempiternelle question lui revenait à l'esprit : « Pourquoi a-t-elle choisi cette voie, ce chemin sans issue ? Pourquoi s'obstine-t-elle encore aujourd'hui dans ses illusions, malgré les échecs et les déceptions ? Pourquoi ne revient-elle pas à Couraurgues ? » Certes, lui-même n'avait pas fait mieux. Après la mort de Céleste, il s'était obstiné dans son chagrin, et les années étaient passées ainsi, toutes emplies de ce chagrin et de lui seul, ce chagrin qui avait usé ses jours mais faisait partie de lui-même au point qu'il lui semblait être son seul point d'ancrage. Il n'avait rien à reprocher à Marthe.

Ces pensées, au lieu de le distraire de la tâche qui, malgré ses atermoiements, l'avait mis sur la route, le ramenaient aux maîtres d'Apreville. Eux aussi s'étaient fourvoyés sur des chemins sans issue et leur vie s'était interrompue au bord des gouffres qui s'étaient creusés sous leurs pas, ouvrant un piège fatal à leur union. Un piège dont il ne savait rien encore mais qui avait bien existé. Le jour du baptême aurait pu être un heureux jour. Bien au contraire, il avait condensé en lui-même toute l'essence de leur malheur. Peut-être même, le processus qui les avait amenés à disparaître à peu de distance l'un de l'autre quelques années plus tard, s'y était-il mis en place : un drame domestique silencieux, impénétrable, et qui les avait détruits.

Debrume arriva à Courrel vers midi, après plusieurs heures de marche à travers le plateau de pierre et de thym qui séparait les deux villages, et où il n'avait pas rencontré l'ombre d'un troupeau. Courrel aussi était désert. Il dut agiter longtemps la cloche du presbytère avant de voir paraître la servante.

On le fit attendre dans l'antichambre : Monsieur le Curé faisait sa sieste. Il se montra enfin. Il était vieux et quelque peu malade. Il parlait bas, d'une voix entravée par son souffle court et marchait à petits pas poussifs. Pendant un long moment, il mit toute son application à éluder les questions de Debrume avec l'habileté d'un diplomate aguerri. Mais après quelques verres d'un vin de noix que la servante avait apporté sur un plateau d'argent, il fut davantage enclin aux confidences. Il lui revint même assez de force pour se rendre à la sacristie et sortir les registres lourds et poussiéreux qu'il serrait dans une armoire vermoulue et où était consigné l'essentiel de la vie des villageois de Courrel depuis des générations.

- Je n'ai pas beaucoup de souvenirs de la grande famille Ventaroux. C'est mon prédécesseur, le père B, qui les a tous connus et baptisés. Ils ont fait leur communion solennelle ici. Il leur a enseigné le catéchisme et a été leur confesseur. Il n'y a plus de Ventaroux ici à Courrel. Les sœurs ainées ont disparu très jeunes et il y a bien longtemps, après avoir fait de brillants mariages. Etes-vous sûr qu'il soit nécessaire de faire appel aux souvenirs de ces pauvres défunts ?

- En effet, vous avez raison, mon père, je dois m'intéresser aux vivants tout d'abord. Il me faut retrouver Elyette, la dernière sœur vivante de la fratrie. Peut-être savez-vous ce qu'elle est devenue ?

- Elle a quitté le village juste après que mon prédécesseur eut célébré son mariage. Je ne l'ai jamais vue et je ne sais rien d'elle. Voilà pour les vivants. Mais je sais que ce qui vous intéresse ce sont les morts, vous êtes obstiné mais vous avez tort !

- En effet les morts ne me laissent pas de repos… Si vous pouviez me raconter l'histoire de Nadège, je vous serais fort obligé.

- Nadège… Oui hélas, j'ai connu Nadège, très peu, mais assez pour… Elle était la plus jeune des filles Ventaroux et fut mariée après sa sœur Elyette, si j'ai bon souvenir. Ah ! Que de drames dans sa vie ! Les évoquer m'est toujours une torture. Bien que je ne sois pas directement… enfin…, mon fils, je dois vous faire une confession : j'ai ma part… hélas, croyez-moi, j'ai ma part… comme tous les autres ! Cette histoire nous a tous salis… rendus coupables. Tout était si compliqué ! Personne n'a été épargné ! Nous nous sommes tous fourvoyés, parfois croyant bien faire… Je vous en prie, ne me faites pas remuer le couteau dans la plaie. Je suis vieux et fatigué…

- J'ai bien peur, hélas, que votre fonction ne vous y contraigne. Vous êtes seul à pouvoir m'aider à éviter d'autres drames…. C'est une lourde responsabilité que nous partageons aujourd'hui, s'entendit répondre Debrume du ton le plus solennel qu'il put prendre : les enfants de Nadège courent un très grave danger.

- Je ne vous demanderai pas de quelle sorte de danger il s'agit, répondit le vieil homme comme pris de panique, et surtout ne me le dites pas. Mais pour ces pauvres orphelins, je vais essayer de vous aider, quoi qu'il m'en coute, mon fils, croyez-le bien, répéta-t-il en se signant.

C'est alors que la servante entra à nouveau. Elle observa le vieux curé avec insistance, comme s'inquiétant pour lui. Ne s'inquiétait-elle pas plutôt pour ce que le bon père était sur le point de révéler ? Elle remplit les verres de son délectable vin de noix pour soutenir la faiblesse du vieil homme, puis se retira, le regard suspicieux. Ce fut peut-être ce regard qui décida Monsieur le curé. Il commença enfin, et Debrume eut l'impression qu'il était soulagé par l'occasion qui se présentait enfin de décharger sa conscience :

- Mon prédécesseur s'est toujours senti responsable de ce qui est arrivé. Et pourtant, il s'est courageusement battu contre Ventaroux pour empêcher l'union de Nadège et d'Aimé Linguier. Avant sa mort, il m'a confié son journal où il avait consigné ses problèmes de conscience et où sont rapportées les terribles disputes qu'il avait avec Ventaroux à ce sujet. Le bon père B connaissait ses ouailles, et s'il ne voulait pas marier

Nadège et Aimé, il avait ses raisons. Mais il y fut obligé, et il en a conçu une amertume et des remords jusqu'à la fin de ses jours. J'ai reçu sa confession avant de recevoir son dernier soupir et, hélas, je sais de quoi je parle. Pourtant à l'époque je n'ai pas compris dans quelles affres il était plongé. Je me souviens avec honte avoir souri de ses tourments. Je ne savais pas qu'ils allaient me rattraper et pourrir le reste de mes jours. Quand je l'ai compris …, *mea culpa…*, il était trop tard. Le remords d'avoir manqué à mon sacerdoce me poursuit encore au bout de tant d'années. Car il s'est avéré que j'ai fait, comme le bon père B, le jeu du diable. En toute ingénuité, j'ai fait les mêmes erreurs que lui qui n'était que sincérité et douceur. Et ces erreurs, puisque vous m'y contraignez, je vais vous les dire :

Le père B savait que Nadège aimait un garçon du village, un cousin éloigné semble-t-il. Ils ne se quittaient pas depuis leur plus tendre enfance, le jeune Séverin Derive et elle. Que de fois ne les avait-il pas surpris cachés ensemble sous la nappe de la table de la sacristie à échanger quelque secret ou quelque douce promesse. Le père B a consigné dans son journal certains épisodes qui l'attendrissaient tant leur naïveté et leur pureté montrait la beauté de l'âme humaine quand elle n'est encore entachée d'aucune laideur. L'enfance, ce paradis que l'on perd sans jamais pouvoir le retrouver sur cette terre…, s'étonnait-il ! Le père B savait que le mariage avec Linguier était une sorte de péché contre nature, un péché voulu par les hommes, mais il a fini par se soumettre et le bénir. Car Ventaroux était pressé. Il était puissant et ne manquait pas d'audace : il alla jusqu'à intervenir auprès de Monseigneur l'Évêque en pratiquant sur le pauvre père B quelque mauvais chantage. L'histoire remontait trop haut pour que le bon curé pût se dérober.

Ventaroux obtenait toujours ce qu'il voulait. Linguier était le parti qu'il avait choisi pour sa dernière fille, et cela bien sûr, pour des raisons d'intérêt. Nadège se révolta, on l'enferma dans un couvent d'Aix, loin d'ici. Ventaroux fit chasser le jeune Séverin Derive du village après avoir fait détourner l'héritage de son oncle, cet héritage qui l'eût rendu riche et libre.

Le père B s'est toujours senti coupable du malheur de ces deux enfants qui n'avaient pas encore vingt ans. En s'élevant contre la volonté de Dieu (car cet amour d'enfance ne pouvait être voulu que par lui, disait-il), il avait été la cause de la perte de deux brebis de son troupeau et s'était montré incapable de sauver leur âme. Son journal est truffé de prières implorant le pardon et de remords qui glaçaient son sang et ne lui laissaient pas de paix. Oui, je le confesse, j'ai trouvé tout d'abord cela bien naïf de sa part, car je croyais bêtement que les enfants doivent obéissance et respect à leur père sur cette terre. Je ne savais pas que d'ici à peu de temps j'allais me trouver dans la même détresse. Que d'erreurs n'ai-je pas accumulées ! Et que de malheurs ai-je permis !

Et le brave homme se signait puis levait la tête vers le ciel en joignant les mains entre lesquelles, telle une amulette, il tenait serré son chapelet.

Quelques mois après son mariage, continuait-il la voix un peu plus basse comme tournée vers lui-même, Nadège a donné naissance à un fils, le petit Basile que j'ai baptisé. Les époux Linguier vivaient dans la paix conjugale bénie par Dieu. Quand Rosine naquit, je fus tout naturellement invité à lui administrer le sacrement du baptême. La veille, l'évêché m'avait dépêché un jeune séminariste pour m'aider dans mes tâches. Le jeune abbé était pieux et dévoué et ne fit naître en moi aucun soupçon. Je ne sus que plus tard que ce jeune homme s'était présenté sous un faux nom et muni d'une lettre officielle dont je n'avais aucune raison de douter mais qui n'émanait pas de Monseigneur l'Evêque comme je le crus. Je n'ai rien vu, tant il arborait ce faux d'un air innocent. Il a servi la messe le jour du baptême. Sans doute tous les villageois se sont-ils demandé si je n'étais pas tombé sur la tête, mais personne n'a osé ou n'a voulu me mettre en garde. Personne, entendez-vous ? Peut-être parce que tout Courrel avait toujours désavoué le mariage de Nadège avec Linguier. Oui, c'est bien ce que je dis, un sacrement de notre Sainte Eglise a été désavoué. En silence, mais il a été désavoué… Et le père B et moi-même en sommes responsables. A y penser, j'en ai froid dans le dos.

Les deux jeunes gens se revoyaient donc d'une manière tout à fait officielle. C'était pour eux une épreuve et un bonheur que Dieu leur envoyait. Si j'avais été clairvoyant, j'eusse compris leur trouble et celui du mari, Aimé, qui semblait ne pas décolérer ce jour-là. Séverin et Nadège s'aimaient toujours et cela devait se voir comme le nez au milieu de la figure. C'est moi qui ai introduit le loup dans la bergerie. Voilà où est ma faute ! Et elle m'appartient entière, à moi qui n'ai rien vu parce que j'étais trop imbu de tous les pouvoirs que m'a donnés l'Eglise en m'autorisant à administrer les sacrements. Les drames qui sont advenus depuis m'ont amené à me repentir amèrement et tout autant que le pauvre père B.

Par la suite, j'ai toujours été tenu au courant du malheur dans lequel est tombée la famille. Aimé a quitté le foyer conjugal, laissant ses enfants grandir sans sa tutelle. Je rendais régulièrement visite à Nadège. Je l'ai vue sombrer peu à peu dans le désespoir et la maladie, tandis que tout, autour d'elle, se délitait. Récemment j'ai appris qu'Aimé avait disparu en mer, laissant femme et enfants seuls au monde, ruinés. Enfin, Nadège est morte et j'imagine dans quel accablement. Aujourd'hui, je vis dans le doute et la torture. Le remords me taraude. Vous pouvez imaginer ce que cela représente pour un homme dont la foi en sa mission devrait être inébranlable…

- Nadège a donc voulu faire baptiser ses enfants à Courrel…

- Hélas, pour mon malheur et pour le sien ! Je ne l'ai compris que trop tard. Mais qu'y aurais-je pu ? Le démon n'avait jamais quitté le cœur des deux amants. Car depuis sa retraite d'Aix (devrais-je dire sa prison ?), Nadège était restée en contact avec Séverin Derive, je ne sais comment. Ils bénéficiaient sans doute de quelque complicité. Ils ont mis en place ce complot. Mais mon récit ne se termine pas ici :

Après la cérémonie, le jeune abbé et moi étions invités à la réception qui se donnait à Apreville, comme c'est la coutume ici. Je n'avais aucune raison de refuser la présence de ce jeune abbé si discret et attentionné. Comble d'ironie, comme j'étais souffrant, je lui ai demandé de me représenter ! Que le Bon Dieu m'en soit témoin, je ne savais rien. La fête a eu lieu. Le lendemain le jeune abbé inconnu était reparti comme il était venu. Sans prendre la peine, cette fois, de me remettre une fausse lettre officielle, ni de me signifier son départ. J'ai demandé un entretien à Monseigneur pour signaler le fait. C'est là que j'ai tout découvert. On n'a jamais plus revu Séverin dans ces parages. J'ose espérer que la relation des deux amants a pris fin après cet épisode, mais j'en doute : le diable a plus d'un tour dans son sac ! Enfin, si cela apaise ma conscience de croire que Nadège est morte sans être retombée dans le péché, je n'en ai aucune certitude. Elle a toujours refusé de se confesser à moi. C'est le curé de Couraurgues qui lui a administré les derniers sacrements.

Debrume montra alors au curé de Courrel les clichés de son ami Honoré :

- Ma vue est mauvaise mais je le reconnais. Séverin Derive, dont le salut a tellement tourmenté l'âme de mon prédécesseur et tourmente encore la mienne. Que Dieu lui pardonne ! J'ai entendu dire récemment qu'après des études de droit, il a acquis une position importante grâce à ce gros héritage de son oncle qui a fini par lui revenir après le décès de Ventaroux. Cela remonte à plusieurs années… Il a quitté la région depuis longtemps, dit-on.

- Je crois que je serai en mesure de vous donner de ses nouvelles sous peu, mon père.

- Non, non, je n'y tiens pas… Enfin, plutôt, se reprit-il en s'ébrouant comme s'il avait reçu une décharge électrique, je serais heureux de tenter de le mettre sur le chemin du repentir. Dieu pardonne aux brebis égarées ! Que ne ferais-je pour lui obtenir le pardon d'une faute qui n'est que la conséquence d'une injustice des hommes ? C'est mon devoir et c'est également mon chemin ! Peut-être qu'ainsi, Dieu pardonnera les lamentables erreurs de son vieux et naïf serviteur qui, en manquant de clairvoyance, a failli à son devoir…

<u>**12**</u>

« Beati gli occhi che la vider viva »
Petrarca, CCCIX

Journal

Je suis rentré chez moi après avoir obtenu confirmation de mes impressions, ce sable mouvant sur lequel j'évolue sans arrêt : Nadège et le jeune séminariste s'aimaient. Hélas, je n'ai rien découvert de plus. Est-ce là tout le mystère d'Apreville que détenait Evangéline et dont

HD ne cesse de me rebattre les oreilles ? Je me noie dans l'incertitude sans savoir par où commencer. Certains considèrent l'incertitude comme un don. Un don étant quelque chose de précieux, je peux m'estimer comblé : ma vie entière est pétrie d'incertitude.

*

Je me suis assuré, auprès de Monsieur le Curé de Couraurgues, que le nécessaire a été fait pour la petite Rosine. J'ai appris que le docteur Courbet s'en est également mêlé. Il a constaté par écrit et devant témoin que l'enfant n'avait pas subi de sévices récents, - c'est à dire dans la période où elle a séjourné chez Gigi. Elle garde cependant des marques qui remontent à quelques semaines, voire à quelques mois et certaines, à sa petite enfance, comme par exemple une vieille fracture de la clavicule qui lui a laissé quelques séquelles. Le brave médecin a mis de côté, par amitié pour moi, son anticléricalisme légendaire pour collaborer avec Monsieur le Curé, et je lui en sais gré. Je reconnais là son dévouement et sa bonté.

Bien sûr, je ne cesse pour autant de craindre pour Gigi. Le témoignage du médecin pourrait lui être utile, mais sera-t-il suffisant ?

*

Il me reste à identifier certains invités du baptême qui avaient alors à peine dépassé leur vingtième année. Que sont-ils devenus ? Et le jeune séminariste ? Nadège est morte et le désert s'élargit autour d'elle.

Quant à Aimé, on ne l'a plus vu depuis plus d'un an, et bien qu'on le dise mort, son fils l'attend comme s'il savait qu'il allait revenir. Qui pourra me renseigner sur son naufrage, sur ses déboires financiers ? Elyette ? Les deux sœurs étaient très proches d'après HD. Il est capital que je la retrouve.

*

Je suis retourné voir mon ami Honoré Deroure dont la légendaire « discrétion » me fascine et me distrait. Nous avons quitté

101

l'antre obscur qui lui sert de logis et arpenté à cheval les sentiers du Couron. C'était un jour clair, sans un nuage. L'air était d'une pureté qui n'existe qu'ici, et entre la rondeur de deux montagnes, la mer apparaissait noyée d'azur. Les genêts répandaient leur parfum sucré, un peu écœurant, et dans certains vallons situés à l'ubac s'épanouissaient des parterres fleuris dignes de Botticelli. Cette légèreté de la nature avait quelque chose de raffiné et d'exaltant, propice aux confidences. Ainsi, devisions-nous, mon ami et moi.

Il m'a à nouveau parlé du pays où il est né, si différent de ces montagnes. Les oliveraies et les orangeraies s'y étagent en pente douce jusqu'à la mer : « Au printemps tous les parfums des fleurs se mêlent à celui du vent du large en une senteur de Paradis. N'est-ce pas l'une de nos seules raisons de persister à exister en ce bas monde : cette jouissance des sens jamais assouvie… ce bonheur fugace après lequel on ne cesse de courir… ? »

Tout le long du chemin, il a parlé avec nostalgie du charme mystérieux des sensations envolées. Au retour de cette promenade bucolique, nous nous sommes assis sous le noyer qui pousse devant sa maison. L'ombre était douce, à peine tâchée de soleil, et la bouteille de vin de Bellet étant à portée de main, j'ai eu toutes les peines du monde à le ramener à l'observation de ses photographies. Il continuait à penser tout haut : « A Couraurgues, les vieux disent que l'ombre des noyers rend fous… Or, ici nous avons déjà largement dépassé les limites de la folie. Plus qu'ailleurs, ce n'est pas la raison étriquée qui règne, mais elle, la folie pure qui mène les hommes. C'est le pays qui le veut. Ces forteresses de roches qui l'entourent et qui le coupent du reste du monde, ce silence… Comment la raison humaine peut-elle résister à la puissance de ce silence, à son indifférence ? Personne ne vous le dira mais tout le monde le sait : ce sont les rochers qui, dans la profondeur de leur monde secret, décident de tout. Rien ne leur échappe !»

Il a énoncé tout cela comme une sentence. Puis il a ajouté :
« Nous savons tous les deux qu'essayer de résoudre une énigme est un
jeu comme les enfants eux-mêmes ne peuvent en inventer. Un jeu face
à une situation que la raison ne guide plus, un jeu sur l'échiquier de la
vie et de la mort, celui de la folie des hommes… »

Y a-t-il un message caché dans ses paroles ? J'avoue que le ton
de prophétie qu'il a pris ne me dit rien de bon. Après ce discours quelque
peu sibyllin, il a invoqué la présence de Maître Legal et ce, toujours sur
le même ton d'oracle. Encore lui, ce Legal dont je ne sais rien, dont le
nom revient toujours chaque fois qu'on parle d'Apreville. Qu'a-t-il à
voir avec Aimé et Nadège, ce banal régisseur qui a l'air de faire son
travail sans s'occuper du reste du monde ?

Après cela HD a déclaré bien haut, en levant son verre à notre
amitié, et comme pour me lancer un défi, que cette énigme, j'en
découvrirai les tenants et aboutissants là où tout semble lisse et anodin
et, de surcroît, je la résoudrai. Quel vieux fou ! Il aime se moquer de
moi ! Mais c'est mon ami, et notre amitié est ainsi faite que j'accepte de
lui ce que je n'accepterais de personne.

Ses clichés ne cessent de me tourmenter. Quelque chose les rend
aussi étranges que ses prophéties. Ces visages figés sur le papier à un
moment de leur vie qui semble crucial… Je ne peux m'empêcher de
penser que si ces photographies parlent de l'amour interdit de Nadège,
elles contiennent aussi les raisons de son destin, son secret qui l'a
conduite au tombeau. Mais si je m'en tiens aux faits seuls… Mais quels
faits ? Encore une fois, je n'ai que de vagues impressions !

Est-ce à cause de sa beauté et de la délicatesse qui émane de sa
personne, je ne peux imaginer Nadège autrement que sous les traits
d'une victime. Je ne saurais dire si cela tient ou non à un détail qui
n'arrive pas encore à ma conscience et qui échappe à une plate analyse…
Un halo trouble entoure Nadège. Aussi mystérieux que le rapport que
je perçois entre Marthe et Céleste et auquel je ne trouve aucune

explication logique, aucun mot à mettre dessus. Je ne peux lui rattacher qu'un sentiment confus… Et c'est par ce sentiment confus que je me laisse guider.

*

HD avait fait des vues du château de Montbazin en Provence où Elyette a habité longtemps, mais elles ont été égarées, dit-il. D'ailleurs, elles ne me seraient d'aucune utilité : ce n'est pas à Montbazin que je la trouverai. D'après le curé de Courrel, Elyette a déserté l'endroit en abandonnant son hobereau de mari. Elle vit entre Aix, Paris et parfois à l'étranger. Dieu seul sait où !

HD parle toujours d'Elyette avec un petit quelque chose dans la voix qui me laisse à penser que, non seulement il en est encore amoureux, mais son souvenir lui est plus précieux que tout. Néanmoins, malgré sa faconde habituelle, lui aussi sait garder ses secrets : il est d'un mutisme impressionnant sur le sujet ! Je ferai mon possible pour la retrouver.

*

Mon ami Benjamin Gaspard, géologue de son état, dont j'admire la passion pour la recherche m'attend. Nous avons usé nos culottes sur les mêmes bancs d'école, et nous nous retrouvons ainsi de loin en loin. Sa profession l'oblige à des déplacements. Cette saison il sera en Arles afin de poursuivre ses recherches sur le sol de la vieille Crau, et de terminer un article pour une revue scientifique. Bien sûr il n'entend rien au commerce des taureaux, ni aux investissements qui se font en Camargue pour le développement des rizières et des marais salants. Mais il connait la région par cœur.

Au retour, je passerai par Aix. La lettre que j'envoie à Elyette, dirigée à son ancienne adresse, partira avec la patache en même temps que moi. Me reviendra-t-elle par retour du courrier… ?

<u>13</u>

De la région, Benjamin Gaspard se vantait de connaître tous les cailloux et surtout ceux de la Crau sèche. Lorsque ses recherches l'y obligeaient, il passait des mois sur le lieu de ses fouilles, dans une bergerie antique, partageant son pain avec les bergers. Il avait également quelques connaissances parmi les riches manadiers de l'autre partie de la Camargue où il se rendait de temps à autre. Il affirmait que lorsqu'un étranger avait l'intention d'implanter un élevage, une rizière ou un marais salant, il était aussitôt connu comme le loup blanc. Lui-même en était un, ses recherches si hermétiques au commun des mortels suscitant toujours une forte inquiétude autour de lui. Il offrait chaque année à son ami le gîte et le couvert : « Sur le sol caillouteux du *coussouls,* disait-il, nous vivrons comme les bergers de l'époque romaine, mais nous n'aurons pour troupeau que celui des pierres moutonnant à l'infini autour de nous. J'espère que l'inconfort de ce séjour ne te rebute pas. Dès ton arrivée, nous quitterons mon pied-à-terre d'Arles et nous devrons aussitôt partir pour la Crau où j'ai quelques prélèvements urgents à faire. Après quoi je serai à ton entière disposition. Et nous irons là où tu voudras aller. »

Sachant qu'il pouvait compter sur Benjamin, Debrume s'était mis en route peu avant l'aube, avec l'excitation que suscite l'idée d'un voyage de plusieurs jours. Après quelques heures de marche, il vit se lever un petit matin illuminé d'un soleil tendre qui faisait luire les gouttes de rosées sur les mille fleurs des talus. C'était le début de l'été. Un air de candide confiance dans la vie régnait autour de lui et il se surprit à la voir envahir son cœur. La fière assurance qu'il éprouvait et qui lui était si étrangère d'ordinaire, semblait vouloir accompagner ce qu'il fallait bien appeler une enquête. Il s'était presque convaincu de l'utilité de sa démarche : s'il retrouvait Aimé, tout rentrerait dans l'ordre à Apreville. C'était donc le cœur plein de sourires que Debrume partait, en évitant de se féliciter d'avoir inventé, une fois de plus, un dérivatif à sa sempiternelle morosité, ce qui eût gâché ce précieux élan d'optimisme.

L'inspecteur avait mis tout en œuvre pour garder la plus grande autonomie pendant son voyage : il montait Icare et, pour porter son bagage, il tenait en longe un cheval de selle que Marino lui avait confié et auquel il tenait comme à la prunelle de ses yeux. Le long du trajet, il pensait aux chevaux de la Camargue, solides et nerveux, qui, même lorsqu'ils sont dressés gardent quelque chose de la sauvagerie de ces terres. Il se promit de faire l'achat de quelques bêtes pour les ramener à Couraurgues. Il se souvint du commerce que pratiquait Evangéline autrefois avec les maquignons qu'il rencontrait chez elle. Alors, un rêve lui vint : Maître Trabon ne mettrait probablement pas d'objection à lui céder l'ancien haras de Terpane qui, pour ce père déchiré, était encore tout vibrant de la présence de sa fille disparue. Ce bourgeois bienpensant n'avait jamais rien su des activités occultes de sa chère enfant et continuait de ne pas comprendre pourquoi elle était allé chercher une mort tragique en Italie. Le haras était désormais à l'abandon mais il suffirait de peu pour le voir reprendre vie. Sa renaissance serait un hommage posthume à la belle cavalière qui avait était devenue son amante lors d'une rencontre où il s'était cru trahi par elle et devenu son prisonnier. Ce serait une manière de se racheter pour avoir douté d'elle et n'en avoir vu que ce qu'elle voulait laisser paraître, sa légèreté et son insouciance, cette poussière d'étoile qu'elle dispersait autour d'elle et qui la masquait si bien. Ainsi, d'ancien inspecteur de police, deviendrait-il marchand de chevaux, et il souriait en pensant à la sidération dont en serait frappée Marthe. Les rêves menaient loin. Qui sait si un jour celui-ci, qui était encore à l'état d'embryon, ne lui permettrait pas d'avoir l'illusion de recommencer sa vie, d'en corriger les erreurs, de reculer la limite de l'impasse dans laquelle il s'était fourvoyé.

Il avait pris par les sentiers de la montagne qu'il connaissait bien désormais et ne rejoignit la côte qu'à la naissance du massif de l'Estérel. Des forêts noires adoucissaient de leur ombrage la force du soleil et la morsure du vent de mer. A ses pieds, les roches rouge sang jetaient en crépitant leur lave en fusion jusque sous les vagues. Ce paysage, marqué du feu des étoiles, vous attirait au plus près du mystère, de même que celui du Couron dont l'empilement de roches faisait un domaine réservé et inaccessible, propice à la rêverie et à la méditation.

En s'engageant dans les sentiers de l'Estérel avec son équipage, l'inspecteur se trouva sur la route des voitures de poste qui assuraient le trajet jusqu'à Toulon. Un mouvement intense de diligences et de charrettes encombrait la chaussée trop étroite et ralentissait le trafic. Affrontant les insultes des cochers, Debrume se faufilait parmi les voitures pour les dépasser, poussant ses deux chevaux que tant d'affolement rendait nerveux. Il avait en tête de quitter la route et de couper par la forêt où il pourrait bivouaquer. En vain il chercha longtemps un passage, mais située sur un coteau escarpé, celle-ci resta impénétrable.

Il lui fallut passer un profond vallon, pour trouver, après un col, sur le versant nord très boisé, une clairière. Elle s'étendait à l'orée des pins, non loin du relai de poste de l'Ubac. Elle fourmillait de monde, les voyageurs y arrivant nombreux. Une activité fébrile l'animait. Tous avaient hâte de trouver un refuge passager pour apaiser les fatigues des longues heures de route chaotique, après avoir été ballottés sur les banquettes dures de voitures étroites, bourrées de monde et privées d'air, sous une chaleur à peine supportable. Chacun espérait se rafraîchir et se restaurer, et les servantes ne cessaient de courir avec leurs brocs d'eau chaude à bout de bras pour satisfaire ces aventuriers harassés. Deux nouveaux courriers venaient d'arriver et il y avait fort à faire pour décharger les malles et s'occuper des chevaux.

Avant de penser à lui, et comme ses chevaux avaient besoin de boire après ce long trajet où il n'avait pas trouvé de point d'eau, Debrume se mit en quête d'un abreuvoir. Il le dénicha enfin, derrière la bâtisse, et ses chevaux prirent la queue en piaffant d'impatience. Comme on pouvait s'y attendre, l'auberge était au complet. C'était un tel remue-ménage de gens, de cris, de hennissements, un tel piétinement de sabots, qu'après avoir mangé la sempiternelle daube que l'on trouve dans ces auberges toujours mijotant au chaudron accroché au foyer, il dut se résoudre à passer la nuit en plein air. Il avait repéré un peu plus loin un petit espace doté d'un enclos pour les chevaux où poussait encore une herbe apparue après la dernière pluie et dont il ne resterait plus un fil dans quelque temps, quand l'été aurait grillé le massif à cœur et que les pins, les chênes verts, les myrtes et les arbousiers grésilleraient sous le feu de la canicule en attendant en vain quelques gouttes de pluie.

Il s'apprêtait donc à passer une nuit sans dormir et en comptant les étoiles. Pourtant, contrairement à son habitude, il sombra très vite dans le sommeil. Un rayon de soleil lui brûlant les paupières l'éveilla en sursaut. Il consulta sa montre de gousset : déjà neuf heures. Comment avait-il pu dormir, lui, l'insomniaque, douze heures d'affilée sans rien entendre de ce qui se passait autour de lui, dans ce lieu où l'agitation était incessante dès avant l'aube ?

Son étonnement ne devait pas s'arrêter là : l'enclos était vide, ses chevaux avaient disparu. Se hâtant de rassembler ses quelques affaires, il constata que son porte-manteau avait été ouvert, son havresac fouillé. Pourtant, rien n'avait été subtilisé, pas même son arme qu'il ne chargeait jamais mais qu'il tenait toujours serrée contre lui pendant qu'il dormait. Il ne manquait pas un mouchoir à son paquetage, ni un sou dans son porte-monnaie. Tout avait été soigneusement remis à sa place. Toutefois, si on ne lui avait pas coupé la gorge, on lui avait ôté son bien le plus précieux, son cheval Icare.

Désemparé, il se dirigea vers l'auberge. Il n'y avait personne. Ce lieu si plein d'agitation la veille était désert. Les voitures de poste avaient repris la route depuis longtemps, emportant chevaux, bagages et voyageurs. Il contourna la maison derrière laquelle il trouva les servantes occupées à laver du linge au lavoir : elles étaient les seules à attester que la bâtisse n'avait pas été abandonnée. Il interrompit leurs conversations ponctuées de rires effrontés et de petits cris désordonnés devant cet inconnu en détresse. Mortellement triste d'avoir perdu son doux Icare qu'il redoutait de ne revoir jamais, il s'enquit de ses chevaux auprès des lavandières. L'une d'elle lui dit d'un air assuré qu'il fallait attendre l'aubergiste et maître de poste : lui, il les retrouverait à coup sûr. D'ailleurs, il n'y avait que lui qui pouvait le faire, ajouta d'un air innocent une autre. Et cet air voulait en dire long.

Il attendit longtemps, le cœur rongé d'étrange anxiété. Il se rendait compte, au moment où il l'avait perdu, qu'Icare était devenu son seul ami. Ils avaient partagé tant de jeux ensemble, dans les solitudes du Couron, bercé tant de rêves, épanché tant de tristesse ! Certains lui eussent objecté que ce n'était qu'un animal, mais lui savait qu'il partageait plus de choses avec cet animal qu'avec n'importe quel humain. S'il devait ne jamais plus le revoir, il déplorerait sa perte comme celle d'un être cher. Et il passerait le reste de ses jours à le chercher comme il cherchait encore Céleste dans les replis de l'air, dans le bleu du ciel, dans le souffle du vent et la morsure du soleil, Céleste éternellement manquante à ses côtés, comme si elle venait de disparaître à l'instant, le laissant paralysé de stupeur, bien qu'elle eût quitté la vie depuis des années.

Et que dire à Marino s'il ne retrouvait pas son meilleur cheval de selle, -la prunelle de ses yeux, disait-il - qu'il lui avait prêté avec la confiance naïve qu'il avait en lui depuis toujours ? Il tomberait du piédestal où le brigadier l'avait imprudemment installé. Car le brave homme continuait de le considérer comme un maître à penser et un exemple de vie. Il ne pourrait regarder Marino droit dans les yeux et sans rougir de honte en déclarant qu'il n'y était pour rien, qu'il avait été seulement victime de voleurs de chevaux.

Les courriers n'arrivant qu'à la fin de la journée, l'aubergiste ne reparut pas à l'heure du repas de midi que les servantes prenaient comme chaque jour dans la petite cuisine confinée et noire de mouches. Les heures de la sieste furent longues et douloureuses. Debrume souffrait d'une migraine tenace depuis son réveil, malgré les litres d'un café insipide qu'il avait réussi à se faire confectionner par la vieille cuisinière. Alors qu'il déglutissait avec peine, celle-ci le regardait en biais, d'un air mauvais. Mais ce n'était pas pour lui reprocher de ne pas apprécier son redoutable breuvage. Elle avait d'autres sortes de rancœurs et elle profitait de la présence de ce témoin ahuri pour épancher une colère longtemps contenue : « Ici la vie est dure, la neige en hiver, la canicule en été… et tous ces gens de passage, si exigeants et indifférents, riches, méprisants… et nous… à les servir comme des esclaves, si loin de nos foyers, avec, en plus, toujours la peur… ! C'est le prix à payer… Bien sûr on peut compter sur eux. Ils sont habiles. Et tout rentre toujours dans l'ordre, à un moment ou à l'autre. Bien sûr, il nous en reste quelques miettes… mais trop petites… à la mesure de nos petites vies plus petites que les leurs… » Et elle continuait de bougonner, ne parlant qu'à elle-même, dans un patois dont Debrume avait une compréhension globale bien que peu précise.

Il était coi devant elle, se demandant comment l'interroger. Il crut anodin de s'étonner de l'absence de certains voyageurs qui, d'après ce qu'il avait compris, avaient prévu de passer la journée ici, « … comme ce voyageur de commerce à la petite moustache blonde qui m'avait proposé de faire route avec lui à cheval… Est-il déjà parti ? » Elle le regarda comme si tout à coup elle avait vu le diable. Ou comme si elle revenait à la réalité. Redoutait-elle d'avoir parlé de choses qui ne regardaient personne ? Elle hésita avant de répondre : « Parti oui… parti aux aurores… Ils partent tous comme ça. Oui, oui, tous… » Elle avait dit tout cela d'un ton sibyllin qui donna le frisson à l'inspecteur. Il sut qu'il avait posé la question de trop : interdite, elle le regarda d'un air suspect et disparut comme une souris furtive dans la souillarde attenante. Il se retrouva seul avec les mouches dans la cuisine enfumée. Il eut hâte d'en sortir.

Dès lors, il ne cessa de se questionner sur le départ de cet homme qui, voyant qu'il avait une arme dans ses fontes, lui avait demandé protection la veille. Il revoyait la peur dans ses yeux, son visage crispé, cette façon de regarder derrière lui, comme s'il s'attendait à un mauvais coup. Certes, tout le monde savait que l'auberge avait autrefois été mêlée à une affaire jamais résolue et en tant qu'inspecteur, il avait eu accès aux rapports de police. Le lieu avait gagné une réputation de coupe-gorge. Avec l'habituelle désinvolture qui lui permettait de ne pas troubler sa tranquillité, il s'était dit : c'est de l'histoire ancienne… Mais la terreur du voyageur de commerce, et son départ inattendu lui laissaient entrevoir que cette réputation n'était peut-être pas aussi fortuite que ce qu'il avait bien voulu le penser.

Vers quatre heures, le gros homme revint enfin. Il lui apprit que des voleurs de chevaux sévissaient depuis quelque temps dans cette zone et qu'il était parti à leur recherche dès le petit matin. Les chevaux des voitures publiques n'étaient jamais volés, mais ceux des particuliers disparaissaient à qui mieux mieux et réapparaissaient comme par enchantement, à condition de trouver les mots qu'il fallait, et pas seulement les mots. Bref, il avait eu la chance de tomber sur les bandits, et il avait traité avec eux : les deux chevaux de Debrume étaient retenus en otage. S'il avait de quoi payer, l'aubergiste l'emmènerait là où ils se trouvaient. Voyant la mine de l'intéressé, il l'assura qu'il n'était pour rien dans l'affaire, avec force obséquiosité et discours alambiqués dont il semblait s'être fait une spécialité. Il avait seulement eu vent du vol et s'était aussitôt mis en quête des voleurs dans l'intention de lui rendre service. Et ce, parce qu'il avait vu, de loin, le soin particulier qu'il prenait à bouchonner ses chevaux : comme il avait du sentiment, il avait pensé que leur propriétaire serait affecté de leur perte.

Debrume décida de payer comme s'il s'agissait d'une redevance officielle, une sorte d'octroi. Il enverrait au maître de poste, pour le rappeler à son bon souvenir, une demi-brigade bien armée, quand il aurait atteint un endroit civilisé doté de garants de l'ordre capables de mettre fin à ce petit manège, et peut-être même à des délits majeurs. Car il ne voyait pas d'autre explication à la disparition du voyageur de commerce qui l'avait sollicité la veille pour traverser la sombre forêt à l'ubac de ce massif montagneux où les caches étaient faciles et les traquenards encore plus. Il exigea de voir ses chevaux sur le champ. Le gros homme l'emmena auprès du corral, là où Debrume avait passé la nuit, non loin de l'auberge. Laissant de côté ses manières distinguées, l'aubergiste siffla dans ses doigts. Après quelques minutes, un garçon surgit d'entre les grands pins, tenant les deux chevaux en longe. Derrière les chevaux, à bonne distance et sans quitter le couvert, une dizaine d'hommes à la mine patibulaire, le visage masqué d'un foulard, faisait escorte à l'enfant. Debrume bouillait de colère mais il était impuissant contre une horde armée jusqu'aux dents. Dès que l'écot payé fut entre les mains du chef de la bande par l'intermédiaire de l'aubergiste au langage châtié, ces hommes disparurent dans le bois aussi vite qu'ils étaient apparus. Après qu'il eut remis les longes dans les mains de Debrume, le garçon prit lui aussi les jambes à son cou.

Il resta dans l'air le souvenir de la menace. Une sorte de soulagement était lisible sur le visage du maître de poste tandis qu'aux fenêtres, un frémissement des rideaux indiquait que les servantes avaient regardé la transaction comme on regarde une scène de théâtre, montrant qu'elles étaient bien au courant de ces pratiques. Pour tenter de se faire oublier, l'aubergiste, quant à lui, avait réussi l'exploit de se faire de plus en plus petit, ce qui était une gageure à cause de sa forte corpulence. La honte semblait le tarauder : sa maison, expliqua-t-il à Debrume, faisait l'objet d'un chantage de la part de cette bande qui sévissait tout le long de la route du massif, le rendant dangereux pour tous. Les brigands savaient trouver ici de quoi emplir leur escarcelle. Ils menaçaient de mettre le feu à son auberge s'il les dénonçait. Devant le silence que lui opposait Debrume, il jura sur son honneur qu'il n'était pas leur complice, complétant la redondance de ses phrases de tous les « Monseigneur » qui pouvaient y entrer et risquant le tour de rein à force de courbettes.

Mais Debrume avait déjà la tête ailleurs. Non seulement il retrouvait Icare, mais son horrible migraine venait de le quitter comme par miracle. Un fait qu'il ne manquerait pas de signaler au capitaine de la première brigade venue : aucune explication à son lourd sommeil et à son mal à la tête si quelqu'un dans cette maison ne les avait pas provoqués. Tout en tempêtant pour s'être fait détrousser comme un vulgaire particulier, s'il n'avait pas dû se rendre en Camargue, il eût aimé séjourner ici pendant quelque temps pour y faire du nettoyage. Marino avait raison : c'était bien par l'ordre et le respect des lois qu'il fallait commencer si on voulait se rendre utile ! En prenant la mesure de son propre courroux, il se demandait quelle était l'ampleur de la rage qui dirigeait l'inflexible ligne de conduite du brigadier depuis des années : à quoi avait-il dû faire face pour en arriver à une telle intransigeance ?

Il se remit en selle, espérant qu'il ne subirait pas d'attaque dans la plaine de Brignoles où sévissaient régulièrement les bandits de grands chemins. Mieux valait éviter la grand-route quitte à allonger le temps de son voyage. Tout en chevauchant, il avait devant lui le visage terrorisé du voyageur de commerce. Un homme en détresse lui avait demandé secours et il n'avait pas su le protéger. Qu'était-il devenu ? Quant à lui, il n'avait dû sa survie qu'au sédatif qu'on lui avait administré et qui avait permis aux brigands d'explorer ses fontes et d'examiner ses papiers. Bien heureusement, le sauf-conduit ne stipulait pas son ancienne fonction : un membre de la police pouvait mettre à mal leurs petits trafics en provoquant une arrivée massive de gendarmes dans leur zone d'activité et ils s'en seraient débarrassés. Mais ils n'avaient peut-être pas eu le temps de finir le travail puisqu'ils n'avaient pris ni son argent ni son arme. Une autre opération avait requis toute leur attention cette nuit-là, et c'était probablement le voyageur de commerce qui en avait été la cible.

Le soir même, l'inspecteur dormait dans une confortable auberge du village de Fréjus après avoir donné l'alerte à la brigade qui y était fixée. Pour le reste du voyage, il lui faudrait ouvrir l'œil, en particulier lorsqu'il ne pourrait éviter d'emprunter la grand-route d'Aix où, après Saint Maximin, les voitures publiques subissaient, depuis quelques mois, les attaques en règle d'une célèbre bande organisée qui défiait toutes les polices. Il tenait cette information de son ami Martial, capitaine de la demi-brigade de Saint Pons où il était en poste depuis plusieurs années.

Ce voyageur de commerce à la fine moustache blonde, qui quémandait son aide, cet homme aux abois, aurait-il été en mesure de le sauver s'il n'avait pas été drogué ? Cette pensée le ramenait aux nombreuses vies qu'il avait laissé s'éteindre à Couraurgues et dont il eût évité la disparition s'il avait été plus vigilant ou plus doué pour flairer et résoudre les énigmes. Il devait sauver Basile et Rosine qui aujourd'hui couraient un grave danger. Il retrouverait leur père ou, le cas échéant, il saurait ce qu'il était devenu. Selon le cas, il ferait mettre en place un dispositif de protection ou de tutelle. Plein de cette détermination qui lui venait encore par bouffées, quand il retrouvait le contact avec la vie qui l'entourait, ainsi que la lucidité et l'indignation qui l'avaient poussé à choisir ce métier, il se jura de renoncer, pour accomplir cette tâche, à sa sempiternelle indolence, celle qu'il avait adoptée comme ligne de conduite pour se sauver de l'angoisse de vivre.

Quand Debrume avait rapporté aux gendarmes de Fréjus les méfaits dont il avait été victime, les informant de la disparition suspecte du voyageur de commerce, il avait été étonné de les voir tomber des nues au sujet de l'auberge de l'Ubac. Mais heureux d'avoir retrouvé ses chevaux et d'être sorti sain et sauf du coupe-gorge, il n'y avait plus pensé et avait repris la route. Trois jours de chevauchée sans histoire plus tard, il entrait en Arles. Benjamin Gaspard habitait une maison basse que signalaient des volets couleur bouton d'or, il n'eut aucun mal à la trouver : ils illuminaient la vieille rue montant aux arènes.

Les deux amis se revoyaient après une longue période pendant laquelle ils avaient entretenu une correspondance régulière. Benjamin n'avait pas changé. Le chapeau de gardian sous lequel il cachait sa calvitie n'effaçait pas pour autant son allure d'intellectuel qu'il devait à des lorgnons de myope. Sa faconde et sa volubilité avaient toujours enchanté Debrume qui les retrouvait intactes. En quelques minutes, le géologue avait brossé un résumé de ses longues recherches et organisé le séjour de son ami : le lendemain, ils iraient sur les lieux de ses carottages, au sein de la vieille Crau. Ils seraient de retour à la fin de la semaine, pour la fête votive qui devait avoir lieu le dimanche et qui rassemblait chaque année toute la communauté des manadiers et de ceux qui comptent dans leurs rapports entre ville et Camargue. « Tu rencontreras quelques personnes de ma connaissance. Quelqu'un a forcément entendu parler de ce Linguier que tu recherches. Certains l'ont peut-être même vu de près. Des étrangers fréquentent parfois les réceptions données dans les bastides qui tentent de garder contact avec la civilisation. J'ai fait moi-même partie des invités, il y a quelques années… Mais je n'ai jamais rencontré ce Linguier. Après la fête votive, nous traverserons le Rhône et nous entrerons dans ce désert où on est autant visible qu'une mouche sur un fromage blanc. C'est un pays d'hommes, les manadières y sont rares. Celles qui réussissent à survivre seules y gagnent une renommée quelque peu sulfureuse. Elles sont fières et farouches, autant que le pays qui les a façonnées et que les bêtes qui habitent leurs terres. Car vois-tu, elles sont libres, d'une liberté qu'on ne connaît pas ailleurs. Si cette liberté leur coûte cher, elles savent en user à leur avantage et n'y renonceraient pour rien au monde. Néanmoins, il te faudra du doigté, de la patience. Ah ! Elles ne sont pas pour le commun des mortels, ces cavales rétives, aguerries à tous les efforts, qui chevauchent sous la lune, les mains pleines d'étoiles et le cœur brûlant de braises… »

Après cette envolée ponctuée d'un soupir nostalgique, l'ami attaqua de plein fouet l'argument de la vieille Crau et du résultat de ses dernières trouvailles. Alors, Debrume s'installa le plus confortablement possible dans son fauteuil de paille parce qu'il sut que rien ne l'arrêterait plus. Le sujet méritait tout de même une attention polie que l'inspecteur réussit à lui prêter un moment : par un dispositif de son invention, Benjamin avait réussi à percer le poudingue et à établir que deux strates composent les terres du *coussouls*. Il en était à la rédaction de ses conclusions et il avait hâte de les faire parvenir à la communauté scientifique qui n'avait jamais pris ses bricolages au sérieux. Mais lui, maintenant, il avait des certitudes étayées de chiffres, de preuves, et même de photographies qu'il étalait sous les yeux de son ami !

Cela lui avait demandé du travail et de l'assiduité. Depuis plusieurs années il ne quittait guère l'endroit. Il y séjournait, hors du monde comme un ermite du désert, s'abritant la nuit dans un cabanon en *coudoulière*, identique en tous points aux abris des bergers de l'antiquité. Ces constructions étaient certainement arrivées jusqu'à nous, disait-il, grâce à l'engouement de quelque Dieu de l'Olympe pour leur fabrication. Par les jours de grand vent, alors que deux manouvriers accomplissaient pour lui les fouilles, il se mettait à l'abri d'une crosse, l'un de ces murets de galets en forme de croissant qui servent à protéger les troupeaux du Mistral et que les bergers reconstruisent à l'identique depuis la nuit des temps. Il y rédigeait ses notes. Il était sur le point de démontrer que la vieille Crau était constituée des tonnes d'alluvions que la Durance avait déposées pendant la période du villafranchien, entre le tertiaire et le quaternaire, avant de dévier son cours vers Eyguières. « Imagine que les galets sont faits des calcaires du jurassique et du crétacé subalpin ! Ah ! Quelle belle science ! Dire que les anciens n'avaient que leur imagination : ils expliquaient le monde par la poésie des légendes ! Ils pensaient que Jupiter avait fait tomber du ciel une pluie de pierres sur la Crau pour venir en aide à Hercule, à court de flèches, dans son combat contre les fils de Neptune !!! »

Les yeux de Benjamin brillaient sous ses verres épais et il s'engageait dans une longue défense de sa discipline, qui n'en était, affirmait-il, qu'à ses débuts, manquant encore de moyens techniques pour dater plus précisément l'apparition des strates de poudingue que les carottages révélaient.

« Oui, affirmait-il, illuminé d'une foi que rien ne pouvait ébranler, voilà ce que je suis sur le point de démontrer, mon vieux ! Et c'est le contraire de ce qu'on a toujours pensé ! » Et il reprenait indéfiniment une série de chiffres agrémentée des noms d'ères géologiques grâce auxquels les savants désignaient, au cœur du sol, les restes du temps, de tout ce temps accumulé depuis des millénaires. Et de voir se dérouler ces siècles et ces millénaires avec autant de facilité donnait un vertige à Debrume aussi violent que celui qui l'emportait devant la vision de la voie lactée dans le ciel, un soir d'été, cette touffeur d'étoiles qui nous rend si petits et si insignifiants. La désinvolture avec laquelle Benjamin se promenait dans les profondeurs abyssales du temps à jamais perdu et fourmillant de mystère, la façon qu'il avait de l'enjamber à l'aide de quelques mots bien sentis étaient admirables : les sciences savaient tout apprivoiser au moyen de mots magiques. Mais pour l'inspecteur, l'abstraite et énigmatique logique des supputations des savants avait le même charme que les légendes rapportées par Pomponius Mela ou par Eschyle, et des mots comme *rhyolite, ophiolite, euphotides bleues* ou *variotites*, la même poésie que ceux d'une langue étrangère inconnue dont la musicale sonorité flatte l'oreille mais qui garde ses obscurs secrets.

Benjamin continua de parler longtemps et ne s'interrompit que pour se précipiter à la cuisine. Un juron sonore retentit qui allait mettre fin à sa démonstration : « Tu vas me tuer… ! J'ai réussi à faire bouillir le café !!! » Nourri du savoir que son ami venait de lui faire partager, l'ex-inspecteur devait maintenant ingurgiter un liquide au goût de terre brûlée.

Debrume, quant à lui, allait entreprendre des fouilles dans un temps encore très proche et qui pourtant, se révélait aussi inaccessible que les époques dont parlait son ami. Mais si quelqu'un gardait encore quelque trace, un quelconque souvenir des hommes qui l'avaient traversé comme des ombres errantes, pourrait-il lui parler d'Aimé Linguier ? La voix de Benjamin lui parvenait maintenant, amortie par une épaisseur de silence, sans doute parce qu'elle avait fini par se perdre dans une faille insondable du temps en franchissant allègrement l'époque du tertiaire pour atterrir au crétacé subalpin qui enchantait le géologue par les possibilités qu'il offrait à ses démonstrations. Mais Debrume ne l'entendait plus. Il pensait que s'il devait pénétrer l'époque récente où avait évolué Aimé, il n'avait d'autre choix que celui d'endosser la vie de Linguier comme si elle était sienne pour mettre ses pas et ses pensées là où il avait mis les siens. Tenter de parvenir jusqu'à lui signifiait oublier sa propre vie avec ses manies, ses obsessions et ses chagrins. Toutefois ce dédoublement n'était pas pour lui déplaire : c'était même ce qu'il avait toujours préféré dans son métier, ce qui lui avait le plus manqué lorsqu'il avait décidé de l'abandonner. Cette vieille habitude, cette façon de changer de peau, la seule technique d'investigation qu'il connût, il n'avait de cesse de s'y adonner. Car il avait acquis assez de lucidité pour s'avouer qu'elle était le seul moyen de se défendre de cette vie qui lui était échue et qu'il ne comprenait pas.

Quoi qu'il en soit, il fallait se mettre au travail. Il avait d'ores et déjà l'intention d'utiliser Benjamin et son enthousiasme débordant comme tremplin, de la même manière que d'autres fois il avait utilisé à ses fins la droiture de Marino, sa loyauté, son aveugle dévouement. Le géologue serait le maillon qui lui permettrait de mettre bout à bout la chaîne interrompue du temps afin de reconstituer celui de la vie de Linguier. Il n'avait fait que parler de certains étrangers reçus dans certaines bastides. On pouvait considérer cela comme un premier pas. Si c'était le cas, il était bien léger !

Alors que son ami continuait à s'abandonner à son enthousiasme, Debrume sortit tout à coup de son silence comme il arrive qu'on sorte d'un vieux rêve souvent répété, l'esprit clair et décidé. Il posa sa tasse vide, et se leva d'un bond, interrompant sans ménagement Benjamin qui en était à creuser le crétacé supérieur avec toujours la même fougue. Il prit son chapeau : il était temps de rejoindre au plus tôt Aimé Linguier dans son mystère. Déversant alors sur Benjamin un peu étourdi une avalanche de questions au sujet des réceptions qui avaient lieu dans les bastides où l'on tentait d'apprivoiser les longues journées d'hiver et d'ennui, il déclara qu'il voulait voir vivre de près ce pays sous tous ses aspects. Il avait également le devoir de porter un certain intérêt à ces rares femmes évoquées par le géologue avec quelques frissons dans la voix. Ils devaient franchir le Rhône sans plus attendre.

<u>**15**</u>

Qu'avait fait Aimé Linguier en arrivant en Camargue ? Comme tout étranger, il était allé à la rencontre de ce pays sauvage et de ses habitants qui ne l'étaient pas moins. Il avait découvert des coutumes dont il n'avait jamais soupçonné l'existence et il avait expérimenté les types de relations et d'échanges qui en découlaient. Restait à savoir s'il en avait été la victime ou s'il avait été charmé au point de vouloir prendre racine dans ce pays.

Benjamin faisait référence à certain baron qui avait quitté son palais d'Avignon pour y devenir gardian et écrire des poèmes, se mettant au service des coutumes locales, les défendant avec courage et générosité. Debrume objectait que, même si Aimé avait suivi son exemple, avec son manque d'expérience du pays, il avait pu trouver la mort dans la première promenade à cheval, une mort lente dans un trou de vase et de sables mouvants si difficiles à déceler. Et comme il n'était pas poète, s'il avait tenté d'implanter un commerce de taureaux, il avait pu provoquer la vindicte de quelque maquignon trop avide de gain qui l'avait traité comme un dangereux intrus. La Camargue était vaste et silencieuse : c'était sur les traces d'un fantôme qu'il fallait partir, déplorait l'inspecteur.

Mais ce n'était pas l'avis de son ami : on retrouverait Linguier vivant. Personne ne pouvait résister à l'appel de la vie sauvage et Linguier n'avait peut-être pas eu besoin de tenter le diable ni d'écrire des poèmes. Il avait pu abandonner, comme le Baron, le commerce des hommes pour la solitude d'une cabane de roseaux, s'adonner à la méditation contemplative, savourer la présence de ce qui, ici, vous obligeait à un repli incessant sur vous-mêmes et à un effort de tous les jours pour vivre. S'il avait l'amour des taureaux, on pouvait l'imaginer entrant au service des manadiers, et à ce jour, connaissant tout de la vie de la manade, soignant les bêtes sous les ordres d'un bayle, les suivant dans les pâturages, au cœur des marais, sans craindre les pluies incessantes de novembre, la sècheresse et la chaleur de l'été. Bref, on le retrouverait montant son cheval blanc, armé de son trident, passant de longues heures à admirer les couchers de soleil, les soirs de mistral où le ciel s'enflamme en alourdissant chaque chose de son feu, avant de dévorer gloutonnement la lumière dans la célébration de ses épousailles avec la nuit.

Ils partirent donc, équipés pour un tour qui devait durer plusieurs jours et où on irait tout d'abord à la rencontre des bayles que Benjamin connaissait et qui leur indiqueraient le chemin des bastides isolées. Fort de son expérience, il avait eu la judicieuse idée de conseiller à Debrume de laisser le petit mérens à l'écurie : le seul cheval noir circulant en Camargue serait repéré de loin. Or, le pays exigeait la discrétion la plus totale. Les étrangers n'y étaient pas les bienvenus. « Tu pourras ainsi connaître la race camargue ! Crois-moi, tu ne t'ennuieras pas, insista-t-il ». Et le ton mi-enjoué mi-sérieux de son ami ne laissa pas d'inquiéter Debrume qui gardait une conscience aigue de ses limites en tant que cavalier.

A l'aurore, ils se dirigèrent vers le bac de la Ravenière qu'ils empruntèrent en début de matinée. En traversant la coulée grise et continue du grand fleuve, Debrume eut un pincement au cœur en pensant à son pays de montagnes aux subtils parfums de thym, de sarriette et de lavande qu'il avait abandonné pour ce royaume de poussière et de vent, où la vue se perdait dans la platitude d'une terre grise, à la fois aride et gorgée d'eau, qu'habitaient plantes et bêtes unies dans la même lutte contre la puissance de la mer jamais visible et toujours présente. Il n'était pas sûr d'avoir gagné au change.

Benjamin prouva rapidement qu'il connaissait assez le pays pour l'explorer méthodiquement, passant d'un radeau à l'autre. Les gardians leur offraient l'hospitalité de leur cabane de roseaux tout en gardant, dans leur regard fuyant qui se perdait entre la blancheur de la terre et du ciel, une certaine méfiance. Les deux amis se rendirent vite compte que pour leur arracher un renseignement anodin il fallait se taire pendant des heures. Hommes avares de paroles, ils recherchaient le silence habité des seuls cris des bêtes des marais dont ils comprenaient le langage. Mais comme ils connaissaient les difficultés à vivre dans ce pays, ils finissaient par laisser de côté leur méfiance pour l'amour de Dieu et pour la foi en leurs croyances. Ils respectaient leurs semblables et savaient se rendre efficacement serviables, à la façon rustre mais généreuse de ceux qui aiment la condition qui leur est échue et qu'ils n'ont pas choisie.

Sur les conseils d'un gardian puis d'un autre, les deux cavaliers suivirent un itinéraire qui leur fit ratisser les terres jusqu'à la mer. Dans ce pays d'eaux mortes et de grandes roselières, ils brûlaient leurs regards aux surfaces étales des étangs. Ils manquaient de s'enliser dans les boues laissées sur les terres immergées lors des pleines mers. Le vent omniprésent les harcelait, craquelait leurs lèvres, et ils marchaient sous la morsure d'un soleil écrasant sans jamais réussir à voir la limite des terres qui se fondaient dans les sables de la mer.

Après quelques jours passés sur cette île posée entre ciel et vent, ils avaient l'impression d'être attendus quand ils abordaient une nouvelle manade, comme si, dans ce mystérieux pays, les hommes communiquaient par des signaux qu'un étranger ne pouvait ni voir ni comprendre. Souvent, avant de constater qu'elle venait de disparaître comme par enchantement, ils voyaient se profiler sur la blanche lumière d'un étang la silhouette noire d'un cavalier reconnaissable au trident qu'il tenait levé, tel un chevalier se préparant au tournoi. Combattant ou vacher, il était les deux, rien n'étant donné, tout étant à conquérir dans ce pays, comme ils le touchaient du doigt chaque jour. Désormais, rien n'étonnait plus Debrume de ces lieux si uniformes et changeants où même les enganes semblaient vous surveiller quand vous traversiez la blanche sansouire, le seul lieu où elles pouvaient prendre racine par touffes éparses, ne craignant ni le sel ni l'eau : elles dressaient leur tête sur votre passage et montraient l'inquiète curiosité d'animaux étranges, venus d'une autre planète, s'apprêtant à l'assaut avec courage pour défendre un territoire conquis de haute lutte.

Debrume s'était entendu assez rapidement avec le cheval facétieux que Benjamin avait eu l'idée de choisir pour lui. Par des tours de son invention dont il n'était pas avare, il lui permettait de ne pas éprouver de nostalgie pour ceux que son petit cheval noir plein de fougue et d'humour savait lui concocter, cet Icare qu'il avait dû laisser en Arles, qui lui manquait déjà et qu'il retrouverait avec la joie qu'on a à revoir un ami véritable.

Le soir, malgré le confort de la selle gardiane, ils revenaient fourbus à une cabane de roseaux où ils avaient élu domicile pour la nuit, changeant de lieu tous les deux jours. Ils goûtaient un repos bien mérité après avoir dessellé, bouchonné et entravé leurs chevaux. Assis sur le seuil, mâchonnant lentement leur frugal repas, ils voyaient tomber le jour en admirant le rouge du couchant ou la rose palpitation dans le ciel d'un vol de flamants, éblouis par ces images qui s'imposaient à eux avec force, faisant d'eux ce qu'elles faisaient des autres par la singularité de leur envoûtement.

Mais après une semaine de ce régime, l'impression que tout ici était insaisissable et mouvant, à l'instar des sables capables d'engloutir inexorablement hommes et bêtes, s'imposait avec force. Ce n'était pas de cette manière qu'ils retrouveraient les traces d'Aimé ni de qui que ce soit d'autre. Car ici, on se taisait. On n'était attentif qu'au pays qui vous étreignait pour vous garder longtemps, comme jaloux de lui-même, qui vous obligeait à vivre de l'air du temps et des offrandes dont il n'était pas si facilement prodigue. Alors, en effet, on finissait par ne vivre que pour soi, replié dans sa solitude, avec, comme interlocuteurs, le soleil et le vent, et au lointain, la mer qui grondait, qui vous appelait de sa voix rauque et autoritaire, et qui vous rejetait en même temps, lourde de menaces. De la rudesse de la vie découlait celle des hommes qui avait là tout son poids et sa raison d'être. Ici, démuni, on ne vivait que pour survivre et il fallait bien s'y résigner. Voilà les réflexions qu'échangeaient les deux hommes lorsqu'ils s'arrêtaient au milieu du jour pour se reposer à l'ombre d'un tamaris ou au pied d'un *mourven*, essayant de trouver quelque répit contre les attaques du vent et celles, incessantes, des mouches, des taons et des moustiques.

Devant l'échec de leurs investigations, les deux amis venaient de décider d'arrêter là leur inutile périple lorsque, en lisière du radeau où ils faisaient une halte découragée, ils virent arriver de loin un cavalier qui leur fit signe d'un grand geste du bras. Quand il fut à leur hauteur, il leur demanda s'ils cherchaient quelqu'un. Sans attendre leur réponse, il leur conseilla avec dureté d'aller voir du côté du mas du Pont de Rostagne : « Il y a là une veuve, une manadière. C'est la Maîtresse. Elle sait. Elle vous attend ».

Il repartit sans ajouter un mot, les laissant pantois et déconfits, incertains de devoir le suivre. Benjamin n'avait jamais vu cet homme, il pouvait le jurer. Ils surent alors que cette liberté dans laquelle ils avaient mordu à pleines dents et qu'ils savouraient depuis des jours, où ils s'étaient parfois débattus et parfois émerveillés, leur avait été octroyée sous contrôle. A aucun moment la surveillance n'avait cessé. Le pays était une place forte jalousement gardée par des hommes qui seuls avaient acquis, au fil du temps, le pouvoir de le domestiquer : depuis toujours, ils avaient appris à se mouvoir sous le vent, dans la boue des eaux mortes, se nourrissant de peu, - quelques bouquets de saladelles, pain sec, gibier et poisson -, acceptant les caprices de la mer sans craindre l'intrusion de ses vives eaux dont ils savaient s'accommoder, en hommes sages, dans un perpétuel dialogue avec elle, une incessante conquête, leur seule raison de vivre et d'espérer.

<u>**16**</u>

Ils furent étonnés d'être reçus au mas du Pont de Rostagne comme des hôtes de marque, alors qu'au premier abord, la belle manadière avait montré de bien rudes manières. Affublée d'un pantalon de gardian, ils avaient cru avoir affaire à un homme lorsqu'ils la virent sur son cheval, rassemblant les bêtes de la manade dans la pâture où la servante leur avait dit qu'ils la trouveraient et où un palefrenier les avait conduits. Elle manœuvrait habilement, dirigeant les vachers avec ordre et rigueur, piquant avec adresse les bêtes récalcitrantes ou rabattant un groupe qui tentait une échappée dans un démarrage au galop. Du grand troupeau de taureaux noirs émanait une force et une sauvagerie qu'elle tenait du bout de son trident et qu'elle eût tenue dans sa main si elle n'avait eu qu'elle.

Elle les avait aperçus de loin. Elle attendait leur visite. Après avoir donné ses ordres, elle s'était dirigée vers eux restés en bordure du radeau, derrière les roselières. Ce ne fut que lorsqu'elle se décoiffa pour rattraper une mèche rétive et la remettre dans son chapeau que, voyant ses longs cheveux ramassés en un chignon retenu par une résille, ils comprirent qu'ils avaient devant eux non pas le chef des bayles, mais une femme. C'était la Maîtresse, « celle qui savait », comme avait déclaré le gardian qui les avait conduits jusqu'à elle : Eugénie Navel, se présenta-t-elle en leur tendant la main.

Le Mas du Pont de Rostagne était connu dans la région pour la qualité de ses taureaux destinés aux courses espagnoles d'Arles. L'arrière-grand-père d'Eugénie avait fait fortune après avoir tenté avec bonheur l'audacieux croisement de la race ancienne du marais avec une race espagnole, qui, donnant les fruits les plus combatifs et les plus robustes, avait fait le succès de sa manade. Devant Debrume et Benjamin, c'était ce célèbre troupeau qui s'éloignait, galopant à tout rompre en martelant le sol avec un grondement de bataille. Quant il eut disparu dans un nuage de poussière tout coloré du rouge du crépuscule, elle leur dit simplement « suivez-moi » ; ce qu'ils firent, poussant leurs bêtes à plein galop derrière elle dont ils eurent peine à soutenir l'allure.

Encore une fois, Debrume se trouvait à chevaucher derrière une femme dont il ne savait rien, mais dont il espérait apprendre assez pour faire avancer sa nouvelle enquête, comme autrefois, derrière Marthe puis Evangéline. Leurs parcimonieuses révélations mêlées à ce qu'il avait pu déduire lui-même à leur contact, si elles ne lui avaient pas toujours permis de mener à bien sa mission, lui avaient du moins fait entrevoir la mystérieuse construction de leur vie dont les difficultés et les embûches avaient forgé ces caractères d'airain à la volonté inflexible contre laquelle il n'avait pas manqué de se casser le nez, comme tous les autres. Ignorant la fuite, elles n'avaient jamais renoncé au but qu'elles s'étaient donné, et elles n'avaient pas davantage renoncé quand il les avait suppliées à deux genoux, arguant que leur vie était en péril. Elles avaient laissé derrière elles d'autres choix plus faciles, les sacrifiant sur l'autel de leurs propres convictions. Ne regardant jamais en arrière, passant devant vous sans vous voir, elles s'étaient révélées désireuses d'affronter aussi bien la misère du monde que le vertige de leurs propres manques et de leurs propres affects. Leur courage et leur détermination les avaient guidées sur les voies les plus ardues, ces chemins de traverse habituellement interdits aux femmes. Ces chemins, elles les avaient parcourus avec un panache et une dignité que Debrume, admiratif, n'avait jamais constatés que chez elles.

L'inconnue qu'il rencontrait aujourd'hui lui semblait de la trempe de ces amazones. Le hasard de sa naissance l'avait liée à une terre aride, cette terre de taureaux et de chevaux, de sel et de vent. Ne craignant pas la rusticité de la vie auprès d'une manade et se souciant comme de son premier hochet de l'opinion de la société dans laquelle elle vivait, elle avait courageusement assumé le rôle d'un homme. Dirigeant son entreprise d'une main de fer, elle l'avait sauvée de justesse de la mainmise des créanciers que son mari avait semés derrière lui lorsque, après avoir épuisé le contenu de sa dot, il était mort, la laissant sans le sou, avec pour seuls compagnons les quelques bêtes qui restaient du grand troupeau et leurs bayles.

Après une longue galopade, ils arrivèrent au Mas dont on voyait les toitures de loin au cœur de bouquets de saules et de platanes qui formaient un frais bosquet autour de lui, l'isolant des terres sauvages où ne prospéraient que les roselières, les *mourven* et les tamaris. Quand ils mirent pied à terre, un jeune garçon d'écurie prit en charge leurs chevaux, tout en regardant à la dérobée les nouveaux arrivants. Debrume eut le sentiment que, sans sa Maîtresse et ses ordres tonitruants qui ne lui laissaient aucun répit, il eût cherché à lui parler.

Elle les précéda d'un pas de hussard dans une pièce aux murs chaulés, dont le plafond, comme les cabanes des bergers, ressemblait à une barque retournée. Un feu y brûlait. Les sièges rudimentaires sur lesquels elle les fit asseoir étaient toutefois d'un grand confort après les jours de chevauchées et les nuits de sommeil sur de la paille à peine isolée de l'humidité du sol par une planche de bois. Elle quitta son chapeau, lissa ses cheveux ébouriffés et retira sans façon ses bottes crottées, les enjoignant à faire de même. Ils ne comprirent que plus tard pourquoi elle leur avait offert d'enfiler des sabots de bois lisses comme des coquilles d'œuf. Elle leur dit que le repas serait servi à vingt heures et qu'en attendant, elle les ferait conduire à leurs chambres où ils pourraient se rafraîchir et passer des tenues adéquates pour le dîner. Leurs bottes leur seraient restituées en temps utile.

Elle sonna et un valet surgit qui leur montra le chemin. Derrière cette pièce rudimentaire qui servait d'atrium, le mas était immense. Des adjonctions en tous sens avaient permis d'agrandir démesurément, au fil des générations, la primitive cabane où les nouveaux venus avaient été introduits. Dans les couloirs sans fin, éclairés par des girandoles de cristal dont toutes les chandelles avaient été allumées, des tapis aux couleurs passées couvraient les sols de terre cuite. Dans les chambres au confort sommaire des maisons anciennes, aux murs blanchis à la chaux et où un crucifix de bois noir étendait sa protection sur le lit de cuivre, les bruits lointains venant des terres qui entouraient le mas et où paissaient les troupeaux avaient quelque chose de factice et de rassurant à la fois : ils parvenaient à eux amortis après avoir traversé l'épaisseur d'un silence insolite, quelque peu forcé. Mais la surprise était, plus que dans le luxe austère de la demeure, dans cette lumière laiteuse apprivoisée par les voiles de mousseline, seul rempart contre celle de l'extérieur qui restait aveuglante à toute heure du jour. C'était la douce lumière des maisons confortables que, depuis qu'ils avaient quitté la civilisation, ils avaient eu le temps d'oublier et qui, ici, correspondait si bien au dépouillement raffiné des lieux, bien qu'elle fût aussi déroutante que leur étrange silence.

Plus tard, le repas servi par des domestiques en livrée et gants blancs leur permit de confirmer qu'ils étaient bien dans un monde irréel, volontairement coupé de tout. Lorsque la maîtresse de maison parut, ils constatèrent que l'élégante sobriété de sa toilette s'accordait avec celle de sa demeure. Comme elle, elle tenait sa grâce d'un charme envoûtant : ils se trouvaient à coup sûr dans l'antre d'une magicienne ou d'une sorcière.

A leur grand étonnement, ce fut elle qui aborda la première la question de l'homme qu'ils recherchaient. Elle ne fut pas avare d'explications. Elle parlait et son visage lisse, aux traits réguliers, dont la sérénité n'était entachée d'aucune crispation apte à révéler une douleur intérieure ou quelque autre sentiment, tenait son éclat du sourire qui illuminait parfois son regard. Ces éclairs radieux ne faisaient que passer dans ses yeux, sans empêcher son expression de revenir aussitôt au détachement et à l'indifférence qu'elle affichait en continu et qui avaient le pouvoir de maintenir ses interlocuteurs à distance. Par moment pourtant, son récit amenait sur son visage, le transformant, un trouble indéfinissable, qui les mettait mal à l'aise. Malgré eux, ils se sentaient glisser vers d'obscures tentations auxquelles, tant bien que mal, il leur fallait résister. Longtemps après, cette impression durait encore. Quant à elle, ne s'apercevant de rien, elle continuait de parler, avec une désinvolture appuyée, de son amant Aimé Linguier, un être faible et plein de tourments, qu'elle avait passionnément aimé mais qu'elle ne voyait plus depuis plus de deux ans.

Car il y avait maintenant plus de deux ans qu'il était parti pour ne plus jamais revenir. Elle l'avait d'abord attendu, mais s'était vite lassée. Sa passion pour les taureaux avait repris toute sa place dans sa vie. Le peu de temps qui restait, elle le dédiait à des relations passagères, moins contraignantes qu'une passion dévorante comme celle qu'elle avait vécue avec Linguier, mais dont à l'occasion elle aimait à parsemer ses rares journées de loisir. Et à nouveau, elle hissait avec indécence l'étendard de sa liberté devant les yeux médusés de ses interlocuteurs. Néanmoins, en dépit des tourments de leur longue liaison, elle se disait fière d'avoir initié Aimé aux joies et aux difficultés que comportait la gestion d'une manade. « Car, à la fin, disait-elle d'un ton désabusé et un peu amusé, je n'avais plus aucune illusion : c'était bien pour les taureaux qu'il restait et pas pour moi. Il en était devenu fou au point que j'en eusse été jalouse si j'avais été encore tant soit peu amoureuse. Mais notre aventure était déjà terminée. J'en avais conscience. Voyez-vous, je sens ces choses sans qu'on ait besoin de me les expliquer. Je ne pense plus, alors, qu'à me retirer sans y laisser une partie de mon âme. J'y ai acquis une certaine habileté ; on me dit cruelle, mais hélas, je connais les hommes… ! »

Cependant, elle devait beaucoup à Aimé : il lui avait permis de reconstituer la pauvre manade chétive laissée par son mari qui n'avait eu aucun scrupule à dilapider le fruit du travail de ses pères. Aimé était tombé à point nommé pour sauver ce qu'il en restait. Par amour pour elle, il avait pris fait et cause pour la manade, vouant une passion sans limite aux bêtes. Elle témoignait que pendant toutes ces années, jamais il n'avait ménagé ses forces, se levant la nuit pour assister les bayles dans une mise bas en plein cœur du marais, approchant sans peur les grands mâles pour les soigner quand, guerriers aux cornes acérées, ils s'entredéchiraient sans pitié lors d'affrontements à mort où était en jeu le commandement de la manade. Il était capable de s'aventurer sans prudence en lisière des eaux dormantes pour libérer une bête écervelée de la vase où elle s'enfonçait inexorablement, prisonnière d'un lacis de roselières. Il aimait passionnément ces animaux et ce pays où, disait-il, il redécouvrait la vie car il s'y retrouvait lui-même. Et il avait sacrifié sans hésiter, disait-il, ce qu'il avait de plus cher pour rendre à la manade du Pont de Rostagne la splendeur de l'époque où l'on s'arrachait ses taureaux à prix d'or pour les fêtes espagnoles dont la mode venait d'apparaître et avait fait la fortune de la famille Navel.

Après quelques années de cette vie passionnée, il lui avait avoué un jour qu'il était ruiné. Ses terres étaient hypothéquées et, s'il ne trouvait pas un moyen de gagner beaucoup d'argent, à sa mort, il ne resterait plus rien à son fils. Les terres d'Apreville, la bastide et quelques autres biens que des générations de Linguier s'étaient transmis, iraient à ses créanciers, ses ennemis, les mêmes qui s'étaient introduits chez lui à son insu et lui avaient pris tout ce qu'il possédait de plus cher. Elle avait eu le sentiment qu'il ne s'agissait pas seulement de biens matériels ou d'argent. Mais il n'en avait pas dit davantage et n'avait jamais voulu lui en reparler.

Pourtant, elle avait fait une observation qui pouvait mettre l'inspecteur sur la voie des activités nouvelles d'Aimé Linguier, juste avant son départ. Cette observation, elle avait eu le tort de ne pas la prendre davantage au sérieux, mais, au bout du compte, elle pouvait être considérée comme la fracture qui avait mis fin à leur liaison. A cette époque, elle avait souvent surpris son amant parlant à un homme des salins qu'on avait vu plusieurs fois rôder autour du mas. Elle ne tolérait pas cette sorte d'intrus qu'on soupçonnait de trafics peu licites. De toujours, ses bayles avaient le devoir de les chasser comme des pestiférés. Elle avait demandé à Aimé de qui il s'agissait, et pourquoi il avait de longs conciliabules avec cet étranger qu'il attirait chez elle malgré ses ordres. Il lui avait répondu que cet homme n'était pas aussi mauvais qu'elle le croyait et qu'il représentait sans doute son salut. Il l'avait conjurée de lui garder sa confiance. Elle avait insisté sans pouvoir en apprendre davantage. Il s'était alors enfermé dans un silence obstiné et elle avait eu le sentiment qu'il se méfiait d'elle et de ses questions. Dans ce silence chargé d'hostilité qui venait de se dresser entre eux, elle avait fini par ne plus pouvoir l'atteindre. Dès lors, ils avaient évité ce sujet devenu brûlant et, de fil en aiguille, avaient fini par éviter tous les autres. Cet éloignement glacial avait eu raison de leur relation.

Mais elle devait rendre justice à Linguier. Sans doute par respect pour elle, il avait écouté ses recommandations car, si ses absences inexpliquées se répétaient, toujours plus longues, on n'avait plus vu l'homme des salins rôder autour du mas. Elle s'en était senti soulagée : dans ce pays, les faux pas sont impardonnables et il lui fallait protéger sa manade et sa propre réputation.

Ses interlocuteurs ne purent retenir un sourire à l'évocation de cette réputation qui semblait ne plus rien avoir à craindre. Passant outre, elle déclara que pour toutes ces raisons elle n'avait pas jugé indispensable de faire des recherches lorsque, peu de temps après, Aimé était parti et n'était plus jamais reparu. « Ce n'était somme toute que la fin d'un amour… ajouta-t-elle avec cette désinvolture qui ressurgissait toujours quand elle parlait de lui. »

Les deux amis ne s'expliquaient pas comment Aimé Linguier avait pu se sentir responsable d'un domaine qui ne lui appartenait pas, et pourquoi il s'était attaché à sauver les intérêts de sa troublante maîtresse tout en négligeant les siens au point de se ruiner. Pour cette question, Eugénie n'avait pas de réponse, ni aucune intention d'en chercher une. Haussant les épaules, elle se contenta d'ajouter : « Toutefois, savoir comment nous nous sommes connus pourrait peut-être vous aider dans vos recherches. Elyette de Montbazin, la sœur de l'épouse d'Aimé,

Nadège, était mon amie. Elle donnait une fête à Aix où elle habite pendant les mois d'hiver. Notre rencontre était inévitable et le reste allait de soi… »

Le lendemain matin, leur hôtesse n'ayant pas reparu lors de la collation servie dans la grande salle à manger où ils avaient pris le dîner de la veille, ils se dirigèrent vers les écuries. Le jeune valet qui s'était occupé de leurs chevaux les y attendait. Il les regardait avec insistance, bouche ouverte, comme frappé d'aphasie. Son attitude et l'insistance de ses regards poussèrent Debrume à le questionner et il se décida enfin : « Retrouvez Monsieur Aimé, je vous en prie, Monsieur. C'était mon Maître. Je l'aimais comme mon père. C'est lui qui m'a tout appris. Il m'avait promis de m'emmener quand il retournerait chez lui, dans les montagnes. Je sais où il est allé la dernière fois qu'il a quitté le mas pour ne jamais revenir. Et je vais vous dire quel était son projet pour recouvrir la pleine propriété de ses biens hypothéqués. Ce n'était pas un projet qui allait de soi. Il présentait nombre de dangers et j'ai bien peur que mon Maître n'ait eu à se mesurer à des gens impitoyables qui ne lui ont laissé aucune chance. Mais promettez-moi que ce que je vais vous dire, la Maîtresse ne le saura jamais. »

17

« …rimaso senza'l lume ch'amai tanto… »
Pétrarque CCXCII

Journal

Où que je sois, les lettres de Marthe m'accompagnent. Elles ne m'ont miraculeusement pas été dérobées à l'auberge de l'Ubac. Je les relis partout où je me trouve. Aujourd'hui, elles animent les monotones soirées de cette étrange demeure qu'est le Mas du Pont de Rostagne, dont le silence et la lumière amollissent l'âme.

Mais avant cela, je les ai relues partout où je suis passé : dans la plaine de la Crau à l'abri d'une crosse, pendant que soufflait le Mistral, comme dans nos campements de fortune, sur les radeaux où les gardians nous accueillaient sous leur modeste toit, alors que nous parcourions le pays en tous sens. Lorsque le Mistral s'apaisait, il était étrange de retrouver les paroles de Marthe à la lueur d'un quinquet, tandis qu'un feu de broussailles enfumait la cabane où nous nous apprêtions à dormir et que, bercés par le chœur assourdissant des batraciens qui habitent le silence de la nuit, nous nous battions contre des nuées de moustiques affamés. Ses mots - sa présence - transfiguraient les lieux et les sensations. Les bruits s'éteignaient peu à peu, les odeurs d'eaux dormantes, de sel, de poussière et de vent laissaient la place.

Et tout à coup, j'étais à nouveau auprès d'elle, lors des journées lumineuses où nous parcourions les routes d'Italie, il y a quelques années. Je chevauchais à ses côtés dans la lumière capiteuse, assailli par des parfums troublants. Nous galopions à bride abattue, nous traversions des plaines étroites aux effluves maritimes jusqu'au pied des montagnes inaccessibles qui plongent leurs racines dans la mer. Dans un village isolé et haut perché, nous achetions à l'aubergiste des petits pains au goût de l'huile des oliviers dont nous admirions les troncs tourmentés, ces gardiens millénaires postés sur les terrasses qui retiennent la terre et permettent les cultures en surplomb de la mer. Après avoir quitté les rivages méditerranéens, nous découvrions, par un petit matin frileux, se révélant par intermittence sous les trainées de brume, des étendues de terres vallonnées que ponctuent les lignes précises des cyprès noirs. Nous étions arrivés au cœur de la Toscane. A la tombée de la nuit, nous plantions notre camp dans une combe cachée au creux des douces collines. Nous nous endormions côte à côte, attentifs au crépitement des flammes qui s'éteignaient après nous avoir enfumés comme les feux que les bayles font au seuil de leur cabane quand ils cuisent leur rustique nourriture.

Alors qu'avec Evangéline, les choses de l'amour allaient de soi, il ne m'est jamais venu à l'idée d'effleurer, même du bout du doigt, cette femme altière qui s'abandonnait à un sommeil confiant auprès de moi. Je ne savais quasiment rien d'elle alors. Elle m'a avoué par la suite, comme une faute impardonnable et sa seule faiblesse, qu'un grand amour hantait sa vie et la poursuivait dans une alternance insensée d'espoir et de malheur. J'en avais conclu que l'homme ne valait pas grand-chose. Il se servait d'elle sans aucun scrupule, utilisant sa bonne foi à des fins sulfureuses. Elle découvrait ses trahisons quand il était trop tard, dans les éclats d'une colère dévastatrice. Sans doute continue-t-il de ne rien lui épargner et elle, de ne pouvoir se détacher de lui, malgré les coups sans pitié qu'il provoque dans son cœur aimant.

Icône farouche vouée à un amour impossible, elle était et reste pour moi d'autant plus hors d'atteinte qu'un jour, grâce à elle, j'ai eu l'impression que la vie pouvait reprendre son cours là où elle s'était arrêtée : par brèves échappées, elle venait de dévoiler pour moi, dans les jeux de la lumière, l'exacte image de Céleste. Elle me renvoyait son reflet par une sorte de miroir magique, à distance de temps et de lieu. Le prodige se répétait chaque fois que, surgissant de la brume du Couron, m'apparaissait sa fine silhouette : aussitôt, se superposant à elle, celle de Céleste m'était donnée un instant avant de se fondre dans le néant. Comme j'ai aimé persister dans mon illusion ! Et comme j'aimerais qu'elle durât encore. Vivre aux côtés de Céleste a été le plus grand bonheur de mon existence et je ne remercierai jamais assez Marthe de me l'avoir rendue, ne serait-ce que le temps d'éclairs fulgurants qui ont illuminé ma vie pendant de nombreuses années.

Paradoxalement, c'est pourtant bien cette vision fugace de Céleste qui m'a amené à accepter l'évidence de sa mort. Ainsi s'est *effectuée ma lente et douloureuse prise de conscience de la terrifiante réalité. Comme le poète, j'ai pu dire avec lucidité :*

Et io pur vivo, onde mi doglio et sdegno

rimaso senza'l lume ch'amai tanto

Pétrarque (CCXCII) p.366

Oui, moi je suis vivant, privé de ma lumière. Vivant et prisonnier du passé, de ses démons et de ses fantômes, ceux mêmes qui ont fait l'homme que je suis et qui constituent mon seul patrimoine, ma seule force, mais aussi mon incapacité à voir ce que la vie pourrait m'offrir.

Toutefois, il arrive que, par intermittence, la réalité reprenne ses droits. Et voilà pourquoi aujourd'hui je me précipite pour courir après un autre fantôme, mais un fantôme de chair celui-là, un fantôme qui n'a rien à voir avec mon passé. Marcher sur la trace d'un homme dont la disparition ne m'affecte pas directement, me sauve temporairement de moi-même. J'en ai la totale certitude au moment où mon ami Benjamin m'apprend qu'il vient de passer la nuit dans les bras parfumés de la belle manadière qui nous accueille en sa demeure avec tant de munificence. Elle nous a ouvert sa porte et sans plus de façon, elle lui a ouvert son lit. Benjamin sait ne pas perdre une occasion. C'est ce qui s'appelle avoir les pieds sur terre. Son esprit est libre de décider pour son corps et pour son cœur. Bien que je lui laisse sans l'envier cet amour de passage, Benjamin, en me parlant de sa nuit agitée, me renvoie à la réalité, cette réalité qui m'est toujours si pesante et où j'ai du mal à me maintenir à cause de ses mouvances imprévisibles. Il est heureux que la réalité ne transige jamais. C'est elle qui m'a poussé à prendre la décision de quitter encore une fois Couraurgues sans que j'aie l'impression de me trahir. Voilà ma manière d'échapper à l'indifférente cruauté de la vie. Même si je sais qu'un jour elle me rattrapera, comme elle rattrape tout le monde.

Pour l'heure, je jubile à l'idée de me remettre sur les chemins de cendre et de poussière : nous retrouverons cet homme des salins dont Yvon, le jeune palefrenier, nous a parlé dans le plus grand secret. C'était en effet cet inconnu qu'Aimé Linguier avait rencontré pour une affaire le concernant avant de déclarer qu'il allait repartir chez lui. Yvon veut savoir ce qui est arrivé à son Maître qui avait promis de revenir et que personne n'a plus jamais revu, lui qui auparavant, n'avait manqué à aucune promesse. Ce garçon semble sincère. Et il a sans doute beaucoup de choses à nous apprendre dont nous n'avons pas la moindre idée encore.

<u>18</u>

Yvon, le jeune palefrenier que, d'après ses affirmations, Aimé Linguier avait adopté comme fils, leur avait donné rendez-vous le soir même, à la nuit tombée. Le lendemain à l'aube, sur ses directives, ils quittèrent le mas sans lui : le garçon ne voulait pas qu'on les voie ensemble. « Il y a un bac mais ne le prenez pas, avait-il conseillé. Suivez le chemin des roselières. Ne vous en éloignez pas surtout ! Les sables sont redoutables dans ces zones. Après quelques heures de marche, au croisement des trois chemins, vous prendrez vers l'ouest. Il vous faudra marcher encore longtemps et contourner les cinq étangs avant d'atteindre le dernier, le plus petit. En longeant sa rive ouest, vous arriverez au Sambuc vers le crépuscule : c'est là que je vous attendrai. »

Suivant l'itinéraire indiqué en direction de la mer, droit devant sur le chemin poussiéreux bordé de roselières et de tamaris, longeant les étangs qui se succédaient, ils marchaient depuis l'aube quand le jour se mit à baisser. Dans le grand calme qui tentait de s'établir, sans un regard pour les voyageurs, les flamants, avant de mettre le bec sous l'aile pour la nuit, fouillaient encore la vase avec application. Ils s'interrompaient parfois pour prendre un envol désordonné dans un nuage qui colorait la lumière du ciel comme si elle était issue de lui. Plus loin le rouge sang du couchant nacrait de rose la *sansouire*.

Là, au Sambuc, ils trouvèrent Yvon, arrivé avant eux, montant à cru un jeune étalon encore rétif à la selle. Le garçon accomplissait chaque jour avec enthousiasme cette tâche à laquelle Aimé l'avait formé. Plein de reconnaissance, il vénérait son Maître qu'il reconnaissait comme le seul chef de la manade : « C'est lui qui m'a appris à dresser les chevaux. C'est pourquoi Madame me garde. Sans lui, j'aurais fini dans les salins comme tous ceux de ma race ».

Les trois cavaliers chevauchaient de front. Profitant de quelque répit que lui laissait sa monture, le plus jeune expliquait à ses compagnons pourquoi il les avait fait venir jusqu'ici.

Du jour, il ne restait que quelques lambeaux de blancheur accrochés à la végétation. Une nouvelle zone de *sansouire* reflétait maintenant une lumière qui avait effacé d'elle toute couleur. Elle faisait ainsi valoir le bleu du ciel passé de la couleur du saphir au bleu d'outremer en quelques instants et qui ne tarderait pas à sombrer dans la noirceur de la nuit. Mais la lueur rémanente avait encore assez d'intensité pour offrir les précieux messages que, au cœur de la journée, les choses, broyées entre soleil et ombre, ne peuvent révéler. Les chevaux piétinaient sans les voir les têtes dressées des enganes, ces plantes venues du bout du temps, seules capables de trouver la terre sous la croute de sel. On entendait la rumeur de la mer qu'on ne pouvait voir encore. Le vent soufflait vers le large, à couper le souffle. C'était ici ou un peu plus loin, on n'aurait su le dire, que la terre se perdait dans la fureur des vagues.

Alors que, tenant leurs chevaux avec peine, ils luttaient contre le fracas du vent qui s'intensifiait à l'approche de la mer, Yvon leur montra des sortes d'aspérités de la couleur des sables qu'on distinguait à peine dans l'obscurité naissante. Elles se révélèrent être des masures de joncs et de boue séchée, affleurant du sol, faisant le dos rond pour résister au Mistral : « C'est là que vivent les déshérités, dit leur jeune guide, ceux qui ne trouvent plus de place nulle part lorsqu'on ne les veut plus aux salins quand ils sont trop malades ou trop vieux. »

Ils mirent pied à terre auprès de l'une d'elles. Elles étaient toutes de même facture, espacées de quelques mètres, parfois adossées l'une à l'autre et semblant se soutenir mutuellement face à l'âpreté du vent qui ne laissait pas de répit et menaçait à tout moment d'emporter leurs légères toitures de joncs. Leur évidente fragilité dévoilait le peu de moyens avec lesquels elles avaient été construites : « C'est là que je suis né. C'est de là que Monsieur Aimé m'a tiré. Je gagne peu aux écuries de Madame, mais ce que je gagne contribue à faire vivre ma famille. Et je suis fier de n'être plus une charge pour elle .... »

A peine avait-il cessé de parler, que la silhouette d'un vieillard apparut sur le seuil de la cabane. « Voici mon grand-père. Lui seul peut vous dire ce que vous devez savoir. » Le vieil homme portait une longue barbe et ses cheveux blancs lui descendaient aux épaules, insignes qui, à n'en pas douter, le désignaient comme le patriarche de la tribu. De cette masse chevelue, le perçant du regard vous atteignait comme l'acier d'une flèche et imposait le respect. Le bleu de ses yeux ne parvenait pas à adoucir le tourment de ses traits sur lesquels on lisait une certaine méfiance. Il s'était découvert pour saluer, sans perdre rien de sa raideur, le regard droit, la tête haute, l'allure fière, la parole calme mais sans gentillesse. Malgré ses hardes et son grand âge, il gardait la dureté et l'autorité d'un meneur d'hommes. C'était à lui, Debrume le comprit, que revenait de parler et de décider pour tous et non à Yvon qui, comme ceux qui faisaient partie de son clan, lui était soumis.

La conversation eut du mal à s'amorcer : l'homme semblait attendre quelque preuve d'allégeance avant de s'y engager. Quand il le fit enfin, après quelques difficiles approches tentées par Debrume, il parlait une langue incompréhensible au commun des mortels. Il glissait dans son discours des mots d'italien, et c'étaient des accents lointains de la langue de Gigi que Debrume avait l'impression d'entendre, mais ces mots lui étaient inconnus. Yvon dut traduire chaque parole. Sans doute était-il le seul à pouvoir interpréter ce lointain souvenir de dialecte ligure que le vieil homme n'avait pas réussi à arracher de sa bouche après tant d'années d'exil. Bien au contraire, il semblait le cultiver tout en le métissant, avec un savoir faire qui n'appartenait qu'à lui, de quelques paroles de provençal, de français et d'italien, créant ainsi une langue nouvelle, rebelle aux lois des différentes grammaires qu'elle malmenait à l'envi et sans scrupule.

A la faible lueur d'un calen, le vieil homme les avait fait asseoir sur des bancs de fortune. Il semblait encore hésiter avant de se résigner à parler, lui dont la vie était faite de silence. Car désormais, commença-t-il, seul le silence occupait le temps de vie qui lui restait à vivre : il l'employait à ressasser en lui-même le désastre que ce pays où il était échu par hasard et par nécessité avait fait de son existence et de celle des siens, et à essayer vainement de comprendre de quelle manière il avait pu s'y laisser prendre au piège.

Il était tout jeune quand il avait quitté les montagnes de sa Ligurie natale, comme tant d'autres, poussé par la faim. Après quelques années, on n'avait plus voulu de lui aux chantiers navals de Toulon. Il avait alors entendu parler des salins : on embauchait. La vie y était dure, le salaire dérisoire mais régulier. Toutefois, la mer, les marais, la pêche et le braconnage vous permettaient de survivre. Le travail ne lui faisant pas peur, il avait même pensé qu'il avait de la chance. Imprudemment, il s'était cru à l'abri. Il avait fait venir sa promise de Ligurie. Son premier fils était né ici et d'autres avaient suivi qui n'avaient pas survécu. La vie n'était pas facile, même si, en étant un peu ingénieux, on pouvait fabriquer un toit avec les moyens du bord, la boue et les joncs dont la nature était prodigue. Un toit certes précaire. A cette époque, il leur arrivait de penser qu'ils auraient pu être heureux, face à la beauté de la mer, quand le soleil brillait de tous ses feux, s'il n'y avait eu la hantise de la misère. Car en vérité, c'était elle, la misère, le vrai fléau : elle revenait toujours, aussi puissante que l'eau qui envahissait régulièrement les terres et détruisait leur abri.

Quand le travail manquait, on excluait d'abord ceux de Ligurie et du Piémont. S'il leur arrivait de demander pourquoi eux d'abord, on les chassait à coups de pierre. Il se souvenait avec amertume d'une révolte mémorable où il avait été pris pour cible et avait manqué mourir. Lorsque la demande de sel était plus forte, on les rappelait et, au prix de journées sans fin de ce travail où ils perdaient la santé, ils retrouvaient un semblant de dignité en retrouvant une utilité. Néanmoins, bon an mal an, il était resté : après tant d'années, où aller et pourquoi faire ? Ailleurs, sa condition eût été pire. Ici il connaissait le pays et le métier. Mais son épouse n'avait pas supporté cette vie. Elle les avait abandonnés : « *E' stato il sale...*, répétait-il, *l'ha cacciata via il sale...* » C'était le sel qui l'avait chassée et c'était le sel qui, peu à peu, avait dévoré ses forces d'homme. Le sel qui ne se vendait pas ou qui se vendait trop, le sel porté par le vent de mer, qui mangeait les lèvres, rongeait la peau, brûlait les mains. Le sel avait fini par tout lui prendre. Il était devenu vieux. Et il constatait aujourd'hui que ce qui avait été sa vie s'était dilué comme le sel dans l'eau et disparaîtrait bientôt sans laisser de trace.

Mais alors qu'il n'attendait plus que la mort, ce Monsieur Aimé était venu. Et avec lui, un espoir. Yvon l'avait rencontré dans les dunes où il braconnait : il lui avait proposé de lui apprendre à monter et à dresser les chevaux. Yvon lui avait justement répondu qu'il devait d'abord parler au chef de la famille, et ce monsieur était venu en personne dans cette cabane : « Votre petit-fils pourra ainsi échapper aux salins, avait-il dit. Dresser un cheval, s'occuper d'une manade, c'est un beau métier. Et mieux vaut être l'esclave des bêtes que du sel. Je lui apprendrai tout ce que je pourrai lui apprendre. Il ne me quittera plus et vous serez à l'abri. Vous retrouverez votre liberté. Mais pour cela, vous devez m'aider ».

Monsieur Aimé lui avait proposé un marché. Pour son petit-fils, il avait accepté. Ce qu'il voulait était simple : « Les contrebandiers gagnent beaucoup d'argent, avait-il dit, ils le volent à l'Etat. J'ai aussi besoin de gagner beaucoup d'argent et très vite. Vous connaissez les contrebandiers et leurs combines. Je sais qu'ici, vous ne pouvez manquer de travailler pour eux. Voilà de quoi j'ai besoin... » Hélas, c'était la vérité. Ils devaient en passer par là quand les contrebandiers s'en prenaient à leurs familles. Pour les apaiser, ils avaient toujours fait ce qu'ils voulaient : ils chargeaient le sel la nuit, des quantités impressionnantes. Quand le bac était plein, les contrebandiers traversaient, et arrivés sur l'autre rive, ils chargeaient les mules. Et ils partaient. Ils allaient jusqu'en Italie, à Turin, en passant par

Saorge et les montagnes. « Certains d'entre nous étaient obligés de les suivre. Les autres restaient là, au milieu de la nuit. Il n'y avait plus qu'à rentrer chez soi comme les voleurs que nous étions, en nous cachant des gendarmes qui étaient partout. »

Monsieur Aimé était revenu plusieurs fois avant d'obtenir les renseignements indispensables. Après quelques longues discussions, un accord avait été passé. Quand il avait été prêt, après avoir surmonté toutes sortes de difficultés avec habileté car il avait plus d'un tour dans son sac, Monsieur Aimé avait mis en place son trafic. Les affaires avaient vite été florissantes. Alors, ils s'étaient sentis en sécurité pour la première fois de leur vie, conduits par cet homme puissant et juste, qui savait parler et avait de l'entregent, qui connaissait les heures de patrouilles mieux que les douaniers eux-mêmes et qui n'avait pas son pareil pour passer à travers les mailles du filet. Certes, tout cela avait dérangé du monde. Ils avaient dû faire front à toutes sortes d'attaques. Certaines bagarres avaient été mémorables et une fois de plus il faillit y avoir des morts. Toutefois, ceux qu'on excluait du travail à coups de pierre avaient maintenant de quoi manger : « Oui, c'était un homme de parole. Il a donné un métier à Yvon. Et avec nous, famille et amis, il a toujours su partager équitablement, assura le vieil homme ».

Cette période faste, hélas, n'avait pas duré. Un jour Monsieur Aimé leur avait dit qu'ils allaient devoir se débrouiller sans lui. Il lui fallait partir : il avait de gros ennuis. Il avait laissé les siens trop longtemps seuls et aujourd'hui ils étaient en danger. Mais il promettait de revenir après avoir remis de l'ordre dans sa maison. Ils étaient tombés de haut car jusque là il leur avait semblé que Monsieur Aimé, qui avait fait si facilement son trou dans le monde impitoyable du sel, était invincible. Or, il n'en était rien. C'était un homme traqué qui se révélait tout aussi vulnérable qu'eux.

Ce fut ainsi que lors du dernier convoi - mais personne, à ce moment-là, ne savait que c'était le dernier - il avait laissé ses compagnons de route du côté d'Antibes. Il les avait salués en leur disant, d'un ton enjoué, qu'il était heureux de rentrer chez lui. Ils surent plus tard qu'avant de quitter le Mas du Pont de Rostagne, il avait confié son inquiétude à Yvon : il espérait arriver encore à temps chez lui pour éviter de grands malheurs. Aujourd'hui, il n'était plus démuni et il avait quelques atouts en main. Pour ce qui était de l'argent par exemple, il était tiré d'affaire, il avait de quoi racheter les hypothèques. Si tout se passait comme il le voulait, sa famille retrouverait sa prospérité. Il pourrait alors reprendre les choses en main et régler d'autres problèmes autrement plus graves que les problèmes d'argent. « Il avait un unique fils, souligna le vieil homme et Yvon rapporte qu'il en parlait comme d'un petit prince : c'était lui qui hériterait les terres de ses ancêtres. Il avait décidé de ne plus jamais le quitter et de l'emmener avec lui partout où il irait une fois que tout serait rentré dans l'ordre. Moi aussi, Messieurs : j'ai un unique fils, et c'est la seule personne au monde qui me donne désormais le goût de vivre, avec mon petit fils Yvon ».

Mais au moment où Aimé Linguier avait quitté le convoi, ses compagnons ne savaient encore rien de ce qui le torturait. Avec le panache et la dignité qu'on lui connaissait, il avait montré à ses équipiers, d'un geste ample du bras, comme si tout cela lui appartenait, d'un côté l'étendue turquoise de la mer d'huile et de l'autre les montagnes couvertes de neige qui brillaient au soleil d'hiver. Puis, il les avait salués chaleureusement et avait continué la route seul, traînant derrière lui ses deux chevaux.

De ce moment, personne ne l'avait plus revu. Dans un premier temps, on avait cru qu'il avait réussi à sauver les siens des dangers qu'il redoutait. Mais depuis, à force d'attendre, on avait fini par comprendre : « Il voulait faire d'Yvon son régisseur et nous emmener avec lui, dit le vieil homme. Nous devions tous quitter ce maudit pays pour les montagnes, enfin libérés du sel qui finit de ronger ce qui reste de nos vies. Si Monsieur Aimé n'est pas revenu c'est que quelque chose de grave l'en a empêché : il ne nous aurait trahis à aucun prix. Monsieur, si vous voulez chercher les raisons de sa disparition, nous vous aiderons autant que nous le pourrons. Cependant, votre présence ici semble annoncer une nouvelle terrible… Si Monsieur Aimé ne revenait pas, nous n'aurions plus qu'à mourir dans ce pays qui nous reprend sans pitié ce que nous lui arrachons chaque jour au prix de tant d'efforts. »

<u>19</u>

Le pays était soumis aux caprices des vents. Il arrivait qu'ils conjuguent leur puissance à celles des éléments qui le harcèlent sans relâche, démultipliant leur violence dans un déchaînement terrifiant : alors, ils ratissaient tout sur leur passage et contraignaient les forces vives à s'unir pour sauvegarder l'équilibre précaire des terres envahies d'eaux mortes après le retrait des vagues. Mais ce soir, ils avaient déposé leur fureur et ne venaient pas troubler l'ordre que la nuit avait instauré quand la lune était apparue dans le ciel. Ils se contentaient de siffler aux oreilles des deux cavaliers en soulevant des nuages de sable et de sel. Leur calme relatif rendait la nuit propice. La présence opportune de la lune ramenait les voyageurs à une réalité connue, limitée aux contours des choses qu'elle bordait d'un liseré d'argent, et facilitait leur marche nocturne.

Ainsi, les recommandations d'Yvon leur semblaient-elles quelque peu superflues : le pays est dangereux la nuit, avait-il dit. Ils devaient prendre garde à bien suivre le sentier qu'ils avaient pris à l'aller et tenir à l'esprit qu'ils n'auraient pas assez de toute leur attention pour retrouver leur route et pour esquiver les dangers habituels, trous de vase et sables mouvants qu'ils n'étaient pas assez experts pour flairer de loin. Lui-même les rejoindrait plus loin, au radeau de La Marge où ils pourraient prendre du repos : un bayle du mas du Pont de Rostagne les y attendrait. Ainsi, tout autant que leurs chevaux, éviteraient-ils les risques et les fatigues inutiles d'un long trajet dans la nuit. Yvon avait pensé à tout avec sollicitude.

Ils regagnèrent sans problème les sentiers bordés de roselières. A leur droite et à leur gauche, étincelaient les plaques étales des marais, miroirs noircis émaillés d'argent, aux reflets fantasmagoriques qui se mouvaient dans la nuit et les accompagnaient, défilant lentement au rythme du pas de leurs chevaux.

Alors que s'accroissait la distance qu'ils mettaient entre eux et les masures des déshérités que le talonnement des vents et la régulière montée des vives eaux rendait si vulnérables, Debrume éprouvait un certain soulagement. Certes, la mer n'était pas son élément. Il était soucieux de la laisser au plus tôt loin derrière lui pour retrouver la terre ferme. Ses rares expériences maritimes lui avaient laissé le goût âpre d'une défaite doublé de cette peur latente, peu avouable, qui habitait le fond de son âme depuis toujours et contre laquelle il se savait impuissant. Certaines choses la faisaient ressurgir : la mer était l'une d'elles. Ainsi, se méfiait-il d'elle, tellement changeante et sournoise sous son masque de beauté. Ce pays en était la proie facile. Il ne se sentirait en sécurité que lorsqu'il aurait regagné le silence de ses montagnes, et que, perdu dans la grandeur de leur solitude, face à des dangers qu'il savait évaluer, il sentirait sous son pied la rassurante solidité de la terre et des rochers.

La *sansouire* se craquelait sous les pas des chevaux. Mais la lune pleine était un phare dans la nuit et Benjamin s'en félicitait à haute voix : il n'y avait aucune crainte à avoir puisqu'on y voyait comme en plein jour. Dans sa naïveté d'étranger au pays, il n'envisageait que les pièges de la nature. C'était une grave erreur.

En effet, alors que, assourdis par le vacarme du vent, ils observaient le terrain où leur monture posait le pied, des ombres surgirent de derrière un épais bouquet de *mourven*, en bordure des roselières. Quatre diables leur tombèrent dessus, armés de bâtons et de gourdins. Avant qu'ils n'aient pu faire un geste, leurs agresseurs les avaient fait démonter de force. Benjamin, qui avait été initié à la savate et pratiquait la boxe en amateur, réussit à en faire déguerpir deux. Mais les deux autres avaient saisi Debrume à bras le corps. Il était en mauvaise posture : le premier le tenait ferme tandis que le second le bourrait de coups. Benjamin tenta de les faire lâcher prise à l'aide d'un gourdin que l'un des fuyards avait abandonné par terre. Debrume, la tête en sang, inconscient, semblait déjà privé de vie. Ses bourreaux ne désarmaient pas pour autant. Les coups de gourdin de Benjamin les faisaient sourire et aucun des deux ne montrait la moindre intention de lâcher prise.

Benjamin désespérait d'en venir à bout lorsqu'un coup de sifflet retentit. Les deux assaillants dressèrent l'oreille et les coups cessèrent aussitôt de pleuvoir. Ils abandonnèrent leur proie comme à regret. Le corps inerte de Debrume, violemment rejeté, s'écroula, tandis qu'ils partaient à reculons, en prenant leur temps, et, tels des justiciers, lançaient anathèmes, injures et menaces de mort dans leur langue que Benjamin comprenait : ils tueraient Debrume s'il persistait à mettre le nez dans leurs affaires, et ceci n'était qu'un avertissement, bien entendu.

Ils disparurent, laissant leur victime inconsciente et sanguinolente. Benjamin tenta vainement de le ranimer tout en se désolant de ne pouvoir se réjouir avec lui : si on les avait attaqués ainsi, c'est qu'ils n'étaient pas loin de découvrir quelque chose d'important. Mais il éloigna vite ces pensées. Pour l'heure, il avait d'autres chats à fouetter et il n'y avait personne pour l'aider. Avec maintes précautions, il chargea le blessé inanimé sur la selle. A pied, (l'autre cheval ayant pris la fuite), il mit longtemps avant de trouver le radeau de La Marge où, malgré les premières lueurs du jour, un quinquet brillait encore.

Debrume était en piteux état et sans connaissance. Son absence au monde allait durer des journées entières. Il lui arrivait de reprendre connaissance par intermittence, sans pour autant retrouver toutes ses facultés. Il vit quelquefois, avant de sombrer à nouveau dans la nuit, Benjamin se pencher sur lui, Benjamin ou quelque autre visage qu'il ne reconnaissait pas. Autour de lui, des formes inconnues, tourbillonnaient, virevoltaient, l'enveloppaient sans lui laisser de repos. Il ne pouvait savoir ce qu'elles étaient, ni les chasser. Il agitait en vain ses bras qui ne quittaient pourtant pas les draps du lit où on l'avait transporté le lendemain de son accident. S'il gardait encore au fond de son esprit perturbé, le sentiment de devoir se débattre, il avait parfois vaguement conscience d'être dans un lit aux draps lisses et bien tendus. Mais un lit posé sur une plate-forme tournant à toute allure, en même temps que les ombres maléfiques qui le cernaient. Parfois, des visages apparaissaient qu'il ne connaissait pas. Quelqu'un lui soulevait la tête. Un démon à barbiche grise et au visage effrayant lui tendait une cuillérée d'un remède amer qu'il devait ingurgiter de force : il avait l'impression de se noyer. Il suffoquait.

Alors, à nouveau, il replongeait dans la nuit se laissant couler dans une obscurité familière, celle qui régnait sous ses paupières closes. Il s'y sentait caché, à l'abri. Polie et glacée, elle était dépourvue de l'agitation et du bruit dus aux ombres démoniaques qui s'acharnaient contre lui dès qu'il tentait d'ouvrir un œil. L'immobilité et le silence ouaté de cette obscurité le sauvaient des sortilèges qui le terrorisaient : le réel y perdait tout pouvoir, de même que la douleur du corps. Les questions, le trouble et tout ce qui lui était devenu impossible d'affronter, y étaient maintenus à distance. Par la suite, il ne sut jamais combien de temps il eut à se débattre et à se protéger ainsi, pelotonné dans le funeste cocon d'une conscience à la dérive.

Au bout d'un certain temps - des heures, des jours ? - il put ouvrir les yeux et les garder enfin ouverts. Il eut alors le sentiment de découvrir un lieu qu'il n'était pas tout à fait certain d'avoir déjà vu. Un lieu que, pourtant, il finit par reconnaître quand il reconnut sa lumière. C'était un soir à l'heure du crépuscule, lorsque le dernier soleil, atteignant en trombe le creux de son lit, se faisait caressant, filtré par un grand rideau de damas rouge. La lumière capiteuse mettait de la tendresse à enrober les rares objets, les murs et le plafond des nuances rosées d'un ciel couchant. Il venait de s'évader de l'enfer et maintenant, il retrouvait la lumière et il pouvait l'admirer dans toute sa splendeur, enfin débarrassée des dangereuses scories qui l'avaient habitée jusque là, qui l'avaient ternie et qui avaient eu assez de puissance pour le plonger dans le néant. Sa douceur retrouvée le faisait revenir à la vie : elle contenait quelque chose de lui-même qu'elle avait soigneusement sauvegardé.

Il resta un instant attentif au silence. Celui qui régnait autour de lui était, comme la lumière, empreint de beauté. Il arrivait droit à ses oreilles, sans détour, dans une pureté qu'il reconnaissait également, qui l'enveloppait et lui donnait l'étonnante impression de planer dans les airs. Mais cela ne dura pas ; le silence est fragile. Peu à peu, son attention fut attirée par un tout petit bruit à peine perceptible. Il connaissait ce bruit pour l'avoir déjà entendu. C'était un bruit de vie humaine qu'il finit par identifier comme celui d'une respiration. Une respiration ténue, qui se retient pour ne pas déranger. Dans un léger tremblement, comme recouvert d'un voile, son regard balaya le plafond puis les murs. Quand il put enfin soulever la tête, il vit que quelqu'un était assis au pied de son lit et attendait, scrutant le moindre de ses mouvements, le fixant avec une sorte d'anxiété.

C'était une femme. Il ne la connaissait pas mais aussitôt, la force de son regard le fascina. Une joie aiguë dont il n'avait plus l'habitude, l'éblouit et le submergea avec une telle violence qu'il ne put la soutenir. Ainsi replongea-t-il aussitôt dans l'obscurité, son refuge, la seule forme de vie dont il était maintenant capable. Il se dit, dans un éclair de lucidité non dépourvu d'une certaine angoisse, que, peut-être, la paix qui y régnait, jamais connue auparavant, tout en le protégeant, était également devenue sa prison. En sortirait-il à temps pour retrouver l'inconnue postée au pied de son lit ? Et elle, serait-elle disposée à attendre son réveil ?

<u>20</u>

« ...cosi' vo ricercando ogni contrada
Ov'io la vidi... »
Pétrarque, CCCVI

Journal

Je me remets lentement de mon naufrage. Enfin, j'ai pu faire pour la première fois la traversée de ma chambre jusqu'à mon bureau avec l'aide d'une seule canne. Non sans difficulté, j'ai écrit à Honoré et à Marino auxquels j'avais déjà annoncé mon retour avant l'accident, ainsi qu'à Marthe dont je ne sais pas si je dois encore espérer une lettre. Les journées s'étirent, ma convalescence est interminable, et je ne sais rien de ce qui se passe à Couraurgues depuis que j'en suis parti.

J'ai la chance d'être très entouré. Benjamin ne me quitte plus. Dieu merci, il a trouvé ici de quoi oublier ses travaux de recherche : il file le parfait amour avec l'envoûtante Eugénie. Du même coup, il a renoncé à me caser. Certes, je ne suis guère présentable avec la balafre qui décore ma joue. Mais l'enflure s'estompe au fil des jours et sous la coque qui leur sert de paupières depuis l'accident, je devine maintenant mes yeux : quand les couleurs de l'arc-en-ciel qui les décorent auront disparu, je reconnaîtrai peut-être ma figure...

Je ne garde aucun souvenir de l'agression. En revanche, je n'oublierai jamais les journées où, la fièvre persistant, je voguais entre veille et sommeil, dans mon lit, sans forces, essayant de comprendre ce qu'il m'arrivait sans autre résultat qu'une forte migraine.

Sortir de mes cauchemars me laissait l'impression d'avoir traversé contre mon gré un monde insondable : sa vertigineuse vacuité me hantera longtemps, je crois. La perception suraiguë que j'avais des choses donnait toute sa démesure à la réalité. J'avais maille à partir avec elle pour y reprendre pied. Il faut dire qu'elle était méconnaissable. Je la sentais animée d'un frémissement, d'un bruissement qui ne me laissait pas de repos. Rien n'avait plus de sens. Ce n'était peut-être qu'à cause

153

du silence qui tournait dans ma tête, en particulier vers la fin du jour, quand la lumière se teinte de la blancheur qui fait palpiter les objets et leur donne vie. Il hurlait à mes oreilles d'une étrange façon, ce silence. Tapi derrière les objets, ses complices, à l'affût, je ne pouvais déterminer entre quoi et quoi il vibrait. En même temps, l'immobilité obstinée des objets qui l'accompagnait me gagnait comme par contagion. C'étaient eux qui prenaient le relai de mes terrifiantes visions. Ils avaient des armes redoutables qu'ils retournaient contre moi : la brillance des porcelaines, les douces nuances de la lumière sur les bois, la transparence des verres des lampes et leurs reflets exubérants, toutes choses auxquelles on ne prête jamais attention.

Fermer les yeux ne me servait à rien, ils étaient là, prêts à éclipser la lumière, à la retenaient par devers eux, à la refouler dans le noir d'où je venais de sortir avec peine. Je craignais qu'ils ne m'enferment dans leur vie secrète, et me gardent ainsi, impuissant, privé de pensée pour toujours, conscience perdue… S'il m'arrivait, le temps d'un éclair, d'être sur le point de comprendre les raisons de leur pernicieux pouvoir, aussitôt elles filaient entre mes doigts. Et je continuais à naviguer dans ces zones incertaines où je me perdais, l'esprit hagard, redoutant les conséquences de cette expérience singulière. Quand finirait cet étrange combat ? Si l'immobilité transmise par les objets avait le dessus, leur harcèlement recommencerait demain encore et chaque jour de ma vie. Du haut de leur absurde réalité, tout en me narguant, ils continueraient de se dérober en aliénant au passage quelque chose de moi au moyen de cette âme dont, imprudemment, je les avais dotés.

La fièvre, les drogues, … le délire était tenace. J'ai pourtant fini par retrouver le contact avec la réalité ordinaire qui nous ramène aux joies et aux misères ordinaires. J'ai beau m'en réjouir, il me reste une certaine méfiance envers les objets et leur réalité m'est toujours

<u>21</u>

A Apreville, sans pour autant l'envier, on laissait à Basile ce qu'il était le seul à considérer comme un privilège : Hector ne reconnaissait que lui pour maître et il n'y avait que lui à pouvoir l'approcher. Après plusieurs accidents graves, personne ne s'y était plus hasardé. On ne s'aventurait dans son antre que contraint et forcé, quand on était sûr que la chaîne était bien accrochée et en prenant soin de rester à bonne distance.

Tous pouvaient témoigner qu'un lien singulier existait entre l'enfant et l'animal. Hector devinait à l'avance sa venue, comme si un sens particulier l'en avertissait. Avant d'entendre le pas de son jeune maître résonner sous les voûtes de la vieille bâtisse, il manifestait déjà son impatience : il grattait d'une manière particulière le sol humide et malodorant de sa geôle, il meuglait, tirait sur ses chaînes, faisait un raffut de tous les diables et ne s'apaisait que lorsque le garçon paraissait sur le seuil de son étable. Basile en concevait une grande fierté. Il criait sur tous les toits qu'il pouvait faire tout ce qu'il voulait d'Hector.

Quand il ouvrait la porte, il le trouvait le mufle en l'air, balançant la tête de droite et de gauche, dirigeant son corps massif vers lui en tirant de toutes ses forces sur ses chaînes. A la vue de son maître, l'animal s'immobilisait un instant mais tendait aussitôt la tête à l'air du dehors pour quémander le peu de lumière qui entrait dans sa prison. Il cherchait le soleil qu'on lui avait volé depuis qu'on l'avait enfermé dans cette bauge infâme, noire de mouches et de taons qui le harcelaient nuit et jour sans repos. Hector était un prince et sa place n'était pas dans un cachot, Basile le savait : il avait la nostalgie du soleil de son pays, des vastes étendues qu'il parcourait autrefois en liberté, de l'air salé qui venait du large, du vent qui sifflait dans les branches des tamaris et les faisait balayer la terre de leur mousse rose.

Basile était seul à savoir tout cela car il connaissait bien le pays d'Hector, non pour l'avoir vu, mais parce que son père, à chacun de ses passages à Apreville, évoquait pour lui ce merveilleux royaume de vent et de sel ouvert sur la mer et qui ne connaissait pas sa limite. Les taureaux y étaient seuls souverains. Les gardians et manadiers ne s'en doutaient pas. Ils en faisaient commerce comme d'une denrée quelconque, et organisaient sans scrupule leur massacre dans les arènes. Mais il ne fallait pas s'y tromper : ceux-là n'avaient que l'illusion de les posséder.

Basile n'était jamais allé en Camargue, et pourtant, il connaissait le pays comme s'il y était né. Et il en avait bien compris une chose : tout, pour les hommes qui tentaient d'y vivre, y était illusoire. Personne ne pouvait posséder le vent, le soleil, l'eau saumâtre des marais, c'étaient eux qui vous possédaient. Seuls les taureaux connaissaient les secrets de ces terres de vase et d'eaux dormantes. Ils savaient deviner les caprices des vents, évaluer la beauté des nacres de la *sansouire* qu'ils piétinaient dans leurs lourds galops faisant trembler le sol mouvant sous leur pied, ce sol incertain pour tous, mais qui ne leur cédait jamais. C'était là que, mufle au vent de mer qu'il humait à s'en faire éclater les poumons, Hector avait trouvé la force invincible par laquelle il dominait aussi bien les siens que les hommes qui prétendaient l'asservir. Cette force, il ne la tenait qu'en partie de la masse exceptionnelle de ses muscles et de la dureté de ses cornes acérées. Le reste, il le devait au vent, à la mer et aux embruns, à l'eau des étangs, au ciel et aux étoiles. Face à l'ennemi, il chargeait tête baissée sans crainte de voir sa force le trahir. Il savait d'instinct trouver la trajectoire qui lui permettait, en fondant sur son adversaire, d'atteindre à coup sûr sa gorge, là où la peau est la plus tendre. D'un mouvement vif, il soulevait à peine sa tête penchée selon un angle justement calculé, et un seul coup de corne suffisait. Hurlant au ciel sa victoire, il n'abandonnait jamais le vaincu ; il l'assistait pendant qu'il se vidait de son sang. Son agonie pouvait durer des jours et des nuits. Hector restait en faction devant son rival comme pour lui rendre hommage par de tragiques meuglements grâce auxquels il faisait également savoir à la manade qu'il était devenu son maître absolu.

Tant de fois traqué par les hommes mais habile à déjouer leurs pièges, Hector s'était montré si longtemps le plus fort qu'on l'avait cru indomptable. Aimé, qui avait appris à connaître les taureaux et à les aimer, l'avait longuement observé avant d'organiser sa capture. Il avait dû s'y reprendre à plusieurs fois. De cet exploit, il avait abreuvé l'enfance de son fils. C'était la fierté de sa vie d'avoir réussi à vaincre cet animal au nez et à la barbe des manadiers natifs du pays qui avaient vainement tenté leur chance à maintes reprises. Hector était, plus que d'autres, convoité pour les jeux des fêtes espagnoles où le sang coulait à flot. Dans ces jeux qui excitaient les foules ivres du spectacle de la mort en acte, on voyait se déployer une férocité raffinée : des hommes parés d'or et de brillants y engageaient une lutte à mort contre la puissance brute de l'animal. Vaincre la mort et trouver la gloire (une gloire tout aussi illusoire que tout ce que les hommes pensaient posséder), voilà quelle était toute l'absurdité de ces affrontements, déclarait Aimé : ils étaient une offense à la beauté même de la vie et de la liberté dont ces bêtes fières étaient le symbole.

Si Aimé s'était fait un point d'honneur à éviter à Hector l'infamie d'une mort sous les cris de joie d'une foule en délire, il avait réussi le non moindre exploit de le ramener à Apreville. Toutefois, contre ses intentions, après de multiples dégâts et de graves blessures infligées à ses vachers, il avait été contraint de faire enfermer Hector dont personne ne réussissait plus à endiguer la rage. C'est alors que tous s'étaient demandé ce qu'Aimé avait espéré en gardant chez lui ce monstre terrifiant que les valets de ferme n'osaient plus approcher, et qui était reclus jour et nuit dans l'obscurité d'un cachot insalubre.

Basile se moquait d'eux en silence : tout cela avait un sens que ces sots ne pouvaient comprendre. Ce n'était évidemment pas dans le seul but d'améliorer le cheptel que son père avait sacrifié sa famille pendant tant d'années à de longs séjours en Camargue. Certes, c'était une grave erreur de sa part que d'avoir donné en pâture aux curieux le prétexte du renouvellement de la race : l'argument choisi avec légèreté avait ouvert la brèche aux sarcasmes ; il avait été facile de constater que les vaches n'avaient pas engendré pour autant des veaux d'une exceptionnelle robustesse, et l'exploit d'Aimé avait été bafoué et traîné dans la boue. On avait également méprisé la vigueur de l'animal qu'on disait perdue dans les remugles de sa prison obscure. Bref, on s'en était donné à cœur joie pour inventer les détails les plus scabreux qui faisaient encore rougir de honte Basile. Ils se trompaient tous bien sûr et ils avaient beau rire, ils ne riraient pas longtemps.

En vérité, seul Basile savait en quoi consistait la véritable intention de son père. Le mystère dont il l'avait entourée n'était bien évidemment que poudre aux yeux jetée aux incrédules et aux jaloux qui allaient vite déchanter. Car tout ce que son père avait prévu allait se réaliser. Et ce serait à Basile d'en choisir le moment.

Personne ne pouvait comprendre que le rêve du père contenait en germe l'avenir du fils. C'était en effet pour lui que son père avait accaparé, au mépris de sa propre vie, la puissance magique que les hommes envient aux taureaux. En faisant sienne leur force indomptée qui le rendait lui-même indomptable, il avait eu un seul but en tête, la lui transmettre intacte, comme le plus précieux des cadeaux : et cette intention prouvait l'intensité de son amour que ses longues absences n'avaient pu entamer.

Quand il était encore un petit garçon, dès qu'il avait compris tout cela, Basile s'était préparé à accueillir le précieux don de son père dont il était le seul à mesurer la valeur. Il s'était promis que, lorsqu'il serait un homme, il s'emploierait à le faire fructifier comme on fait fructifier un verger. Il réussirait à matérialiser sa réalité pour le faire perdurer dans le temps. Alors, sa puissance impalpable qui était sa toute première réalité serait décuplée, malgré sa fragilité dont Basile était conscient et qui ne faciliterait pas sa tâche.

Longtemps Basile avait douté de lui-même et de ses capacités à mener à bien cette tâche. Quelque chose au fond de lui bougeait sans cesse, s'agitait avec violence et provoquait de grandes douleurs qui le submergeaient et le faisaient pleurer en secret durant des nuits entières. Il lui avait fallu beaucoup de temps, de réflexion, de solitude pour prendre la décision qui s'imposait. Mais les désirs prennent forme au moment où l'on s'y attend le moins. Un jour enfin, tout lui était paru évident, clair comme de l'eau de roche : l'heure était venue de faire ce qu'il avait à faire.

Le rêve de son père allait transformer toute son existence. Caressant cette conviction en lui-même, il se sentait apaisé : une force nouvelle se révélait en lui. Il la sentait grandir dans la vibration de ses membres et dans la jubilation incessante de son esprit qui ne trouvait plus de repos tant l'impatience le torturait. Mais si cette croissance était pénible, il ne s'en inquiétait plus, il savait de quoi il s'agissait. La force que son père avait volée aux taureaux métamorphosait peu à peu en homme l'enfant qu'il n'était déjà plus. Chaque jour il lui faisait en lui-même un peu plus de place, celle qu'elle méritait et qui allait encore grandir, investissant son corps et son âme tout entière. Bientôt, grâce à elle il rachèterait le malheur de son père car telle était bien la raison de son existence : il était né pour racheter le malheur de son père.

C'était en réfléchissant à tout cela pendant des heures, assis contre un mur ou sous un arbre, loin des mouvements et des bruits de la bastide, que Basile avait compris tout cela : il était désormais l'unique maître de cette force qui ne se partageait pas. Un culte voué à la puissance magique des taureaux, avec ses exigences et ses contraintes s'avérait nécessaire pour rendre grâce au don de son père, et à l'amour dont il avait été contraint de le priver pendant les années de son enfance.

Son cœur était en paix aujourd'hui car il était en paix avec son père. Il savait que tout ce que son père avait fait, il l'avait fait seulement par amour pour lui, son fils. En consacrant sa vie à sa passion pour les bêtes mystérieuses que sont les taureaux, son père tant décrié était devenu le héros d'une aventure enchantée jamais vécue avant lui et il en resterait le seul jusqu'à la fin des temps. Basile n'aurait pas assez de sa vie pour l'en remercier. C'était de cette même aventure qu'il allait nourrir sa vie, de ce rêve offert avec tout l'amour dont un père est capable, un amour si grand que même la mort ne réussit pas à l'effacer.

<u>22</u>

La nouvelle s'était propagée dans le village comme le feu à des bottes de paille. On se passait le mot de maison en maison, la voix nouée et les yeux hors de la tête : « Vous connaissez la nouvelle ? A Apreville, Hector a mangé Maître Legal ! »

Dès les premières heures du jour, - on se levait tôt en cette saison – en allant aux champs, au lavoir, ou vers les sentiers du Couron qui mènent aux bergeries, on s'interpellait : l'événement était de taille. Tout le monde connaissait Hector, le taureau d'Apreville que naguère Aimé Linguier avait ramené de Camargue comme un trophée, espérant ainsi améliorer le rendement des troupeaux et disséminer la nouvelle race dans tout le pays. Plus d'une fois, cette bête rétive avait semé la terreur à la bastide. Chaînes et barrières ne servaient qu'à la rendre un peu plus récalcitrante. Les hommes du village avaient souvent été appelés en renfort, et leurs forces conjuguées avaient à peine suffi à en venir à bout. Après plusieurs blessés graves et avant qu'il n'y eût des morts, Linguier, contre son gré, s'était enfin décidé à l'enfermer en tenant courtes ses chaînes.

On avait entendu dire, avec l'étonnement que provoquent les prodiges, que l'animal, bien que sauvage, se montrait débonnaire à ses heures, mais avec Basile seulement, ce galopin fantasque, futur héritier d'Apreville. Sans doute savait-il le distraire : il jouait avec lui comme avec un chiot. Le taureau répondait gentiment à ses avances par quelques coups de cornes sans conséquence. On disait aussi que Basile lui avait enseigné un tour : l'animal baissait la tête et lui présentait, comme un fauteuil, sa noble et puissante couronne. Le garçon s'y asseyait, et d'un coup mesuré, le taureau, tel un animal dressé pour le cirque, l'envoyait gentiment à l'autre bout de son cachot. Une lueur facétieuse se lisait alors dans ses yeux de bovin asservi.

161

Voilà ce qu'on racontait, mais on racontait tellement de choses au sujet d'Apreville… !

En revanche, on savait pour l'avoir vu de ses propres yeux qu'Hector devenait fou furieux dès qu'il sentait lâches ses liens ou si on tentait de le faire sortir de son étable. Voilà pourquoi on ne s'étonnait qu'à moitié qu'il ait tué un intrus et en ait fait de la charpie. Cependant, ici on connaissait les bêtes et on les respectait en tant que telles : on ne pouvait donc croire qu'une si grande cruauté se fût déchaînée sans raison. Aussi, quand la nouvelle se fut répandue et que Casimir, promu régisseur depuis la mort de Madame Nadège, vint au village chercher le Docteur Courbet, s'entendit-il répéter mille fois la même question : « Mais qu'est-ce que vous lui avez fait, à Apreville, pour qu'il en arrive à manger un homme, ce taureau ? »

Casimir se drapait dans sa dignité et répondait par le mépris : il avait une haute opinion de sa fonction de régisseur et ne se serait pas abaissé à parler avec des villageois. Cependant le valet de ferme qui l'accompagnait, tout fier d'avoir découvert la scène comme s'il s'agissait d'un exploit, avait hâte de donner les détails sanglants qu'il avait pu observer à loisir et dont il savait les villageois friands. Celui qui cherche à briller finit toujours par trouver son public. Ainsi, s'attardant derrière le régisseur, ce valet attirait-il des foules autour de lui. Sans se faire prier, il recommençait son récit pour chaque nouvel arrivant : les cris dans la nuit, les bruits sourds, terrifiants, les coups de cornes contre les murs…, le bâtiment tout entier en était ébranlé…, c'était comme un tremblement de terre…, on aurait dit que la bastide allait s'écrouler… Et surtout, il y avait les blessures sanguinolentes qu'il décrivait avec délectation et un luxe de détails évocateurs auxquels sans lui personne n'eût pensé. Toutefois, au moment, toujours le même, où le récit devenait pathétique, le valet s'interrompait. Il levait un doigt énigmatique. On retenait sa respiration. Il ajoutait alors, après un silence tombant à point pour maintenir en éveil l'attention dont, grâce à Hector, il était devenu le centre : « … mais… il y a autre chose encore, et ça…, croyez-moi, je ne peux pas en parler ! » Et, de ce même doigt, il scellait ses lèvres d'une croix.

On avait beau le suivre dans les rues en le harcelant de questions, il s'en tenait toujours au récit détaillé du carnage, et pour le reste, rien : la croix, toujours, refermait hermétiquement sa bouche. Ce silence obstiné ne pouvait qu'alimenter les imaginations qui avaient un seul désir, celui de galoper à bride abattue vers les régions obscures et interdites où prospèrent toutes les perversités. La moindre chose capable de transformer momentanément la banalité du quotidien qui ronronne avec candeur autour des valeurs autorisées de l'honnêteté et de la droiture était la bienvenue. Et cette fois, on suspectait du croustillant… ! Apreville avait toujours été source de ragots et d'histoires en tous genres, on ne pouvait être déçu. En effet, on en eut la confirmation quand on vit Casimir prendre la rue du four qui menait droit à la placette où Debrume avait sa maison. Il fallait que la chose fût d'importance car, en toute logique, il ne serait venu à l'idée de personne de frapper à la porte de l'ex-inspecteur à cette heure du jour où, après ses périples nocturnes, il dormait encore, tout le monde le savait.

Tandis que le régisseur agitait le heurtoir, on se tenait caché dans l'*andrône*, et on passait de temps en temps la tête au-dessus du muret qui surmontait la placette pour savoir où en était son affaire. Le voyant insister sans obtenir de réponse, pour faire avancer les choses, on prit l'initiative de lui indiquer que l'ex-inspecteur venait de partir en voyage la veille. Casimir s'était retourné tel un serpent et avait jaugé le groupe aux aguets comme si quelqu'un venait de lui faire offense en se mêlant de ses affaires. On eut l'audace d'enfoncer le clou cependant, en lui conseillant d'aller voir le brigadier Marino. On savait que le Docteur Courbet s'était déjà mis en route pour Apreville, avec sa jardinière : on venait de la voir traverser le village en cahotant, ou plutôt de l'entendre, car elle se signalait de loin par le grincement familier de ses essieux. Les oreilles comme le reste étaient aux aguets…

Cependant, on connaissait Marino et sa propension à soupçonner tout ce qui lui tombait inopinément sous les yeux : on se dit que l'affaire était à suivre, mais de loin. On se dispersa donc discrètement en laissant Casimir emprunter la direction de la maison du brigadier. Lorsqu'il agita le heurtoir, il n'y avait plus personne autour de lui, cette fois, pour entendre le dialogue qui s'ensuivit.

Regrettant de plus en plus l'absence de Debrume et continuant de s'interroger au sujet de l'accident de Maître Legal, ceux qui n'étaient pas encore partis au travail s'étaient regroupés sur la place de l'église, espérant qu'un enfant ou une femme, passant par hasard devant la maison de Marino, pourrait leur rapporter ce qui se disait, quelque nouveau détail que, pour le moment, on ne pouvait que subodorer.

On n'avait pas de mots pour déplorer la tragédie. Et pourtant, on n'aimait pas l'homme qui en avait été la victime : Maître Legal n'était pas du pays. On lui en voulait d'avoir pris la place de ce pauvre Aimé, même si d'Aimé on ne pensait pas que du bien puisqu'on l'accusait d'avoir voulu rouler tout le monde avec son commerce de taureaux. Et, bien que cela ne regardât personne, on ne se privait pas, par la même occasion, de lui reprocher d'avoir abandonné Apreville aux mains d'un étranger et de s'être comporté en incapable depuis son étrange mariage :

renonçant à tous ses devoirs, il avait abandonné femme et enfants, et s'était désintéressé de la gestion d'un patrimoine que ses pères s'étaient échinés à lui transmettre. On ne disait pas ce qui, parmi ces fautes, semblait la plus grave, mais on n'en pensait pas moins.

Ainsi, l'accident, s'il soulevait de vieilles rancunes, suscitait aussi de nouvelles questions qu'on se posait encore et encore avec délectation. Bref, le leitmotiv tombait à point nommé pour occuper cette journée commencée sans beaucoup d'entrain : « Hector ? Mais… mangé…, mangé ? Comment mangé, continuait-on de s'étonner comme si on venait d'apprendre la nouvelle ? Il a voulu dire quoi au juste Casimir par 'mangé' » ? Alors, quelqu'un reprenait les bribes d'informations qu'il avait recueillies, les ornait de quelques détails supplémentaires et le nouveau récit passait de bouche en bouche, tandis que l'allure du groupe ralentissait : il restait encore l'espoir d'apprendre en route quelque chose de nouveau, d'un qui aurait su apporter un angle de vue différent ouvrant des perspectives auxquelles on n'avait pas encore pensé.

Cependant, d'une part, Casimir avait chassé le valet de ferme en lui ordonnant fermement de retourner à Apreville, et d'autre part, les alentours de la maison de Marino étaient un terrain miné sur lequel on ne pouvait s'aventurer sous peine d'être exposé aux foudres du brigadier. Désormais et comme toujours, il ne fallait plus compter, hélas, que sur les mêmes propos indéfiniment ressassés et qui commençaient à s'user. Restait le recours à l'imagination qui, fort heureusement, s'avérait fertile et ne manquait pas de prendre le relai dans ce genre de situation.

Quant à Marino, le récit de Casimir était une enclume qui lui tombait sur la tête. Et ce, juste au moment où il était seul, sans conseil, l'absence de Debrume semblant devoir être longue. Or, Marino n'admirait pas Debrume pour rien. Devant l'agitation de Casimir et avant de se laisser gagner par elle, il eut assez de présence d'esprit pour se demander par où son héros eût commencé. Il trouva la réponse aussitôt : « … par le café, bien sûr… ! »

« Asseyez-vous là, dit-il à Casimir en lui imposant le silence comme l'eût fait Debrume en personne, nous allons prendre un café ».

Et tandis que, sous les yeux ahuris du régisseur, il activait son feu et mettait de l'eau à bouillir, il pensait qu'il serait redoutable mais exaltant d'être emporté dans les lacis d'une énigme, en ayant le champ libre pour en assumer décisions et initiatives. C'était l'occasion de recueillir des lauriers à lui tout seul, la seule chance de sa vie peut-être de montrer à Debrume et aux autres de quoi il était capable. Par contre, aucune erreur ne lui serait pardonnée et il n'y aurait personne pour le couvrir. C'est pourquoi, tendu comme une corde de violon mais s'efforçant de garder son sang froid, il se mit à noter les détails dont Casimir l'accablait avec un débit de paroles qu'il avait quelque mal à suivre.

Casimir se tortillait sur sa chaise, plus mal à l'aise qu'impatient. C'était après de longues hésitations qu'il avait fini par en venir aux conseils de Debrume, et en son absence, à ceux de Marino. Pourtant l'insistance de son jeune maître aurait dû le décider aussitôt : cette hache que Basile lui avait montrée en affirmant qu'il l'avait trouvée en plein milieu du chemin des étables, était tellement incongrue et suspecte qu'on ne pouvait pas l'ignorer. Il s'était d'abord demandé si ce garçon était digne de foi, puis avait fini par admettre que Basile avait raison. Il était indispensable de signaler ce fait aux autorités de Couraurgues.

Debrume avait fait ses preuves et Marino s'était toujours montré son parfait second. On pouvait leur faire confiance malgré leurs étranges façons.

- Une hache s'étonna Marino ?

- Elle n'appartient à aucun d'entre nous. Personne ne l'avait jamais vue auparavant sur le domaine. C'est facile : tous nos outils sont marqués au sceau d'Apreville. Monsieur Aimé adorait ce genre de détails qui lui semblaient distinguer sa maison. Les outils sont marqués au même titre que l'argenterie et que le linge ou la vaisselle. Peut-être le Maître voulait-il nous signifier qu'à Apreville, le travail doit être pris en considération autant que le bien-être de ses habitants. Même le linge des domestiques est marqué et vous n'y verrez aucun valet aller en haillons comme ailleurs. Connaissiez-vous ces particularités de la vie domestique à Apreville ? Ces détails raffinés ne sont pas les seuls…

- Je n'en avais aucune idée, mais je n'ai jamais douté qu'Apreville ne fût une grande maison.

- La lignée est ancienne et la famille a toujours vécu dans la plus grande prospérité. Aujourd'hui, Maître Legal a pris en main la gestion du domaine. En tant que régisseur, grade auquel j'ai été élevé par Maître Legal qui confirmait ainsi le rôle que notre défunte Maîtresse m'avait confié, je dois reconnaître qu'il est… enfin qu'il était… tout à fait apte à gérer efficacement les biens de notre maître en son absence. Maintenant que Maître Legal est mort, qu'allons-nous devenir ?

- Répétez-moi encore une fois comment tout cela s'est passé au juste.

- Une bonne partie de la nuit avait été occupée à rechercher Mademoiselle Rosine, comme chaque nuit, depuis près d'une semaine où elle ne daigne plus reparaître à la table du souper.

Maître Legal est convaincu qu'au début elle s'est tenue cachée par jeu, pas bien loin, dans un recoin du domaine. Puis, voyant qu'on déployait de grands moyens pour la rechercher, elle n'a plus osé revenir de peur d'une punition. Cela est déjà arrivé d'autres fois, et elle est toujours revenue au bout de quelques jours. Cette nuit-là, donc, encore une fois, nous ne l'avons pas retrouvée. Nous sommes rentrés en colère contre Rosine et ses enfantillages, mais tellement fourbus que nous nous sommes tous endormis profondément. Nous n'avons donc pas entendu le tintamarre tout de suite : nous étions plongés dans le premier sommeil.

Pourtant, il s'agissait bien d'un effroyable tintamarre qui avait des répercussions dans tous les bâtiments. Je ne sais plus qui a donné l'alerte le premier. Eveillés en sursaut, nous avons eu quelque mal à repérer les bruits. On a fini par comprendre qu'ils venaient de l'étable d'Hector, située dans une dépendance où se trouvent aussi les écuries. Etable et écuries sont surmontées du fenil d'où nous distribuons leur nourriture aux bêtes. A l'extérieur, l'ensemble est contourné par la rampe qui aboutit à l'aire. C'est là que nous battons le blé et on peut voir l'immense mur de soutènement qui permet de reconnaître Apreville de loin. Mais je m'égare dans des détails…

- J'ai tout mon temps, continuez ! Comme dit l'inspecteur, les détails, il n'y a que cela qui compte, dit Marino qui bouillait d'impatience tout en griffonnant frénétiquement.

- Dans notre précipitation, nous n'avons pas vu cette hache en arrivant à l'étable. D'abord parce qu'il faisait nuit et que nous n'avions que les lanternes sourdes et pas encore eu le temps d'allumer les torches. Et puis nous avions d'autres soucis : nous avions seulement en tête de délivrer celui qui était en train de se faire massacrer et qui hurlait comme un forcené. Nous nous sommes précipités mais nous avons trouvé la porte de l'étable d'Hector fermée à clé. Et pas de clé. On a cherché la clé. On ne savait plus quoi faire : à l'intérieur, le vacarme continuait. On entendait les coups de sabots et les cris de l'homme faisaient froid dans le dos. Après plusieurs tentatives, nous avons fini par fracasser la porte… et là… il a fallu d'abord maîtriser la bête qui était détachée, avant de porter secours à l'homme. On pataugeait dans le sang… du sang partout… je n'ai jamais vu autant de sang de ma vie. Même la bête en était couverte. Elle s'était cognée au mur, comme prise de folie… Une bête qui n'a plus jamais donné de souci depuis qu'elle a été enfermée… on ne sait pas ce qui lui a pris. Après avoir enfin maîtrisé Hector, (c'est Monsieur Basile, en lui parlant, qui l'a calmé), nous avons réussi à sortir l'homme de cette fange. Il était sans connaissance et dans un piteux état, le corps en charpie, tous les membres brisés… Et défiguré à tel point que nous ne l'avons pas reconnu sur le coup. Hélas, c'était bien Maître Legal…

Alors, bien sûr, à ce moment-là nous n'avons plus pensé à la clé manquante. Mais quand Basile nous a montré la hache, un peu plus tard, quelqu'un a dit, mais au fait, la clé ? Où est la clé ? Personne n'avait retrouvé la clé… Elle avait bel et bien disparu… ! Monsieur Basile m'a dit alors que tout cela était étrange, qu'il fallait prévenir l'inspecteur afin de tirer les choses au clair. Il va bien falloir comprendre comment ce pauvre homme a pu se retrouver là, enfermé et par qui, répétait-il… Et voilà ma requête : pourriez-vous nous aider à démêler l'affaire… ? Parce que si quelqu'un l'avait enfermé, par exemple, … et qu'il avait emporté la clé avec lui… il s'agirait de bien autre chose que d'un accident… ! Vous voyez ce que je veux dire… ?

Marino ne pensa pas à se demander pourquoi l'assassin avait emporté la clé et désignait ainsi en meurtre ce qui pouvait passer pour un accident. Au fil du récit de Casimir, il se sentait pousser des ailes. Une énigme mystérieuse à souhait lui était présentée sur un plateau. Il se promit de la résoudre tout seul. Depuis longtemps, il lui tenait à cœur de prouver que ses galons n'étaient pas usurpés. A son retour, Debrume en aurait l'heureuse surprise. Et les compliments qu'il lui ferait vaudraient pour tous les efforts que le brigadier avait faits à Couraurgues depuis qu'il s'acharnait, avec la foi de ceux qui ne renoncent jamais, à y maintenir l'ordre et la paix.

<u>**23**</u>
« Tutta la mia fiorita e verde etade

passava… »

Pétrarque CCCXV

Journal

     :: C'est Marthe que j'aurais voulu avoir à mes côtés, pendant que je gisais sans force dans mon lit. Elle seule aurait pu m'aider à vivre mes errances, et les étranges perceptions qui, aujourd'hui, ne cessent de me poursuivent. Quand je ferme les yeux, je sens encore ce plomb sur les paupières, je baigne dans ce brouillard de son… des voix humaines… et c'est de moi qu'on parle. Mais moi, je suis ailleurs. Une ombre se penche vers moi, on me fait ingurgiter force amers breuvages, on brandit une seringue sous mon nez… Et je sombre une fois de plus… Revenu à la vie, je n'ai rien appris au sujet de moi-même dans le néant peuplé de fantômes où mon esprit s'est égaré. Rien à quoi se raccrocher dans la solitude de ce gouffre sans fond peuplée de noir silence… !

     Marthe aurait su me rendre la sérénité qui appartient à elle seule et qui nourrit sa présence… Mais elle est loin depuis si longtemps que je me demande si je la reverrai un jour…

:: Benjamin m'a raconté comment l'attaque s'était passée. Je n'en ai aucun souvenir mais j'ai assez confiance en lui pour le croire. Je l'ai questionné à propos de cette inconnue que j'avais entrevue, émergeant de mes rêves troubles, toute auréolée d'un halo de lumière rosée, immobile au pied de mon lit. Hélas, ce n'était pas Marthe. D'après Benjamin je rencontrerai bientôt cette personne car elle était justement venue pour me voir. Bien sûr, au passage, il ne m'a pas épargné une plaisanterie de potache sur les vertus du beau sexe à me réanimer…

:: Quelle erreur d'avoir quitté Couraurgues ! J'y ai laissé une situation au bord de l'explosion. J'y aurais été plus utile qu'ici, à chercher un fantôme qui, de toute évidence, ne s'y trouve plus. Ma présence était indispensable pour défendre Gigi, cible idéale, qui risque d'être accusé injustement de rapt d'enfant et de je ne sais quoi encore pour faire bonne mesure ! S'il arrivait malheur à ce brave, vétéran des batailles de l'Unité de l'Italie, je ne me le pardonnerais pas. Marthe non plus d'ailleurs et elle aurait raison !

Quant à Basile, il a besoin d'être protégé de lui-même et de sa passion mystique pour les taureaux. Cet enfant baignerait de bonheur ici, à voir évoluer dans une nature faite pour elles, les manades sauvages. Je me demande s'il va être tenté lui aussi de quitter Apreville. Son propre père l'a fait. Je ne connais pas encore toutes les raisons qui l'y ont poussé mais je les trouverai : elles existent et elles n'ont pas toutes à voir avec des problèmes d'argent, j'en suis sûr.

Pour mon ami Honoré Deroure qui a bien connu Aimé, ce désir d'un ailleurs n'est pas courant chez les gens de ce pays. Ils subissent l'attraction irrésistible de leur terre dont la possession est la seule valeur, la seule sauvegarde : celui qui s'en détache, (il faut qu'il ait de solides raisons) doit payer le prix, car il trahit la loi de ses pères. Cela ne peut donc se faire sans quelque ravage dans sa vie. Voilà, tout au moins, ce qu'affirme cet excellent connaisseur de notre contrée, de ses habitants et de leurs mœurs.

:: J'ai repensé aux daguerréotypes de H.D. Quand je les ai vus la première fois, je me souviens avoir tremblé devant ces émouvants témoignages du passé et leurs regards perdus, miroir, reflet de nous-mêmes comme nous ne nous verrons jamais : nous serons un jour cette image sur le papier, refermée à jamais, enfuie dans la nuit du temps. Tout en révélant une façon d'appréhender le vivant sans complaisance, la technique a le mérite d'approcher au plus près le mystère de ces existences anonymes, leur fugace passage. Ils me fascinent.

C'est l'absence même sur les visages de l'ombre d'un sentiment ou d'un sourire (poser devant le photographe était un acte de courage et laisser paraître le moins possible de soi, une nécessité) qui me questionne. Certes, en matière d'enquête, l'imagination ne doit pas supplanter les preuves, et s'agissant de vies humaines je ne dois pas me tromper. Je reste cependant convaincu que quelque chose m'a échappé. Que lire sur ces visages ? Tout y est si lisse ! Il y a bien quelques pâles sourires et parfois, là où on les attend le moins. Mais je ne peux pas me fier à un sourire pour révéler un indice. Et je piétine, je tourne en rond…

:: Il me tarde de voir l'avancement des travaux de Combeferres qui me renseignerait sur la date du retour de Marthe. Je n'ai plus de nouvelles d'elle depuis longtemps. Et me voilà cloué ici…

:: Je dois me résigner : Marthe m'a à nouveau effacé de sa vie. Toutes mes lettres sont restées sans réponse depuis près de deux ans. Si elle est à nouveau la proie des terribles cruautés de son existence chaotique, il est inutile de l'accabler encore et il vaut peut-être mieux ne plus lui écrire. Je sais maintenant qu'elle n'est pas le roc insensible

et froid que j'ai cru voir en elle. Et je me demande combien de luttes contre elle-même elle a dû soutenir pour obtenir ce calme envoûtant qu'elle sait dispenser autour d'elle. Cette maîtrise qu'aucune tempête ne semble pouvoir troubler, je l'admire, mais elle n'existe peut-être que dans mon imagination.

    :: Vu mon état, je ne suis pas sûr de pouvoir être à Couraurgues avant la fin de l'été. Je voudrais pourtant y revoir mon ami Honoré avant qu'il ne reprenne ses quartiers d'hiver, partagé comme il est entre l'amour de la mer et celui de ce coin de terre déshérité où il lui est permis de vivre selon un hédonisme qu'il sait cultiver comme un maître. J'aime H.D pour sa joie de vivre et sa sagesse. Il possède des parades bien à lui pour faire face à toutes les situations avec habileté. Que deviendrais-je sans son humour corrosif ? Il m'a parfois permis de m'éloigner de moi-même avec bonheur.

Quand je me retrouve, avec lui, à gratter à la porte du temps et qu'elle s'ouvre à nous, nous voguons ensemble sur les fleuves de l'imaginaire très loin dans le passé, puis, faisant volte-face, nous nous tournons vers l'avenir. A ses côtés, j'appréhende le futur. HD est une sorte de visionnaire : s'il parle de sa vie comme si elle était encore à vivre, il décrit, comme s'il l'avait déjà vécu, l'avenir incertain qui s'ouvre aux hommes. Féru de science, il a médité sur ses progrès et ses dérives, sur les guerres qui viendront, dont la folie meurtrière et la cruauté dépasseront toutes celles qu'on a connues jusque là. Néanmoins, malgré ses visions cauchemardesques, il a la force (ou l'inconscience) de rester confiant dans l'homme... Bien que je ne voie dans l'avenir qu'un infini dont je serai exclu, quelque chose de ses pensées apaise les miennes : à ses côtés, l'espoir me revient de réussir à mettre bout à bout, comme lui, les quelques bribes d'une certaine sagesse afin de rendre l'absurdité de la vie supportable. Auprès de lui, dans nos longues conversations nocturnes, l'espoir de guérir mes vieilles blessures renaît.

:: L'enquête : elle revient me hanter au bon moment, après la parenthèse de l'accident et de mes cauchemars. Une nouvelle obsession chasse l'autre, un diable chasse l'autre. Ne jamais laisser les illusions aux chiens !

:: Ne pas oublier que HD a été témoin de l'époque d'Apreville avant mon arrivée. Il a encore des choses à m'apprendre dont il n'a peut-être même pas conscience lui-même.

:: D'après le médecin qu'Eugénie Navel, notre hôtesse, a appelé à mon chevet, j'ai erré pendant plusieurs jours entre la vie et la mort. Je ne garde que le souvenir de mon impuissance à m'extirper de mes cauchemars et de ces étranges perceptions qui me poursuivent encore. Je ne sais de quoi d'autre j'ai vécu durant ces jours. Aujourd'hui le médecin se dit confiant en ma guérison prochaine. Mais les plaies ne seront refermées que dans quelques semaines et il me faudra encore du temps avant de marcher sans canne et de remonter à cheval.

:: Aucune nouvelle de Couraurgues depuis mon départ, mis à part une lettre de Marino qui ne m'a pas appris grand-chose. Il me tarde de rentrer.

24

Apreville orienté à l'est, regardait Couraurgues et recevait le premier soleil du matin. Marino chevauchait en direction du domaine et c'est dans le contre-jour de la douce lumière matinale que ses murs de pierre grise lui apparurent.

L'été faisait éclore quantité de petits chardons bleus le long des talus. La campagne célébrait l'arrivée des beaux jours et Marino l'opportunité de faire bientôt ses preuves. Car, - était-ce ce matin radieux qui lui donnait des ailes ? - le brigadier ne doutait pas de sa faculté à démontrer, en l'absence de Debrume, son maître incontesté, qu'il était capable de faire, sinon mieux, au moins tout aussi bien que lui.

Comme Casimir avait envoyé chercher le docteur Courbet dès la constatation de l'accident, celui-ci l'avait devancé au chevet du mourant. Marino laissa son cheval auprès de la vieille jardinière aux essieux grinçants. Il constata que le médecin avait fait transporter le blessé dans un local attenant où une couche de paille couverte d'un drap blanc déjà abondamment maculé de sang avait été improvisée.

Au moment où le brigadier arrivait, le médecin était en train de fermer les yeux du mourant. Le vieil homme se montra désolé de ne pas avoir pu adoucir ses souffrances : « Je lui ai administré de la morphine… sans résultat bien sûr… Voyez l'état de son corps… il eût fallu être un magicien… ! Hélas, la médecine a ses limites. J'ai vu beaucoup de choses dans ma vie, mais je n'oublierai jamais la terreur mêlée de stupeur que j'ai lue dans ses yeux juste avant qu'il ne sombre dans l'inconscience… Il avait quelque chose à dire avant de mourir. Il a essayé… mais il était déjà bien trop tard… »

Marino fut effaré de l'horrible vision qu'il avait sous les yeux et de l'odeur qui accompagnait la désolation du spectacle : ce qui avait été un corps humain bien organisé gisait éventré, membres brisés et sanguinolents, entrailles dispersées, réduit à un amas de chairs éparses qui, après avoir été rouées de coups, malmenées et roulées dans la souillure de l'étable, sentaient déjà la décomposition.

Le brigadier ne put retenir un haut-le-cœur. Il courut vomir un peu plus loin. Le médecin appela de l'aide pour le soutenir et lui éviter *in extremis* de tomber dans l'auge aux cochons toute proche qu'un garçon venait de remplir d'un maelstrom peu ragoûtant. Il lui administra un cocktail d'alcool de menthe et un autre remontant de sa composition. Dès que Marino se sentit mieux, ils s'éloignèrent pour faire le point, à l'abri du mûrier, loin des dépendances et de l'agitation des domestiques.

Après avoir eu quelque mal à rassembler ses idées, le brigadier, encore sous le choc de la vision dantesque des restes qui ensanglantaient le drap blanc et empuantissaient l'air alentour, fit tous ses efforts pour s'accrocher à la bouée de sauvetage qu'était pour lui le souvenir des quelques enquêtes menées à bien aux côtés de Debrume. Quand il fut enfin en mesure de parler, après avoir dûment pesé la responsabilité qui lui incombait (Apreville était le seul lieu du pays où il n'avait jamais pu exercer sa surveillance, - et voilà ce qui arrive quand on croit vivre à l'abri de la loi, se disait-il-), il s'attela aux questions d'usage, avec la ferme intention de respecter sans déroger l'ordre que Debrume suivait en présence d'un cadavre et qu'il avait soigneusement noté sur son calepin.

Encore honteux d'avoir montré tant de faiblesse, il convint néanmoins entre lui et lui-même que rien n'était perdu à condition d'adopter le juste ton et la bonne pose qui lui rendraient sa dignité. Il les emprunterait également à Debrume, avec ce jeu de nuances dans la voix qui n'appartenait qu'à lui, par lequel il exprimait un détachement parfait, signifiant qu'il maîtrisait de haut la situation. Ses interlocuteurs en étaient subjugués : ils constataient qu'ils avaient à faire à un esprit supérieur voguant bien au-dessus de la mêlée, dans les lointains de l'intellect que lui-même, tout brigadier qu'il était, ne pourrait jamais atteindre.

D'une voix transformée, le crayon à la main prêt à noter les réponses, il s'adressa au médecin, se souvenant que l'inspecteur commençait toujours par les questions concernant l'identité du mort :

- Avez-vous identifié la victime ? De qui s'agit-il ?

La solennité du ton amusant le vieux praticien, il répondit sur le même registre, avec ce qu'il fallait d'emphase dans la voix :

- Maître Legal qui s'occupe des affaires d'Apreville !... Mais je suppose que vous le connaissiez aussi, brigadier. Vous aviez dû le rencontrer au village à l'occasion, comme tout un chacun. Vous ne manquez pas de savoir non plus, (on en a fait des gorges chaudes, et je sais que vous surveillez la rumeur de près, ainsi que ceux qui la propagent) qu'il s'occupait du domaine et des enfants Linguier, Rosine et Basile, depuis la mort de leur mère, la regrettée Madame Nadège. Vous voyez de qui je veux parler ? Après son décès, les enfants se retrouvaient seuls, le père, Aimé, ayant, semble-t-il, disparu. J'ai bien connu cette famille. J'ai vu grandir Aimé, je l'ai soigné étant petit. Un brave gars, amoureux fou de son épouse... Une famille qui paraissait tout ce qu'il y a de plus normal... Et pourtant... ! Il y a plus d'un an qu'on n'a plus revu Aimé Linguier... Certains disent qu'il a quitté sa femme pour une maîtresse, mais la version officielle, propagée par sa veuve elle-même, est qu'il est mort, disparu dans un naufrage. Vous savez sans doute tout cela mieux que moi-même...

- Maître Legal faisait-il partie de la famille ?

- Je ne crois pas. En fait, ici personne n'a l'air de savoir d'où il vient, ni qui il est. Casimir s'interrogeait pour savoir qui prévenir, justement. Avait-il des proches parents ? On n'en sait rien.

- Vous pouvez dire à quoi est due la mort de cet homme ?

- Il me semble que c'est évident, dit le médecin, perdant patience ! Son tête à tête avec Hector a été concluant. Mais si vous y tenez, je vous donnerai le détail des divers coups et traumatismes qu'il a subis. Et si une liste du nom latin des divers os cassés et organes lacérés peut faire avancer l'enquête plus vite, je suis à votre disposition ! Je vous la ferai tenir dès que possible !

Le ton narquois du vieil homme sonna comme une semonce et fit craindre à Marino d'avoir atteint la limite du ridicule, ce qu'il redoutait plus que tout :

- Non, non…, s'empressa-t-il de dire quelque peu mal à l'aise, ce ne sera pas nécessaire pour le moment. Toutefois, ce que je voudrais bien savoir… Enfin, comment cet homme a-t-il pu se retrouver dans cette situation ? Cela semble tout de même extravagant !

- Voilà la bonne question ! Maître Legal, de l'avis de tous, mais cela a dû être évident pour vous devant sa dépouille je pense, s'adonnait à la boisson. Vous avez dû sentir, mêlées aux différents remugles, les odeurs particulières de l'alcool mal digéré… Ses vêtements ou ce qu'il en restait étaient imprégnés de vomi d'ivrogne ! Si vous interrogez les domestiques, ils vous diront qu'il passait des nuits entières dans la cuisine à boire en solitaire. Il était sans aucun doute tout à fait saoul en entrant dans cette écurie.

- Aurait-il pu être drogué ?

- Je ne puis l'affirmer sans avoir fait procéder à des analyses dans une officine. J'avais l'intention de faire les prélèvements nécessaires pour en avoir le cœur net. Et en effet, si c'était le cas…

Puis après un temps de réflexion et comme sans y croire :

- Mais nous avons tendance à voir le mal partout. Il pourrait également s'agir d'un simple accident. L'homme n'avait pas l'habitude de la bête, et sous l'emprise de l'alcool ou d'autre chose, il a pu s'aventurer là par inadvertance…

- Certes, approuva le brigadier. Reste simplement à savoir si cette autre chose il l'a prise de son plein gré… Une main malveillante… Enfin, vous le savez, on a déjà vu le cas à Couraurgues, et il n'y a pas si longtemps ! Par ailleurs, l'étable était toujours fermée à clé et cette clé, on ne l'a pas retrouvée. Quelqu'un vous aurait-il parlé de cette clé ?

- Non, je ne savais pas. Il ne reste qu'à la chercher ! Elle a dû être égarée dans l'affolement. Voilà un travail pour vous, dit le médecin en se levant.

- Il va me falloir en apprendre davantage sur la victime, dit Marino sans pouvoir s'empêcher de prendre la pose qui s'imposait pour cette déclaration. Il venait enfin de trouver le ton dubitatif qu'utilisait Debrume en un tel cas, avec ce charme dans la voix, cet air de mystère où l'on devinait son incomparable perspicacité.

- Quant à moi, je vous ai dit tout ce que je savais à son sujet, c'est-à-dire à peu près rien que vous ne sachiez déjà. J'ai encore à faire, je pense que vous n'avez plus besoin de moi, dit le docteur Courbet.

- Avant que vous ne partiez, docteur, pourriez-vous me dire où vous avez passé la nuit ?

Le bon médecin regarda Marino d'un air effaré. Il tourna les talons sans répondre, secouant les épaules et levant les yeux pour invoquer le ciel. Marino se dit qu'il avait peut-être manqué de délicatesse, mais à ce point de l'enquête, tout le monde devait être considéré comme suspect : c'est ce que lui avait toujours répété Debrume.

Le brigadier venait d'être réhabilité depuis peu dans ses fonctions. Bien que toujours sans brigade et devant se contenter d'une écurie dans le bas du village pour toute gendarmerie, il arborait depuis quelque temps l'uniforme de la nouvelle république, plus discret que celui de l'empire, mais qu'il portait avec le même panache. L'uniforme lui avait rendu, auprès des villageois, sa prestance d'autrefois. Grâce à lui, il retrouvait assurance et autorité. Certains pensaient même qu'il eût fait un excellent maire. Mais le brigadier n'avait cure d'honneur et de pouvoir : c'était du côté de la loi et de l'ordre que penchait son cœur. Envoyer quelques malfaiteurs en prison de temps à autre suffisait à son bonheur. Ainsi aujourd'hui, malgré ses maladresses et ses erreurs, rien ne pouvait entamer sa joie. L'aubaine était trop belle. Il avait devant lui un meurtre commis de sang froid après avoir été préparé avec soin. De cela il était sûr. Il ne lui manquait que les preuves : aucun doute, elles allaient pleuvoir.

Avant de crier victoire, il devait s'enquérir de Maître Legal, vérifier son identité, savoir d'où il venait, comment il était devenu tuteur des enfants Linguier après la mort de leur mère alors que leur père avait été donné pour mort depuis une année ou plus. Il devait donc interroger sur le champ les habitants d'Apreville : « battre le fer tant qu'il est chaud, s'était-il tant de fois entendu répéter ».

Rassemblés devant le corps principal de la bastide, régisseur, femmes de chambre, filles de cuisine, valets de ferme, garçons d'écurie, tout ce beau monde se tenait devant lui, avec un air d'affliction et de crainte non dissimulée. Seul, Basile était à l'écart, appuyé contre le mur, se cachant derrière sa mèche blonde avec l'air boudeur entre timidité et mépris de l'adolescent, comme si tout cela l'ennuyait profondément et ne le concernait pas. Casimir continuait de s'agiter et de donner des ordres à pleine voix avec l'intention manifeste d'épauler le brigadier.

Quand le silence fut établi, Marino fit un bref discours puis, assis derrière une table de fortune, crayon en main toujours, il fit défiler les domestiques l'un après l'autre. Comme par un accord tacite, chacun s'abstint soigneusement de prononcer le nom de l'absente, celui de la petite Rosine, et affirma n'avoir rien vu ni personne durant la nuit. Marino notait fébrilement les réponses sur son carnet, sans s'étonner de ne trouver aucune dissonance ni contradiction entre elles, lorsque Casimir, faisant irruption, apporta la hache trouvée sur le sentier qui menait à l'étable où l'on enfermait Hector.

- Oui, vous m'en avez déjà parlé… Mais chaque chose en son temps. Je vais m'en occuper dit Marino. Elle sera vite identifiée.

- Tout le monde possède, dans le pays, un outil de ce genre, comment faire pour savoir à qui il appartient, demanda le régisseur à qui il semblait revenir le droit de parler au nom de tous ?

- J'ai ma petite idée. Il y a certainement des gens qui possèdent des outils de même facture… Laissez-moi le temps d'enquêter. Si vous croyez qu'on peut échapper facilement à la justice, vous vous trompez lourdement ! … Le coupable sera bientôt sous les verrous. Vous avez ma parole.

Fier de cette sortie, il se dit qu'il pouvait en rester là. C'est alors que Basile s'approcha de Marino :

- Comment peut-on être assuré que le criminel ne recommencera pas, dit le garçon d'un air terrifié ? S'il s'agit d'un meurtre, nous sommes tous en danger à Apreville. Et comment ne pas trembler d'inquiétude pour ma petite sœur Rosine qui a disparu depuis plusieurs jours ? Maître Legal était convaincu qu'elle hante le domaine, la nuit, et qu'elle ne veut pas revenir à la maison de peur d'une punition pour avoir volontairement trompé la surveillance de sa bonne. C'était pour cela qu'il nous la faisait rechercher, torches en main, jusqu'au lever du jour. Il ne voulait pas l'effaroucher. Il a toujours été bon pour nous deux, depuis que notre chère mère nous a quittés. C'est pourquoi il n'a fait intervenir aucune autorité, ni Monsieur le maire, ni l'inspecteur, ni vous-même, brigadier, vous qui êtes le plus habilité à nous défendre des malfaiteurs. Il pensait qu'il s'agissait d'un bête caprice d'enfant et qu'il ne fallait en tenir aucun compte. C'était un homme bon qui ne voyait pas le mal. Et sa bonté l'a perdu. Le malfaiteur s'en est-il pris également à Rosine ? Des malfaiteurs, il y en a par tout le pays… Il faudrait organiser des battues comme pour les sangliers pour les débusquer ! Mais où les trouver ? … Vous êtes le seul à pouvoir nous aider, brigadier !

Les paroles du garçon étaient un baume sur le cœur de Marino dont les yeux pétillèrent d'une joie soudaine.

- Merci, petit, pour cette information à propos de Maître Legal ! Sois tranquille, je m'occupe de tout, dit-il avec la dose de détachement nécessaire pour montrer son assurance.

Sa satisfaction touchait un sommet avec ces mots : le ton était juste, et c'était bien ce qu'eût dit Debrume en l'occurrence. Mais ce que le garçon ajouta lui laissa à penser qu'il avait encore du chemin à faire :

- Vous pouvez m'appeler Monsieur Basile, brigadier, et me vouvoyer. Maintenant, c'est à moi que revient la responsabilité du domaine. Tous ceux qui me protégeaient ont disparu l'un après l'autre. Qui pourra s'occuper de ma sœur et de moi-même, si je ne le fais pas… ? En tant que frère ainé, je me tiens pour responsable de sa disparition. Et mon père aussi m'en tiendra responsable, à son retour. Mais s'il tardait à revenir, s'il ne revenait jamais… si je me retrouvais seul pour toujours… (Et sa voix, tout à coup plus grave, était pleine de sanglots retenus).

- Je ferai de mon mieux pour vous aider, Monsieur Basile, dit le brigadier dont le bon cœur fut aussitôt touché. Il nous faut seulement le temps de nous organiser.

- Vous pouvez compter sur l'aide des habitants d'Apreville. J'en parlerai à Casimir et je ferai mettre mes gens à votre disposition…

- Vous pouvez également compter sur tous les habitants du village, Monsieur Basile. De plus, l'inspecteur Debrume sera bientôt de retour. Nous retrouverons votre sœur ainsi que votre père. Nous retrouverons la clé. Nous identifierons le propriétaire de la hache. Nous éluciderons le mystère de la mort de Maître Legal. Bref, nous ferons le travail qui nous revient, soyez sans crainte. Et n'oubliez pas que, quoi qu'il arrive, la loi est toujours la plus forte, insista-t-il, rassurant et paternel, espérant éloigner ainsi la sale impression d'avoir été quelque peu remis à sa place.

<u>25</u>

Gigi avait beau être grand et fort, Mamma Marietta lui manquait. Cette petite femme industrieuse, sans cesse en mouvement, avait le pouvoir, au moyen des nombreuses attentions qu'elle dispensait avec générosité autour d'elle, de faire oublier leur pays aux proscrits qu'ils étaient devenus et de leur rendre la vie supportable dans ces inconfortables cabanes de fortune construites à l'écart du village où ils étaient cantonnés comme des pestiférés.

Aux difficultés qu'ils avaient rencontrées depuis leur arrivée, ils avaient pu mesurer le degré de déchéance dans lequel ils étaient tombés : on ne pouvait pas être plus démunis qu'eux.

Les contraignant à l'exil, le Royaume avait choisi d'oublier ce qu'il leur devait. Après s'être servi d'eux, il les considérait aujourd'hui nuisibles pour leur pays alors qu'ils lui avaient sacrifié leur vie afin de le voir devenir ce qu'il méritait d'être. Ces vétérans ne devaient leur survie qu'aux Corsan aux côtés desquels ils s'étaient battus pendant de longues années. Dès qu'il avait été informé de leur infortune, le couple s'était démené pour les tirer d'affaire et leur éviter la prison. Mademoiselle Marthe leur avait offert de reconstruire sa demeure et, pour ce faire, de s'installer sur ses terres de Combeferres où ils avaient pu bâtir leurs cahutes. Elle épargnait ainsi leur dignité tout en les mettant provisoirement à l'abri : la police de leur pays ne viendrait pas les chercher ici.

Peu à peu, la vie s'était organisée. C'était Mamma Marietta qui pensait à leur nourriture journalière, à laver leur linge et à rapetasser leurs culottes usées. Mais elle faisait plus encore : elle leur rappelait chaque jour qui ils étaient, d'où ils venaient et le but qu'ils devaient atteindre. Les difficultés de la situation ne la poussaient pas à transiger au sujet de l'idéal, bien au contraire. Elle leur répétait que c'était à eux de le maintenir vivant au mépris de tous les dangers, comme elle les avait toujours incités à le faire. Car l'idéal était plus grand qu'eux, il avait de grandes ailes, il voyait plus loin et il voyageait dans l'avenir. Il leur permettait de faire leur devoir envers les générations futures. Grâce à lui, leur existence avait une raison d'être : on ne vivait pas en vain si on se mettait à son service. Pour cela, ils devaient cesser de se lamenter comme des enfants capricieux. Un jour, ils seraient amnistiés grâce à des gens comme Corsan qui continuaient le combat pour leur réhabilitation. Ils seraient alors accueillis dans leur pays comme les héros qu'ils avaient été. Ils retrouveraient la place qui leur était due. Ce n'était qu'une question de temps.

Certes, Gigi avait confiance en Corsan. Jamais ce dernier ne leur avait mesuré son soutien et sa protection. Mais ce jour où l'amnistie tomberait, où ils rentreraient en Piémont, où ils retrouveraient femmes et enfants qu'ils y avaient laissés, et pour certains, les biens qui leur avaient été confisqués, ce jour radieux que Mamma Marietta leur laissait entrevoir dans chacun de ses actes et de ses paroles devenait incertain en son absence. Gigi avait du mal à le distinguer dans le l'opaque brouillard qui s'amassait à l'horizon de longues années sans fin. Sans elle, il ne voyait plus que cette vie de misère et de tristesse à laquelle ils étaient réduits dans un pays qui n'était pas le leur, loin de ceux qu'ils aimaient, sans savoir quand elle prendrait fin.

Toutefois, si Mamma Marietta leur manquait cruellement et s'ils comptaient les jours comme pour le retour d'une amoureuse, Gigi et ses amis savaient qu'elle n'était pas partie sans raison. La petite Rosine était en danger de mort, et n'importe qui eût fait de même pour la sauver, Mademoiselle Marthe la première, d'autant qu'elle était la fille de son amie Nadège. Et ils se devaient de se montrer à la hauteur du dévouement de leur bienfaitrice. Gigi avait un grand respect pour Mademoiselle Marthe et pour sa façon peu commune pour une femme de mener sa vie. Il lui était très attaché. Il l'avait escortée dans maintes pérégrinations et épaulée lors des missions les plus dangereuses. Et puisque Debrume avait été choisi par elle pour faire un voyage en Ombrie à ses côtés quelques années auparavant, il se sentait lié à l'inspecteur à la vie et à la mort par une sorte de pacte tacite dû à cette amitié commune qui frôlait la dévotion. Certes, il devait tout à Mademoiselle qui aujourd'hui lui évitait, ainsi qu'à ses amis, de mourir de faim et de croupir en prison. C'est pourquoi il n'avait pas hésité une seconde quand Rosine s'était réfugiée en pleurs chez lui. Il avait fait ce que Mademoiselle attendait de lui, et Mamma Marietta aussi. D'ailleurs, il n'avait eu qu'à écouter son cœur : Rosine était une petite fille comme la sienne qu'il avait laissée au Piémont, sa dernière-née qu'il n'avait pas vu grandir.

Toutefois, il n'avait pu cacher l'enfant bien longtemps. Sous ses jupons de dentelles, ses membres étaient couverts de plaies qu'il fallait soigner. Le lendemain de son arrivée, on avait constaté qu'elle avait de la fièvre. Elle délirait. Il lui fallait un médecin, des médicaments et des soins que Mamma Marietta malgré toute sa bonne volonté n'était pas en mesure de lui prodiguer. De plus, le confort était totalement absent de leurs masures et une jeune demoiselle de sa condition avait des besoins que la cuisine piémontaise ne suffisait pas à compenser. Mais aujourd'hui il pouvait dormir sur ses deux oreilles : Rosine était à l'abri, grâce à l'aide de Debrume qui s'était chargé de trouver une solution. Depuis le couvent de Notre-Dame-des-Ormes, non loin de la ville de V, où la jeune personne venait d'être accueillie, Mamma Marietta avait déjà fait donner des nouvelles : les bonnes sœurs soignaient l'enfant avec sollicitude. Bientôt, elle pourrait la laisser entre leurs mains et retrouver sa place parmi les siens, à Couraurgues.

Gigi savait bien évidemment qui était le bourreau de Rosine. Il avait eu maintes fois maille à partir avec lui pour la lui arracher des mains. Il avait la certitude que les choses n'en resteraient pas là maintenant que Debrume était au courant du martyre de la petite. Quand la justice s'en mêlerait, le coupable serait vite sous les verrous. Il y aurait un procès. Alors, Gigi témoignerait au tribunal, devant le juge. Il avait entière confiance en la justice de France et il ne doutait pas du poids que pouvait avoir le témoignage d'un patriote républicain au regard des représentants de la république. Si le roi d'Italie n'avait aucun scrupule à les abandonner, eux, les patriotes qui avaient fait l'Unité de leur pays, on pouvait compter sur la nouvelle république du pays de la liberté où ils avaient trouvé leur salut.

Néanmoins, quand Rosine et Mamma Marietta étaient parties, Gigi avait poussé un profond soupir de soulagement. Depuis, il respirait plus large, sa cage thoracique libérée d'un étau. Certes, la polenta que Beppino faisait cuire n'avait pas le goût de celle de sa cuisinière de mère qui savait l'agrémenter de sauces de sa composition, la moindre herbe des champs se transformant en un plat de roi dans ses mains. Il fallait dire qu'elle avait pensé à tout.

Elle était arrivée à Couraurgues bien après eux. Ils venaient à peine de terminer leurs abris. Elle les avait sauvés de la famine en ramenant du pays avec elle une charrette de victuailles : des grosses courges à cuire pendant l'hiver, des conserves de légumes et de fruits à la moutarde aigre-douce, des cèpes séchés, des bouquets d'oignons et d'ail, des nèfles blettes dont ils raffolaient, du poisson sec et fumé, des gros morceaux de lard dont elle accommodait l'ordinaire et surtout de la polenta, qu'ils tenaient pour leur trésor, des quantités fabuleuses de polenta serrées dans des sacs de toile blanche. Alignés au fond de la cabane, ils suffisaient à l'éclairer tout entière pour ce qu'ils représentaient.

Dès que Mamma Marietta fut là, ils surent qu'ils ne connaîtraient plus jamais la faim. Elle leur démontra vite qu'ils avaient raison. Le lendemain, elle s'était fait accompagner au marché du village pour acheter poules et lapins. Au retour, elle leur avait fait construire le poulailler et fait bêcher un morceau de terre pour planter des légumes d'hiver, des choux des pommes de terre et des cardes en abondance. Il ne leur manquait plus qu'un peu de courage et de patience pour ne plus se laisser terrasser par le mal du pays, avait-elle déclaré avec autorité.

Il est vrai que jusque là, tout avait été difficile. Arrivés les premiers, Gigi et ses compagnons n'avaient rien, même pas un quignon de pain. Ici, on ne s'était pas montré généreux avec eux. Ils avaient dormi à la belle étoile, sous les pluies diluviennes d'automne et les gelées de l'hiver. Malgré l'accueil glacial des habitants, ils avaient réussi à troquer quelques cigares de contrebande et du tabac qui leur restait pour leur usage personnel, contre du lait, du pain et des œufs. Quand ils revenaient bredouilles du braconnage, ils s'étaient contentés du pain noir et du fromage aigre des bergers de la montagne. Ils avaient ingurgité d'autres choses bien moins ragoutantes. Puis de l'argent leur était arrivé de Corsan. Ils avaient pu acheter des planches pour construire leurs cabanes. Et aujourd'hui, grâce à Mamma Marietta, ils mangeaient à leur faim et surtout, la conscience en paix : ils ne braconnaient plus, vivaient en autarcie sans demander rien à personne.

Ainsi, comme à la fin de chaque journée de travail, après être allé chercher de l'eau au puits, Gigi venait de s'asseoir devant sa porte pour profiter d'un peu de repos, du chant des oiseaux, du bonheur d'avoir la conscience tranquille et du plaisir retrouvé de respirer plus large : il avait la loi de son côté en la personne de Debrume et il pouvait regarder tout le monde en face, tête haute. Il était honnête, travailleur, et, épaulé par l'inspecteur, il avait sauvé une petite fille en grand danger qui demandait de l'aide. Il eût fallu être des bêtes pour désapprouver son comportement.

Il jouissait donc avec satisfaction du merveilleux coucher de soleil de ce mois de juin. Il avait derrière lui Combeferres dont les linteaux des fenêtres venaient d'être montés. On avait dû en retailler quelques-uns, certaines pierres ayant éclaté sous l'effet de la chaleur du terrible incendie qui avait détruit la bâtisse autrefois. Bientôt on aurait remonté les murs jusqu'à la ceinture et on pourrait poser la charpente, travail pour lequel Gigi excellait et était souvent demandé dans son pays. Les bois venaient d'être livrés par les bûcherons de Villeneuve : une occasion formidable s'était présentée grâce au déboisement pour la construction de la route de Grasse. Car on faisait des routes et des chemins de fer partout depuis que Nice était devenue française au grand dam de Garibaldi qui ne devait jamais s'en consoler.

Tandis qu'il s'apprêtait à faire le point pour organiser le travail du lendemain, Gigi vit arriver le brigadier Marino au petit trot enlevé, en grand uniforme et chevauchant un cheval superbement harnaché. Il le connaissait bien pour l'avoir vu souvent accompagner Debrume lors de ses visites. En tant que cavalier et grand amateur de chevaux, il appréciait Marino. Toujours tiré à quatre épingles, autant que sa monture aux sabots cirés, l'allure impeccable du brigadier l'avait incliné d'emblée à une certaine sympathie. Il le laissa approcher et lui eût même souri - si sourire avait été dans les habitudes d'un piémontais -, prêt à l'accueillir comme un ami et à lui offrir à boire. Mais le brigadier n'avait pas encore mis pied à terre que Gigi vit arriver derrière lui une calèche avec des inconnus habillés de noir. Il n'eut pas le temps de se questionner sur cet équipage, les choses s'enchaînèrent très vite.

Le brigadier descendit de cheval. Il avait une mine peu avenante que Gigi ne lui avait jamais vue. Les hommes en noir sortirent de la voiture. Tels des croque-morts sur le point d'organiser le convoi funéraire après la levée du corps, ils se tenaient maintenant devant Gigi et l'observaient froidement. Avec ces taches noires de mauvais augure que faisaient redingotes et Gibus sur le vert de la prairie devant la masure, le petit monde que Gigi s'efforçait chaque jour de rendre un peu plus familier venait de prendre les couleurs du cauchemar. L'air lui-même s'était chargé d'hostilité et respirer coûtait un effort surhumain. Il en fut dérouté.

Le brigadier lui tendit un papier. Gigi le prit. Il le retourna dans ses mains encore sales de chaux. Il le regarda un long moment avant de constater qu'il ne comprenait pas un traître mot de ce qui était écrit. Il questionna Marino du regard : « Un mandat de perquisition. Il nous faut fouiller le campement. Toutes vos cabanes. Ces Messieurs assisteront et participeront à la fouille. C'est la loi, ajouta-t-il sans aucune aménité. »

Gigi avait confiance dans la loi et dans la justice de la république. Il les fit entrer. Il eut aussitôt quelque répulsion à les voir mettre leurs mains gantées de noir dans le linge que Mamma Marietta se donnait tant de mal à maintenir blanc, puis à s'attaquer avec la même indélicatesse aux réserves alimentaires. Ces mains sacrilèges qui plongeaient sans retenue dans les jarres de lentilles et de pois chiches lui donnèrent mal au cœur. L'un de ces hommes éventra sans pitié les sacs de polenta et le sol en fut bientôt couvert. Gigi en fut effaré.

Pendant ce temps, les maçons et compagnons de Gigi, s'étaient rassemblés devant la porte, dans un silence insoutenable. Immobiles, comme s'ils attendaient leur arrêt de mort. Mais il n'y eut pas longtemps à attendre. Après seulement quelques minutes, Marino sortit de la resserre attenante à la cabane de Gigi en brandissant une grosse clé. Les hommes en noir la saisirent et s'éloignèrent en devisant vers la calèche.

Quelques secondes après, l'un d'eux se retourna et fit un signe de tête à Marino qui ne les avait pas quittés du regard.

Gigi se laissa enchaîner et emmener, hébété, sans opposer de résistance. Il connaissait ses amis et leur avait fait signe de ne pas bouger : rongeant leur frein, mais respectant sa volonté, ils ne se hasardèrent à aucun mouvement de protestation. Marino le fit monter dans la voiture entre les hommes en noir, tel qu'il était, avec ses vêtements sales du travail de la journée, pas rasé et les cheveux en bataille. Il n'avait même pas pu prendre sa veste et son chapeau.

Depuis qu'ils avaient trouvé la clé, personne n'avait plus dit une parole. Gigi pensa qu'il devait continuer à se taire lui aussi. D'ailleurs, il n'y avait rien à dire. Il savait qu'il ne devait attendre aucune douceur de la part des hommes de loi, mais il possédait une confiance absolue en la justice de la république : elle était faite pour défendre les honnêtes gens comme lui. Il avait sa conscience pour lui, rien à se reprocher, et rien à craindre puisque cette clé, qui semblait être la cause de son arrestation, ne lui appartenait pas.

<u>26</u>

« … o dolce mia guerrera… »
Pétrarque XXI

Journal

En ce matin de plein été où sévit la canicule, la vie m'attend après avoir eu quelque mal à me rappeler à elle. La voilà à nouveau, avec la place qu'elle me réserve depuis toujours et qu'elle me pousse à reprendre : il semble que ma position en son sein ne changera jamais, malgré les petits ou grands événements dont elle m'entoure.

Malgré tout, j'ai plaisir à sentir mes sens en éveil. Aujourd'hui, j'ai pu pour la première fois me lever seul. M'aidant d'une canne, j'ai quitté ma chambre et j'ai franchi le seuil de la grande salle à manger du mas en vainqueur, sous les ovations de mes amis ! Mes premiers pas seul, mon premier repas pris autour d'une table ! Ces gestes ordinaires qui paraissaient si inaccessibles, et qu'on faisait pourtant comme des automates, quelle joie de les reconquérir après tant d'efforts et de peine !

Mes cauchemars ont laissé derrière eux l'empreinte de leurs énigmes que je n'ai aucune envie de résoudre. Parmi elles, cependant, il en est une qui me tient à cœur : elle s'était présentée sous les traits d'une inconnue entrevue alors que je voguais dans la poix de mes visions obscures. J'étais étonné de ne pas l'avoir oubliée. Son visage m'apparaissait, dans une curieuse fulgurance mais dans le flou d'une vision imprécise. Je ne savais qui elle était : un ange gardien, une vision de paradis comme celle de Dante au sein de 'la rose céleste' ? Comme je n'ai aucune propension à la poésie, et que, si tant est qu'il existe, je n'atteindrai jamais le paradis, j'ai tout de suite écarté cette interprétation.

Pendant mes longues journées de demi-conscience, son visage continuait de voguer devant mes yeux, fuyant et mystérieux : des émotions enfin débarrassées de la perversion des cauchemars m'agitaient. Dans la pénombre capiteuse de ces après-midi d'été, volets clos, loin des troubles, la présence d'une image féminine parvenait à museler le silence dévorant. Grâce à elle, pouvais-je retrouver le désir de vivre… ?

Hélas, depuis que ma guérison se confirme, au lieu de la belle inconnue, c'est la figure enchifrenée de Benjamin qui se penche vers moi à mon réveil. Oui, c'est bien Benjamin que j'ai sous le nez avec ses tics, ses verres épais de myope, sa calvitie, sa voix de stentor, et surtout son amitié toute crue, avivée par l'inquiétude éprouvée pour moi depuis l'accident. C'est lui, mon ami, et c'est bien ma vie, celle qui m'est si *familière, identique à elle-même... tellement la même que j'en ai le vertige.*

Je me suis finalement décidé à demander à Benjamin si ma vision correspondait à une réalité et où était passée cette femme. Il m'a répondu, comme soulagé : « Enfin ! On va pouvoir passer aux choses sérieuses maintenant que te voilà tout à fait revenu parmi les vivants, m'a-t-il dit sans donner de réponse à ma question ! » Deux jours plus tard, il est entré dans ma chambre. Elle était à ses côtés. Je l'ai aussitôt reconnue :

- Je me réjouis de vous voir enfin guéri. Le médecin dit que vous n'avez plus rien à craindre maintenant.

Mais paralysé d'étonnement, je restais sans voix : c'était Nadège Linguier que j'avais sous les yeux, revenue d'entre les morts. Et tout me revint d'un seul coup : avant mon départ de Couraurgues, quand j'avais eu en main les daguerréotypes d'Apreville de mon ami HD, la vision de Nadège ne m'avait jamais quitté. Surgissant des daguerréotypes au milieu de mes nuits d'insomnie, elle s'animait de vraie vie, venait à moi et me suppliait en pleurant : « Tout est là, dans ces images, m'implorait-elle, ma vie, les raisons de ma mort..., ma pauvre vie, et celle de mes enfants, les causes du danger qu'ils courent..., je vous en supplie, ne les abandonnez pas... ! » Et elle était maintenant devant moi !

La personne qui s'asseyait à mon chevet où je l'avais aperçue dans le trouble de ma conscience, n'était évidemment pas Nadège. La réalité se remettait en place brutalement et reprenait la tournure que je lui avais connue. Il me restait tout bêtement à me taire pour apprendre ce que cette femme avait à me dire.

- Ne bougez pas surtout, et écoutez-moi. Je suis Elyette de Montbazin, la sœur de Nadège Linguier d'Apreville. C'est mon amie Eugénie Navel, chez qui nous nous trouvons, qui m'a fait appeler quand elle a su qui vous étiez, la triste nouvelle que vous apportiez, celle du

décès de ma sœur dont personne n'avait pris la peine de m'informer, et ce que vous étiez venu faire ici. Ecoutez-moi bien car on compte sur vous et le temps presse…

Voilà de quelle manière je suis définitivement revenu à ma piètre existence. Comme je n'en ai pas d'autre, je dois m'en contenter. Mais elle me promet des surprises, et ce n'est pas pour me déplaire.

Après cet entretien, j'ai décidé de repartir au plus tôt à Couraurgues. Elyette de Montbazin m'en a dit assez pour que je trouve la volonté de le faire : une mission m'est confiée par sa sœur défunte dont Elyette m'a remis une lettre en m'enjoignant de la lire sur le champ. Accompagnant cette lettre que Nadège qui n'était destinée qu'à moi, il y avait tout un tas de documents scellés dans une cassette de carton. Dans sa lettre, Nadège me charge de faire ouvrir cette cassette devant notaire, et ce, après son décès. Tout cela semble légitime, écrit devant huissier et cosigné par des témoins dignes de foi.

Ce fut durant l'une de mes absences qui devait durer quelques mois, que Nadège, sentant approcher sa fin, avait fait parvenir ces documents à sa sœur lui demandant de me les remettre en main propre après sa mort, tout en lui confiant qu'elle disparue, ses enfants et en particulier sa fille Rosine allaient être en grand danger. Elle ne pouvait lui en dire davantage, avait-elle dit. Si elle lui demandait de me faire intervenir, c'était par manque de confiance dans le notaire de Couraurgues, Maître Trabon qui s'occupait des affaires de son mari et lui était très dévoué. Elle le croyait capable de faire disparaître ces papiers d'importance capitale. Par ailleurs, Aimé, son époux, ne devait à aucun prix avoir connaissance de l'existence de ce dossier, elle vivante, pour ces mêmes raisons qu'elle ne pouvait expliquer à sa sœur, ni même à moi pour le moment : nous les comprendrions plus tard, à l'ouverture de la cassette.

Elyette m'a avoué ne pas avoir pris au sérieux ce fait qui fleurait le sentiment de persécution dont Nadège avait toujours souffert, d'après elle, depuis son adolescence, d'autant que les deux sœurs n'avaient plus que de rares contacts depuis leurs mariages respectifs. Mais aujourd'hui, Nadège n'était plus de ce monde, et pour ses neveux, il lui tenait à cœur de faire exécuter ses volontés.

Hélas ! Combien de temps encore me faudra-t-il avant de pouvoir me mettre en route et me rendre chez Maître Trabon, même si tout est fait ici pour hâter ma convalescence ? Car je suis très entouré : au bras d'Eugénie ou épaulé par Benjamin, je réapprends chaque jour à marcher. Mais alors que je ne tiens pas droit tout seul (et ne parlons pas de remonter à cheval !), comme il me tarde de me mettre en route, de retrouver la poussière, le soleil cuisant des plaines en plein midi, les nuits au clair de lune et les auberges malfamées !

Je sais maintenant que je n'ai pas cherché Aimé Linguier en vain et je retrouve quelque espoir : après tant de temps et de voyages dans les profondeurs hermétiques de mon âme, le mystère qui plane avec toujours autant d'intensité sur les clichés de HD va peut-être finir par m'être dévoilé…

Quoi qu'il arrive par la suite, j'ai accompli (et ce, tout à fait par hasard) la promesse sacrée faite à un ami : la rencontre avec Elyette de Montbazin m'a permis de lui remettre le message de HD. Voilà qui réjouira le vieux grincheux, ou du moins je l'espère !

27

Quelques semaines plus tard, faisant abstraction des séquelles de son accident et de l'avis de ses proches, Debrume décida de quitter le Mas du Pont de Rostagne. Il remercia chaleureusement son ami Benjamin, ainsi que son hôtesse, Eugénie Navel qui avait mis à sa disposition son médecin et ses domestiques pendant qu'il naviguait entre divagations fantasmagoriques et pensées délétères. C'était à elle également qu'il devait cette rencontre avec Elyette de Montbazin qui l'avait ramené à ses responsabilités. Malgré les heures douloureuses qu'il y avait passées, il quitta le Mas du Pont de Rostagne avec un pincement de cœur car il y laissait des amis véritables.

Elyette était repartie le jour même de leur entrevue, non sans l'avoir invité avec insistance pour la prochaine saison des bals à Aix où elle avait sa demeure d'hiver. Mais auparavant, elle le reverrait avec plaisir sous peu pour régler les affaires d'Apreville, avait-elle affirmé avec quelque chose de très doux dans la voix et de divinement énigmatique dans le regard. Il en fut troublé, et se surprit à souhaiter que d'ici là, sa boiterie l'aurait définitivement abandonné, que son visage, dont il avait jusque là fait si peu de cas, aurait retrouvé sa forme originelle, et surtout, qu'il aurait accompli avec succès sa mission afin de faire bonne figure devant elle.

Il organisa au mieux son voyage à travers les contrées peu sûres découvertes avec étonnement à l'aller. Tenant présents à l'esprit les conseils de son ami Martial en charge de la demi-brigade de Saint-Pons, il opta pour les voitures de poste qui bénéficiaient d'une escorte, dans l'intention d'éviter les chausse-trappes de cet itinéraire obligé. Pour s'occuper des chevaux, il emmenait avec lui Yvon, le jeune palefrenier qu'Eugénie lui avait spontanément proposé pour l'accompagner. Et tout au long du voyage, affichant ses papiers de police et arguant de ses blessures, il obtint de laisser ses chevaux se mêler à l'escorte aux côtés de la diligence lorsqu'il ne montait pas. Car, il lui fallut rapidement reconnaître que, contre sa volonté, il n'était pas en mesure d'affronter une journée entière à dos de cheval.

En dépit de sa hâte de revoir Couraurgues, il était contraint de se ménager une journée entière de repos entre chaque étape. Il en profitait pour écrire longuement à Marthe. La réponse à ses nombreuses lettres expédiées avant son départ pour l'informer de l'infortune de Rosine lui était parvenue de justesse la veille de son départ, quand il ne l'espérait plus. Encore une fois, tant la vie a le don de se répéter, il retrouvait la promesse d'un échange avec elle, après une longue interruption. Elle était bien sa seule amie. Ce qui le rapprochait d'elle, qu'il le voulût ou non, le rendait heureux. La malheureuse histoire d'Apreville, malgré ses écueils, s'avérait être une aubaine.

Sa lettre, la première après plus de deux ans de silence, lui donnait l'étrange impression de rentrer dans sa parole comme on rentre chez soi. Aujourd'hui, et malgré tout ce qui les séparait, Marthe restait la seule vérité de son existence. Quand elle lui avait demandé de l'escorter en Italie, quelques années auparavant, elle l'avait fait comme s'ils s'étaient quittés la veille alors qu'il croyait ne jamais la revoir. Il avait vécu à ses côtés. Il l'avait vu dominer de haut les difficultés rencontrées. Il avait constaté que son implication n'excluait pas un certain détachement, celui, justement, qui la lui rendait si lointaine. Et pourtant c'était à cette époque qu'il s'était senti le plus proche d'elle. Il avait compris alors qu'en dehors de Céleste et de Marthe, les femmes qui étaient passées dans sa vie comme des météores n'avaient été qu'illusion passagère des sens et le resteraient. Marthe possédait le don de le remettre au cœur de sa propre réalité, celle de son passé et de l'amour qui l'avait construit. Elle en était en quelque sorte la garante. Tous les évènements de son existence qui ne concernaient pas cette douloureuse réminiscence n'étaient que leurre.

De cela sans doute lui venait sa sempiternelle mélancolie : il désirait la fuir mais, tenace, elle lui était imposée par une nécessité qu'il ne comprenait guère. Hélas, la mélancolie le définissait mieux qu'un trait de caractère. Elle était comme le nez au milieu de la figure. Et elle ne manquait pas de donner lieu aux cruels sarcasmes de son ami Honoré, qui n'avait pas pour habitude d'épargner son amour-propre.

Malgré le bonheur de ces retrouvailles épistolaires, aujourd'hui comme hier, il continuait de buter contre le mystère de Marthe. Depuis ce jour lointain où elle lui était apparue, enveloppée des voiles de brouillard sur les sentiers du Couron, comme le double éthéré de Céleste, il ne savait toujours pas quelle sorte de femme elle était. Elle l'avait tellement fait naviguer entre réel et irréel, entre passé et présent, et de la vie à la mort, qu'il se demandait si elle l'avait fait par inadvertance ou par cruauté. Il s'était laissé entraîner par elle aux marches d'un monde devant lequel il s'était cassé le nez, ce monde intangible dans lequel il eût aimé entrer à ses côtés. C'était celui où elle vivait quand elle ne s'adonnait pas avec fougue à son engagement politique, à sa passion patriotique ou à ses anciennes amours. Mais ce monde secret, tant convoité, lui restait interdit.

Couraurgues apparut enfin au sortir de la forêt de Terpane, dans la lumière éclatante d'un après-midi de plein été. Le ciel était sans un nuage : dilatant l'espace, il attirait les terres vers lui et leur donnait, par le reflet de son immensité, une grandeur qu'elles n'avaient pas, tandis que la lumière éblouissante éloignait les choses au point de révéler leur part d'inconsistance, cette part illusoire où l'on pouvait se perdre. Debrume eut le sentiment de retrouver, en ce lieu précis, l'homme qu'il avait été jusque là et qu'il avait failli laisser sur le chemin où, durant la longue éclipse de sa conscience, il avait vu s'ouvrir devant lui, à deux battants, les portes de la mort. Le village brûlait d'un soleil rouge dans l'immobilité qu'il lui connaissait et où il avait appris à se reconnaître depuis longtemps. C'était là qu'il avait finalement planté des racines douloureusement extirpées d'une autre terre. Il y avait connu Marthe et par elle retrouvé Céleste. Il y avait réussi à ne pas se renier. Chaque mur, chaque pierre du chemin, chaque touffe de thym, chaque pli de l'air ici en était témoin et le lui répétait.

La corne de brume que le cocher sonnait pour avertir le village de l'arrivée des voyageurs le tira de ses pensées. Il décida de rentrer seul, montant Icare. La patache attendrait les chevaux frais sans lui, pendant qu'il ferait un détour par Combeferres pour voir où en étaient Gigi et son chantier. Il chargea Yvon de porter au brigadier Marino un message griffonné à la hâte, et lui dit de suivre la voiture avec les chevaux, après lui avoir recommandé de l'attendre sur la place en commençant à les bouchonner.

Une certaine émotion accompagnait toujours ses visites à Combeferres depuis l'arrivée des maçons piémontais. Il les avait vu y installer leurs bicoques et y restaurer le puits. Il avait parlé chaque jour avec le puisatier, les maçons, les tailleurs de pierre. Il lui semblait légitime d'éprouver un sentiment de satisfaction comme devant un travail fait par lui-même : en son absence les linteaux des fenêtres, retaillés à l'identique, étaient revenus à leur place initiale ; la charpente avait été montée et les premières tuiles étaient réapparues sur un coin de toit.

La demeure ne tarderait guère à retrouver sa grandiose présence et ses prétentions qui l'avaient rendue si impopulaire à une époque, dans ce pays de rustres. Les hautes croisées doublées de leurs impostes, mais encore privées de menuiserie, lui rendaient déjà un peu de sa majesté, insolite en ces lieux où la parcimonie et la simplicité étaient de mise. Marthe, à son retour, saurait vite rétablir le confort raffiné dont elle avait aimé s'entourer lors de son premier séjour. A nouveau, des feux brûleraient dans toutes les cheminées. On reverrait les fenêtres diffuser leur lumière sur le parvis de pierre, grâce aux multiples candélabres, girandoles et lustres de cristal qui illumineraient les pièces à giorno. Et ce serait comme si une fête devait être donnée chaque soir pour célébrer le passage du jour, le passage du temps ou son retour sur lui-même. Alors, passé, présent et futur se mêleraient en une étrange symbiose, celle qu'il recherchait et qu'il redoutait en même temps. Quand il viendrait rendre une visite à Marthe, il se posterait comme autrefois derrière la fenêtre du salon rose avant de se faire annoncer. Et il reverrait surgir des images aussi palpables que réelles : celle de Marthe, et à ses côtés, Céleste…

Quand Marthe lui annoncerait son retour définitif, ce serait avec des mots bien à elle, peut-être même au cours d'un de leurs silences, cette façon de parole qu'ils avaient inventée et qui ne pouvait exister qu'entre eux. Les jours où il se hasardait à voir la vie en rose, il se persuadait que leur amitié serait enrichie par un contact journalier. Puis il en doutait : y gagnerait-elle le pouvoir de le délivrer de son passé ? Ces vaines questions dans lesquelles il s'enlisait, il savait qu'il était le seul à se les poser. Elles ne concernaient que lui et il ne saurait peut-être jamais les résoudre.

Après avoir fait le tour du chantier, étonné de n'y voir personne au travail, Debrume se proposa d'aller frapper à la porte de Gigi. Il traversa les halliers qui entourent Combeferres et se dirigea vers les baraquements. Le silence qu'il y trouva l'inquiéta aussitôt. En cette chaude soirée, au moment où, si l'on ne s'attardait pas au travail, on préparait la soupe du soir, personne n'avait encore allumé de feu, personne n'était sur le pas de la porte à fumer une pipe. Il eut beau appeler, personne ne vint. La bicoque de Gigi était fermée avec un cadenas. Sous le

murier, sur la table fabriquée à la hâte avec des planches de chantier, une bonbonne de vin avait été renversée et un croûton de pain faisait la joie d'une armée de grosses fourmis noires. Le campement sentait l'abandon. Il continua toutefois de frapper à toutes les portes. Il arriva enfin à la dernière cabane qui se trouvait à l'écart des autres. Un vieillard ouvrit. C'était Pierin', le patriarche de la troupe. Il était un peu sourd, avait l'air malade et tenait à peine debout :
- Ils sont partis, dit-il succinctement en piémontais.
Il fallut lui arracher les explications une à une.
- Il est temps que vous soyez de retour, dit-il en forme de reproche ! Peut-être que vous, le brigadier Marino vous croira… !
Puis le vieil homme évoqua avec force gestes, les derniers événements. Debrume en comprit assez pour conclure que ce qu'il redoutait plus que tout était arrivé pendant son absence.

Il fallait agir mais que faire maintenant ? Il n'était pas sûr que les documents transmis par Elyette suffiraient à cautériser toutes les plaies qui s'étaient ouvertes à Apreville après la mort de Nadège. L'arrestation de Gigi le disait assez. Debrume savait que maintenant, tous, les piémontais comme ceux d'Apreville, étaient en butte à une chose qu'aucun papier, fût-il officiel, ne pouvait atteindre, aucune guerre menée contre elle ne pouvait éradiquer. Cette chose, rencontrée si souvent au cours de sa carrière, il peinait à la définir : « … la folie, oui la folie… comment l'appeler autrement ? répétait-il en lui-même dans son inquiétude. Elle a pris son départ très loin dans le passé et s'est profondément enracinée dans les consciences… Elle sait manipuler la douleur et la souffrance qu'elle déclenche…. Et elle se fait plus forte au fil des années, des générations… se propage telle une épidémie, et sème la mort au passage… Qui sera capable d'arrêter la force dévastatrice qu'elle est devenue en ce lieu si obtusément clos ? »

<u>28</u>

Comme Debrume l'avait supputé, le brigadier Marino ne voulut rien savoir. Il s'accrochait aux preuves, et « les preuves, disait-il, je les ai en mains : les voici ! Que voulez-vous de plus ? » Fier de sa victoire, il brandissait la clé de l'étable d'Hector où la mise à mort avait eu lieu, ainsi que la hache trouvée non loin de l'endroit du supplice de Maître Legal et dont le profil de la lame laissait penser qu'elle n'avait pas été forgée en France. Avec la suffisance des faibles qui découvrent un terrain où se faire valoir, il clamait que c'était lui en personne qui avait sorti cette clé d'un sac de haricots secs où elle avait été plongée par l'assassin, dans le petit réduit attenant à la cabane de Gigi qui servait de resserre.

C'était dans ce réduit que Mamma Marietta conservait la plus grande partie de ses trésors de nourriture. Un gros chat paresseux y était posté jour et nuit et les protégeait de l'attaque des prédateurs, son met favori. Si le chat pouvait parler, il eût révélé l'identité de celui qui y avait déposé la dite « preuve » : n'importe qui pouvait entrer dans ce local ouvert aux quatre vents, cela était d'une évidence à faire pleurer, s'impatientait Debrume. Mais Marino, qui n'aimait pas les chats, resta inflexible.

Le brigadier avait retrouvé, avec ses galons, une assurance qui frisait l'outrecuidance. S'il considérait toujours Debrume comme un glorieux vétéran et l'admirait pour sa vaillance et les brillants résultats de ses enquêtes passées, en son absence il avait eu des décisions à prendre et il les avait prises avec succès : désormais, il pouvait donc se passer de son avis. Ils avaient souvent eu des dissensions dans les enquêtes qu'ils avaient menées ensemble, plutôt par obligation que par choix et ils avaient montré tous deux de la bonne volonté à les dépasser. Mais aujourd'hui, quand Debrume le mettait en garde, le brigadier lui répondait, faisant traîner la voix avec une nonchalance qui frisait l'insolence et montrait que ses remarques ne l'atteignaient guère :

- Voyons, inspecteur, vous me connaissez…, j'ai mes méthodes… ! Vous ai-je parfois déçu ?

Pour arrondir les angles et ne pas être mis à l'écart d'une enquête qui ne lui avait pas été officiellement confiée, et malgré ce ton qui lui mettait les nerfs en pelote, Debrume prenait son air le plus innocent pour s'écrier avec conviction :

- Jamais de la vie, brigadier ! Je connais trop votre légendaire prudence et votre circonspection pour douter de votre clairvoyance ! Je sais que vous gardez toujours à l'esprit que ce qui est le plus évident n'est pas forcément la vérité, et que vous auriez à cœur de chercher ailleurs, s'il s'avérait que certaines personnes semblent trop facilement désignées pour faire un coupable idéal…

Ce dialogue se répéta plusieurs fois, mais en vain. Tandis que Debrume se désolait de voir que les galons du brigadier lui étaient montés à la tête, ce dernier persista encore dans ses certitudes les jours suivants, - des jours entiers perdus, se désespérait l'inspecteur. Marino ne devait sortir de son entêtement qu'à l'arrivée du juge Jobelin qui instruisait l'affaire. Devant la souveraineté de la loi, son assurance céda et il retrouva enfin son humilité.

Jobelin avait toute confiance en son ami Debrume et leur collaboration avait toujours été fructueuse : sur le témoignage de l'inspecteur et de Monsieur le Curé, il n'inculperait pas Gigi de rapt d'enfant. Rosine prolongerait son séjour au couvent des Ormeaux qui continuerait ainsi d'assurer sa protection. Et Gigi resterait en prison, sous inculpation de meurtre. Tant que l'histoire de la clé et de la hache ne serait pas démêlée, cette disposition relevait d'une prudence élémentaire. Vu l'acharnement que l'assassin avait mis à faire accuser le piémontais, la prison était plus sûre aujourd'hui pour lui que n'importe quel autre endroit de la terre.

Comme cela était arrivé d'autres fois, le juge Jobelin avait donné carte blanche à Debrume. Avec lui, il pensait que l'assassin qui avait monté le coup, se sentirait hors de cause grâce à la confirmation de l'inculpation de Gigi et pourrait être amené à faire un faux-pas qui rendrait sa culpabilité évidente. Dans l'obscurité où l'on se trouvait, si rien n'était joué d'avance, attendre était à peu près tout ce que l'on pouvait tenter, même si la passivité de cette disposition laissait Apreville exposé à tous les dangers. Personne n'y était à l'abri de nouvelles attaques car n'importe qui pouvait avoir été, sans le savoir, un témoin gênant. Basile était le plus exposé de tous, étant donné son jeune âge et sa position d'orphelin héritier du domaine : c'était une proie vulnérable que cet enfant qui passait ses nuits à pleurer, insistait le Juge. Bref, celui qui n'avait pas hésité à se débarrasser de Maître Legal en lui faisant subir une mort atroce et qui avait eu assez d'habileté pour reporter la faute sur un autre, avait les mains libres. Et Debrume trépignait de devoir rester bras croisés, en attendant d'être appelé à constater un nouvel homicide.

Car Maître Legal, avait bel et bien été assassiné, les résultats de l'officine ne laissaient aucun doute. Hector, le taureau d'Apreville avait été l'arme insolite de ce meurtre absurde. L'imagination du tueur était sans doute proportionnelle à la puissance de ses motivations. Or, on ne savait rien de ce qui avait pu provoquer cette exécution. Pas de mobile, pas de suspect… et Gigi qui croupissait en prison !

Debrume se reprochait sa longue oisiveté de ces dernières années qui lui avait fait perdre son pouvoir de déduction et sa faculté d'observation. Il maudissait le sort qui l'avait destiné à ce métier pour lequel il n'avait aucun don : découvrir des certitudes aux fondements solidement ancrés dans la réalité allait à l'encontre du cheminement naturel de ses pensées, qui n'étaient dirigées que par le doute et n'aboutissaient jamais qu'à la confirmation du doute. Bref, il se félicitait d'avoir donné sa démission avant d'avoir fait enfermer trop d'innocents. Mais la vie s'obstinait à mettre des cadavres sur son chemin, comme si elle voulait le rappeler à l'ordre, son ordre à elle, celui qu'elle avait choisi pour lui. Et par indolence et incapacité à imaginer une autre existence, il la laissait décider à sa place.

Pourtant, il lui semblait avoir eu, à un certain moment, quelques éléments en main aptes à démontrer la raison de ce meurtre. Mais ces éléments étaient fugaces, insaisissables, perdus dans le brouillard de son esprit. Comme s'il cherchait sa pipe égarée ou un mot oublié dont il ne parvenait pas à cerner la sonorité, il n'arrivait pas à mettre la main dessus. Néanmoins, ils existaient quelque part.

Si son voyage en Camargue l'avait convaincu que les vicissitudes secrètes de la vie d'Aimé Linguier avaient un lien avec les derniers événements d'Apreville, ce lien restait impalpable : on ne savait pas ce qu'était devenu Aimé. Lors du dernier convoi qu'il avait organisé pour Saorge, il avait quitté les contrebandiers en un point précis du trajet, mais il n'était pas pour autant reparu à Apreville où on affirmait ne pas l'avoir revu. Le bruit avait couru qu'il avait disparu en mer et Nadège elle-même semblait en avoir été persuadée. Aujourd'hui, Nadège était morte. La rumeur tombée sous la dent des villageois avait fait le tour du village et s'était transformée en certitude comme souvent il advient des rumeurs. Certains, qui n'avaient jamais vu la mer, avaient même raconté le naufrage comme s'ils y étaient. Car ce destin tragique allait comme un gant au ténébreux et quelque peu fantasque maître d'Apreville. Une fin digne de lui en quelque sorte, qui satisfaisait tout le monde.

Debrume, tant on aime rapporter à ses propres désirs les désirs des autres, se plaisait à penser qu'Aimé s'était volontairement volatilisé pour se soustraire à une vie qu'il n'aimait pas, dans l'intention d'en changer. Oui, cela il pouvait tout à fait le comprendre parce qu'il en avait lui-même chaque jour la tentation. Mais l'inspecteur qu'il avait été et qu'il restait encore ne pouvait l'admettre, car il eût fallu des preuves, une fois de plus : or, il n'en avait pas trouvé l'ombre d'une. Le naufrage était pure invention, il en avait eu la certitude en Camargue.

Restait ce qu'il appelait maintenant le testament de Nadège. Dans l'attente de son ouverture officielle, le mystère perdurait autour de cet ensemble de documents dont Debrume attendait beaucoup, espérant avec ferveur que ses révélations dirigeraient l'enquête vers une voie nouvelle. Il y pensait avec obstination, comme il pensait aux photographies d'Apreville de son ami Honoré qui continuaient de l'obséder. Ce gros dossier demeurait inviolable mais son secret était palpable dans sa confection même : il se composait de plusieurs chemises scellées et soigneusement ficelées à l'aide d'un lien fin mais solide attaché en double par une main experte en nœuds. Une épaisse enveloppe, dont la suscription était de la main de Nadège, était insérée entre la ficelle et le carton, et un sceau y était également apposé. Mais il fallait attendre pour voir dévoilé le secret de la dame d'Apreville. Or, le temps pressait et l'obscurité se maintenait, tellement opaque que le découragement dû à son impuissance gagnait chaque jour un peu plus l'inspecteur.

Dans la lettre qu'elle lui avait adressée, Nadège avait précisé que le document devrait être ouvert après son décès, devant notaire, en présence du juge Jobelin, de Marthe Regardini ou de l'inspecteur Debrume qui la représenterait, ainsi que de sa sœur, Elyette de Montbazin : « Elle est la plus proche parente, et il va falloir régler le problème de la succession mais aussi de la tutelle avait dit Maître Trabon..., ils sont mineurs tous les deux... » La présence des enfants, Basile et Rosine, était résolument exclue. Le rendez-vous avait été fixé trois jours après le retour de Debrume. C'était le bref délai qui lui restait pour tenter encore une fois de faire la clarté sur l'affaire.

Il s'était donc remis à surveiller Apreville jour et nuit. Il ne dormait plus. Il connaissait par cœur les rites de Basile qu'il avait retrouvés identiques à eux-mêmes : il pouvait réciter ses litanies en même temps que lui, même s'il n'en percevait que des bribes éparses et dépourvues de sens, des sortes de formules semblées tout droit sorties d'un conte fantastique, d'abord marmonnées à voix basse, puis répétées en *crescendo*, « ... puissance absolue... bras armé de la guerre... force vive... force du Mal... ! » Et le garçon dirigeait ses regards éblouis vers le trophée de taureau, comme s'il attendait de lui quelque manifestation de compassion. Après quoi, il ne manquait jamais de se mettre face contre terre, couché dans un rectangle de pierre et encore une fois, Debrume voyait son dos secoué de sanglots. Cela durait des heures sans interruption.

Vers le lever du jour, l'enfant se levait. Un peu hagard, comme sortant d'une séance d'hypnose. Il faisait quelques mouvements pour dégourdir ses membres, puis revenait à un certain pragmatisme : une à une, il ramassait les pierres qui avaient délimité l'emplacement de son corps et allait les cacher dans un buisson, non loin de là, les changeant de place de jour en jour. Il décrochait ensuite le trophée, l'élevait au ciel tel l'officiant au moment de l'offertoire, accompagnant ce geste d'une dernière répétition de ses formules incantatoires pour le saluer. Puis, sans plus de ménagement, il enfilait l'objet dans un sac de chanvre qu'il allait déposer derrière un buisson accroché à la muraille : celui-ci cachait un trou creusé dans la paroi de pierre dont l'existence avait échappé jusque là aux investigations de Debrume. Bref, tout cela se répétait de manière identique chaque nuit, exactement comme avant le départ de l'inspecteur et probablement pendant tout le temps de son absence.

C'était seulement après avoir jeté un regard aigu autour de lui pour s'assurer de n'avoir rien oublié que, sans transition, le garçon filait à toutes jambes : il avait soudainement retrouvé sa vitalité et son exubérance de jeune montagnard. Dans cette course, Debrume ne pouvait le suivre, mais d'après le temps calculé, il savait que Basile arrivait à Apreville au moins deux heures avant la cloche du déjeuner. Sans doute s'enfermait-il alors dans sa chambre. Il faisait encore nuit noire. Les domestiques n'étaient pas levés. Qui parmi eux était au courant de son manège ? Le garçon ne reparaissait sur le seuil que tard dans la matinée.

Pendant le temps de la course de Basile, Debrume faisait un détour avec Icare qui avait la courtoisie de ne jamais broncher comme s'il avait compris ce qui était en jeu pour son maître. Non sans avoir trouvé un coin de trèfle pour occuper son doux compagnon et le récompenser de sa compréhension, l'inspecteur se postait au cœur des halliers qui bordent les grands pâturages du domaine, juste face à la bastide. C'était à ce poste de prédilection qu'il attendait le lever du jour.

Dès que pointait la première lueur de l'aube, la bastide reprenait vie. Debrume observait les habitants d'Apreville du bout de sa lorgnette. Il faisait le recensement des petits rites familiers qui se renouvelaient chaque matin. Il connaissait maintenant les habitudes de chacun, le va et vient aux écuries et aux étables montrant que les rôles ne changeaient jamais. Bénédicte et les femmes de chambre ne paraissaient que plus tard.

La première personne à être partout et à tout moment était Casimir qui prenait très à cœur le rôle de régisseur dont il avait tout naturellement hérité à la mort de Maître Legal. Debrume suivait ses gesticulations, ses hurlements quand il donnait des ordres, et tout à coup, l'agitation et l'autorité que l'homme déployait lui parurent suspectes. Plus que tout autre, Casimir avait intérêt à voir disparaître Maître Legal. Ce dernier avait usurpé la fonction que Maître Linguier lui avait confiée autrefois. Intelligent et fourbe, jaloux de Gigi avec qui Bénédicte semblait avoir quelque peu frayé, il avait toutes les raisons de vouloir le piéger. Incidemment, Debrume avait appris de Marino que Basile n'était pas le seul à approcher Hector : Casimir aussi avait ce pouvoir. Plus que quiconque, il avait pu manipuler l'arme du crime. Aujourd'hui, plus que tout autre parmi les habitants du domaine il semblait bénéficier du drame d'Apreville, de même que sa promise, Bénédicte. Mais la culpabilité de Casimir n'était qu'hypothèse : encore une fois, Debrume ne pouvait avancer aucune preuve.

Egaré dans ce lacis de réflexions qui ne le satisfaisaient pas, l'inspecteur en perdait le peu de sommeil que lui permettait chaque nuit, ou plutôt chaque matin. Même si cela froissait son esprit rationnel, il en était à se demander s'il fallait imaginer des forces maléfiques intervenant dans les affaires des vivants...

Toutefois, sa surveillance, bien qu'assidue, ne lui apprenait pas grand-chose. Il voyait de plus en plus lui échapper la possibilité de disculper Gigi, bien que le juge pensât comme lui que celui-ci avait été victime d'une grossière machination. Les documents de Nadège restaient donc bien le seul espoir, une piste sans garantie de résultat, mais il ne restait qu'elle.

C'est pourquoi, jugeant sa surveillance totalement inutile, le cœur serré par cet échec qu'il subissait comme un déshonneur, Debrume rendait les armes, ajoutant à la honte de l'échec, celle du renoncement et de la lâcheté. A la veille de l'ouverture du testament de Nadège, vidé de ses forces, le corps meurtri autant que l'âme, ne sachant plus quoi faire de lui-même, le solitaire qu'il était avait grand besoin de compagnie, celle d'Icare montrant parfois ses limites. Il décida de passer cette veillée d'armes auprès de son ami HD, l'homme discret et l'ami fidèle qui avait si souvent été de bon conseil. Il avait plus que jamais besoin du réconfort que celui-ci avait toujours su lui prodiguer lors de leur longue amitié avec toute la délicatesse et la chaleur qu'il lui connaissait.

C'est en rangeant sa lorgnette dans son fourreau que l'idée lui vint de faire un détour par le puits de la Font avant de se rendre chez son ami : Bénédicte venait d'y diriger ses pas comme tous les jours à cette heure du crépuscule. Il avait de quoi faire peser un lourd chantage sur elle qui avait été vue si souvent en compagnie de Gigi, au puits ou autour de chez lui, comme Pierin' le lui avait à nouveau affirmé récemment. Il la questionnerait et si elle ne voulait pas lui répondre, il aurait au moins le plaisir de la torturer un peu et de lui faire ravaler sa morgue. Piètre compensation, mais c'était la seule qu'il avait trouvée.

<u>**29**</u>

« *...ripensando al dolce ben ch'io lasso ... »*
Pétrarque XV

Journal

Plus que quelques heures avant l'ouverture du document de Nadège...

Elyette est arrivée tard dans la matinée. Elle a pris ses quartiers à l'auberge. En la revoyant, j'ai ressenti aussitôt cette sorte d'apaisement qui accompagnait son image dans mes délires... J'ai parlé d'elle à Honoré. Et de fil en aiguille, tels des adolescents abordant les sujets interdits, nous avons passé la nuit à parler des femmes. Je n'ai pas dormi. Depuis combien de nuits maintenant n'ai-je plus fermé l'œil ?

Quelque chose m'a poussé à évoquer Evangéline, nos ébats, leur extravagance, l'assouvissement indicible qu'ils me procuraient, la place qu'ils avaient prise dans mon souvenir, mes regrets d'avoir fait trop peu de cas de cette relation quand elle a eu lieu, de l'avoir considérée, avec cette force de persuasion qui me vient parfois, comme une simple « évidence » passagère et sans importance.

« Ah !, la jolie marquise ! » m'a-t-il répondu seulement. Et, bien qu'il ne soit pas très enclin à parler de son passé, il s'est montré intarissable. Lui aussi avait succombé aux charmes de la belle : liaison torride, une des grandes joies de son existence, peut-être la dernière a-t-il dit..., la seule chose qui lui ait fait regretter d'être devenu un vieil homme. « Cher ami, les femmes débordent de ces dons qu'elles tiennent de leur créateur et c'est un véritable péché contre Dieu que de ne pas s'appliquer à leur rendre hommage. Aimer les femmes, c'est aimer la vie et tout ce qui vit sur terre. Les vénérer : voilà à quoi nous devrions passer notre temps ! Cela aurait plus de sens que de marcher sabre au clair sur l'ennemi pour le dépecer, lui qui, somme toute, est issu, tout comme nous, du corps d'une femme... »

Comme moi, hier soir il n'avait qu'une envie, c'était, en appelant à nous encore et encore le souvenir d'Evangéline, de la voir ressurgir à nos côtés, dans tout l'éclat de sa beauté. Serait-il capable, malgré le pragmatisme dont il se vante sans cesse, de ne se nourrir lui aussi que de rêves ? Nous sommes restés tous les deux les yeux dans le vague à convoquer l'image de la jeune femme cruellement assassinée. Les vapeurs d'alcool nous ont aidés. Pendant quelques instants - trop brefs - j'ai senti renaître l'emprise de son charme, la splendeur de sa lumineuse jeunesse. Je m'abandonnais au prodige avec ce merveilleux sentiment de non appartenance qui m'avait bercé pendant les jours heureux passés auprès d'elle naguère. Et ce fut délicieux, bien qu'illusoire.

Dans un murmure, Honoré continuait et je l'entendais à peine : « Cet été là, Augustin la surveillait comme le lait sur le feu. Il a failli en devenir fou. Elle adorait se jouer de lui. Ce n'était pas par cruauté, non. Elle disait qu'en lui offrant des mirages à revendre, en bousculant ses souvenirs, elle rendait quelque attrait à sa pauvre vie pleine de malheurs, car elle connaissait son histoire. Sa provocation n'était que générosité. Il faut dire qu'elle aimait le jeu pour lui-même. Elle aimait se jouer de tout : la vie, la mort, l'amour, la folie, le risque, la vérité, le mensonge… Elle ne faisait aucune différence entre les choses les plus graves et les plus dérisoires. Elle était d'une rare intelligence et d'une grande sagesse : elle avait compris que tout valait la peine d'être vécu, même la souffrance, et que rien n'avait d'importance, surtout pas la mort. Ce qui comptait c'était de vivre avec légèreté, de devenir impalpable à force de légèreté. Et pour la légèreté, croyez-moi, elle en connaissait un rayon ! ».

Comme à moi et aux autres, Evangéline lui donnait rendez-vous sur les pentes les plus escarpées du Couron. Elle adorait ces jeux de cache-cache entre les rochers auxquels tous ses amants se sont prêtés sans rechigner. Personne ne pouvait refuser quelque chose à

Evangéline : la valse, c'était elle qui la menait. A la fin tout le village, (les hommes comme les femmes), savait à quel point le jeu en valait la chandelle. Ils auraient marché sur la tête si elle le leur avait demandé. « Je n'ai pas été plus malin que les autres répétait HD. Elle nous a tous réduits à la même figure de mâle pantelant et désarmé qu'elle seule avait le pouvoir de rassasier. L'apaisement n'était hélas que provisoire : sans cesse elle devait remettre sur le métier son ouvrage. Et elle s'y employait avec ardeur afin de ne jamais laisser l'un d'entre nous dans le désespoir. » C'est cette prodigalité qui lui a coûté la vie, concluai-je.

Et, bien que sachant tout cela par cœur, nous avons continué, Honoré et moi, à nous remémorer les dons d'Evangéline, la générosité de son cœur, de ses formes, ses manières directes mais jamais vulgaires, son incandescente impudeur, sa grâce. Nous nous sentions ridicules à force de louanges, mais quelle importance ! Nous éprouvions une joie douloureuse à ressasser nos souvenirs, même si, au bout du compte, ils ne faisaient que soulever le parfum d'amertume que laisse derrière lui le temps passé, ce temps qui tombe en poussière après que nous l'avons vécu, et qui a même la faculté d'effacer les traces de sa propre poussière, de sorte qu'il ne reste rien de lui.

La lune avait disparu depuis longtemps et le jour était sur le point de se lever. Comme nous n'avions pas sommeil, nous avons eu la prétention de tirer les conclusions de nos divagations. C'était tout simple : la vie nous a privés d'un trésor en nous enlevant Evangéline et si certains n'ont pas été assez circonspects pour se rendre compte de ce qu'elle était, tant pis pour eux. Honoré n'a pas de tels regrets. En fait, il n'a jamais de regrets : revenir au passé, baigner dans la nostalgie, ce n'est pas vivre, répète-t-il sans cesse, et s'il le fait de temps en temps, comme lorsqu'il évoque son enfance, c'est seulement pour être bien sûr qu'il est passé à autre chose. C'est sa manière de tourner définitivement la page, un besoin comme un autre de mettre les points sur les i et de faire du rangement dans sa tête afin d'aborder sereinement l'avenir.

Mais hier soir, contre sa nature, la nostalgie le submergeait. J'ai senti qu'il y avait autre chose derrière elle. En effet, après avoir tourné un moment autour du pot, il a fini par m'avouer que l'hédoniste qu'il a toujours été n'a pas pu s'empêcher, pendant sa relation avec Evangéline et sachant son importance, de faire quelques réserves de bonheur pour l'avenir. Une telle beauté devait être immortalisée : il l'avait donc photographiée sous toutes les coutures, et elle s'était prêtée avec délectation à ce nouveau jeu. Tel un enfant fautif et rougissant, il m'a mis sous le nez des daguerréotypes enveloppés de papier de soie et bien sûr, j'ai chaviré. Mais le vieux filou les a aussitôt rangés et m'a fait jurer de n'en parler à personne.

Cependant, il fallait bien tirer un trait sur nos élucubrations nocturnes : « Je l'ai aimée après des années de vide et de tristesse, avec tout l'élan de mes sens retrouvés et l'avidité du noyé qui sort de l'eau et qui cherche sa respiration. Comme tous ses amants, je n'ai été, certes, que le jouet fragile de mes sens. Car, dans l'amour avec Evangéline, le cœur n'entrait guère. L'amour avec elle n'était qu'une fête sans complication, un hommage rendu à la beauté de la vie. Je voue une reconnaissance infinie à cette jeune femme hardie qui savait appeler un chat un chat sans perdre une once de son charme et de son mystère. Contrairement à vous, je n'ai jamais rien su des autres vies d'Evangéline qu'elle menait tambour battant. Mais, libre comme elle était, il était évident que cela finirait mal pour elle, l'égoïsme des hommes n'étant que ce qu'il est. Vous en avez, hélas, été le témoin en Italie. La prodigalité, le don de soi, c'était sa liberté. Et la liberté a un prix. »

Tout en réchauffant son sempiternel café dans son toupin de cuivre sur le poêle dont il venait de raviver le feu (il a les mêmes manies que moi), craignant tout à coup d'avoir trop parlé de lui, il n'a rien trouvé de mieux que de remettre mon problème sur le tapis : « Qu'en est-il de vos tergiversations, m'a-t-il demandé et, pour une fois, sans ombre de moquerie ? Je vous connais depuis longtemps. J'ai vu votre bref bonheur, son anéantissement, votre désespoir après la mort de votre jeune épouse. Je vous ai surpris à la chercher dans toutes les femmes que vous avez rencontrées. Et vous en avez côtoyé beaucoup. Puis un jour il vous a semblé la voir dans la personne de Marthe. Hélas, aujourd'hui vous en êtes toujours au même point. Vous n'avez jamais eu le courage de lui dire simplement que l'amour renaissait grâce à elle, à travers elle et pour elle. Vous avez préféré fuir en tombant dans les bras d'Evangéline, ce qui a failli vous coûter bêtement la vie à vous aussi. Maintenant Elyette vous émeut. Vous n'êtes pas encore arrivé « nel mezzo del cammin di nostra vita *» comme dit le poète : il n'est pas encore temps de refuser simples sentiments et justes désirs. C'est la seule chance d'aller vers un bonheur capable, bien qu'illusoire, de nous laisser entrevoir un petit bout d'éternité… Enfin, je m'entends, je parle d'une éternité qu'on partagerait avec les anges sans qu'elle aille se perdre dans le dédale des croyances absurdes des hommes… Allez, mon vieux ! Ne restez plus le cul assis entre deux chaises, que diable ! Cessez de vous tourmenter et décidez-vous ! Le temps passe si vite… et il apporte tant de malédictions ! Laissez de côté les fantômes, mon ami !»*

HD a le don de mettre le doigt sur mes vraies plaies, convaincu que les contingences me servent d'excuse. Aujourd'hui pourtant, j'ai d'autres soucis : je dois faire disculper ce pauvre Gigi avant qu'il ne finisse sur l'échafaud. S'il devait lui arriver malheur, Marthe ne me le pardonnerait pas. Or, son opinion à mon sujet, son estime me tiennent à cœur. Et donc, même si ce joyeux drille de HD n'a pas tout à fait tort, - lui qui prétend que sa discrétion légendaire l'empêche de se mêler des affaires des autres -, je maintiendrai à tout prix le cap, parce que je ne saurais faire autrement : ma vie n'est que ce modeste chemin. Je ne peux en prévoir les déviations, les méandres et les écueils, mais je dois le suivre, parce que je n'ai que lui.

Alors que tout le village ne pensait qu'à accabler Gigi, un modeste chapeau allait changer la donne.

Combeferres était désert : les piémontais maintenaient leur siège de la prison de V durant le jour et passaient la nuit hors les murs, à la belle étoile. Le vieux Pierin' resté seul au camp était si mal en point que Debrume lui avait envoyé le docteur Courbet, à peine plus valide que lui, pour soigner sa vilaine blessure.

La plaie n'était pas belle et cicatrisait mal, les soins étaient longs et douloureux. Le médecin crut d'abord que les hurlements de son patient n'étaient dus qu'au vigoureux traitement médical qu'il lui faisait subir. Mais, parmi les cris de douleur de Pierin', il finit par identifier de violentes vitupérations qui n'étaient pas dirigées contre lui. Malgré une compréhension partielle de son idiome, il y perçut une haine redoutable contre les habitants d'Apreville. Quand il finit par démêler que leur intrusion régulière dans le camp avait donné lieu à des batailles rangées où le vieil homme avait reçu cette mauvaise blessure aujourd'hui gagnée par la gangrène, il décida d'alerter Debrume.

L'inspecteur et le juge vinrent interroger le malade. Pierin' confirma que les violents échanges avec Apreville étaient cause de tous ses malheurs. Il fallut toutefois lui arracher l'aveu de ce qu'il considérait comme une honte : les longues conversations que Gigi échangeait avec Bénédicte, la future épouse de Casimir, qui lui rendait visite presque tous les soirs à l'heure de l'angélus : « En Piémont on tue pour moins que ça… Quand un fiancé vient à savoir que sa promise parle à un autre homme, c'est le couteau ou le fusil. Ici, nous sommes des proscrits. Je l'ai dit mille fois à Gigi : nous ne devons pas bouger une oreille ou les geôles de la république nous seront ouvertes, comme nous ont été ouvertes celles de l'empereur. Mais Gigi continue de faire le joli cœur avec la belle… Depuis qu'il est en France, il a oublié sa condition : il ose même parler à un Maître d'égal à égal ! » Et de fil en aiguille, toujours dans son dialecte, Pierin' en vint à évoquer les visites du Maître d'Apreville qu'il reconnaissait de loin à son chapeau, si différent des chapeaux des natifs du pays : « Et je les connais bien les chapeaux, j'ai été formier dans ma jeunesse ! »

C'était cet homme au chapeau noir que Pierin' redoutait le plus, ce Maître d'Apreville, parce qu'il avait montré plusieurs visages envers eux. Il avait été le premier à leur rendre visite et avait d'abord été généreux. Or, Debrume savait que, grâce à l'intervention de Mademoiselle Marthe, Gigi avait obtenu de lui l'autorisation de tirer de l'eau du puits de la Font. Après ces cordiales tractations, une année ou plus avait passé sans qu'on ne le revoie. Puis récemment, il était reparu. C'était bien lui. Pierin' pouvait décrire son chapeau avec la minutie des spécialistes. Son orgueil de Maître l'empêchait maintenant de s'approcher des cabanes : c'était Gigi qui allait vers lui comme s'il était à sa botte. L'homme ne se montrait plus dans les mêmes dispositions à son égard : un soir, du haut de sa monture, il l'avait frappé de sa cravache. Ses compagnons avaient voulu intervenir. Un signe de Gigi les avait arrêtés.

Quand était-il venu pour la dernière fois ? Quel jour ? Pierin' ne savait le dire. C'était le soir au crépuscule, entre chien et loup, voilà tout. Mais il l'avait vu aussi en pleine nuit, ce chapeau : l'homme sortait de la minuscule resserre de Mamma Marietta. Il s'était demandé quel intérêt un Maître, qui ne manquait assurément de rien, pouvait trouver à ce réduit, mais c'était pourtant bien lui le Maître d'Apreville avec son chapeau. Aucun doute, malgré sa mauvaise vue, Pierin' avait l'œil pour les chapeaux : il avait passé sa jeunesse dans l'atelier de son grand-père, chapelier à Turin pendant la période faste de sa famille avant qu'elle ne soit proscrite pour raisons politiques. L'homme était parti en courant dès que Pierin' l'avait appelé. A cause de sa patte folle, celui-ci n'avait pu le suivre. Et il retournait sa colère contre lui-même, maudissant les maux dus à son âge.

Hélas, si Pierin' pouvait donner mille détails au sujet d'un couvre-chef, il lui était impossible de préciser si cette visite nocturne avait eu lieu avant ou après la mort de Maître Legal. Pour lui désormais, les journées étaient toutes identiques : le passage du temps lui était devenu indifférent. Les événements, importants ou non, il les laissait se diluer dans l'ordinaire des jours. Depuis que la vieillesse était venue, il avait su qu'il ne devait plus accorder d'importance aux fariboles du calendrier, jours de la semaine, mois, nombre d'années, fêtes religieuses lourdes de souvenirs parfois douloureux. Aujourd'hui, son temps était révolu. Et à son âge, si on se mettait à faire le décompte des jours qui vous restaient à vivre, on finissait par ne plus exister ou par devenir fou. C'est pourquoi il n'avait aucune idée de la date de l'arrestation de Gigi, ni de celle des visites du Maître d'Apreville. Il était sûr d'une seule chose : il avait vu le chapeau, un chapeau comme personne n'en porte ni ici ni en Piémont, le chapeau du Maître d'Apreville, le seul de ce pays.

Marino le connaissait bien, ce chapeau : « C'est celui d'Aimé Linguier. Il l'a ramené de Camargue à son premier voyage et ne l'a plus quitté. Or, on n'a plus revu Linguier à Apreville depuis plus d'un an et donc, ni avant ni après la mort de Maître Legal. Si Pierin' a vu ce chapeau à Combeferres, c'est qu'Aimé Linguier est toujours vivant et qu'il se trouve dans les parages : il est revenu hanter les lieux pour se venger. Il fallait bien que ça arrive… Comment… ? Vous ne savez pas ? C'est facile, vous n'avez qu'à écouter ce qui se dit au village : Madame Nadège n'était pas un ange, Dieu ait son âme ! »

Marino avait, comme on le sait, le don des oraisons funèbres. Il avait aussi besoin de preuves concrètes pour prouver ses capacités d'enquêteur. Hélas, la hache et la clé qu'il avait brandies avec conviction sous le nez de Debrume comme preuves irréfutables, l'inspecteur et le juge les tenaient maintenant pour fausses. Et contre eux, il ne faisait pas le poids. Il voyait donc apparaître avec jubilation l'ombre d'une nouvelle pièce à conviction : un chapeau qui, parce qu'il était unique en ces lieux, faisait le coupable.

Ayant recouvré son assurance et son besoin d'action, le brigadier proposa d'organiser une battue afin de retrouver Aimé Linguier. Il appréciait particulièrement cet exercice qu'il avait pratiqué avec enthousiasme lors de précédentes enquêtes et la suite prouva qu'il n'était pas le seul : tout le village le suivit comme un seul homme. L'occasion était trop belle. Après avoir été exclus depuis des années des histoires scabreuses d'Apreville dont on parlait au coin du feu et seulement quand les enfants étaient couchés, on avait enfin quelque chose à se mettre sous la dent. C'était évident, Aimé Linguier était bien le coupable. De plus, on ferait d'une pierre deux coups puisque, en le retrouvant, on retrouverait Rosine. Car une question sous-jacente était venue à l'esprit des pères de famille et circulait maintenant dans les rues du village, de bouche à oreille, une question qui faisait trembler hommes et femmes de peur et d'indignation : qu'avait fait ce monstre de sa propre fille ? Que pouvait-il faire encore à d'autres fillettes, tant qu'il n'était pas sous les verrous ?

Dans une excitation et un élan identiques à ceux qui les animaient lors d'une battue au sanglier, les villageois se rassemblèrent sur la place du village. Marino forma les équipes.

Ils étaient prêts à partir à l'assaut armés jusqu'aux dents, avec l'intention de ne laisser aucune chance à ce barbare qui vivait clandestinement dans les bois depuis des mois au nez et à la barbe de tous, et qui narguait la justice des hommes après avoir fait justice lui-même pour assouvir son besoin de vengeance sans se soucier des lois. Debrume les observait en se demandant si les plus virulents n'étaient pas ceux qui, au cours de leur vie, avaient été tentés de faire comme Aimé Linguier sans avoir osé sauter le pas. Ils avaient l'air nombreux...

La question de la vengeance d'Aimé était de taille et ne laissait de repos à personne. Certes, ni le juge ni Debrume n'imaginaient qu'elle avait poussé le présumé coupable à prendre le maquis comme un bandit des grands chemins et ce, afin de mettre de l'ordre chez lui. Malgré les hypothèques, le domaine lui appartenait et il restait le seul Maître d'Apreville. Legal n'était que son subordonné. S'il avait repris sa place au sein de sa famille, Linguier aurait pu se venger avec plus de facilité et de façon plus discrète.

Mais la rumeur enflait et Marino s'en faisait maintenant le porte-parole convaincu. Il réfutait avec véhémence la possibilité de tout autre suspect et en particulier de celui que Debrume avançait sans hélas pouvoir apporter des preuves aussi probantes que celle du chapeau.

En effet, après ses dernières investigations du côté d'Apreville dont l'inspecteur avait rendu compte au juge, les deux hommes portaient maintenant toute leur attention sur ce fiancé aussi jaloux que futé qui avait pu pousser la subtilité à faire accuser un rival du meurtre qu'il venait de perpétrer sur Maître Legal, et ce, afin de s'emparer de la direction du domaine. Il avait toutes les raisons du monde : les noces de Casimir avaient été compromises à peine officiellement annoncées quand le poste de régisseur lui avait été soufflé par Maître Legal. Et quoi de plus facile que d'emprunter un chapeau, celui de gardian rapporté de Camargue par Aimé, qu'on ne devait pas tenir sous scellés à Apreville ? Par ailleurs, il pouvait y avoir plus d'un chapeau de ce genre dans cette grande demeure. Restait à savoir combien de chapeaux Aimé avait rapportés de Camargue.

Toutefois, le témoignage du vieux Pierin' avait du bon : il avait vu un inconnu entrer dans la resserre. Il était évident que c'était cet inconnu qui, après avoir volé la hache de Gigi, était venu déposer la clé dans la jarre de lentilles afin de le faire accuser. Mais Debrume avait beau maintenir que Casimir, au courant des visites vespérales de sa promise au beau piémontais, avait toutes les raisons de commettre ce meurtre, Jobelin lui-même restait dubitatif. Aimé Linguier était le coupable tout désigné. Pour tous, le mystère de sa disparition correspondait à l'idée qu'on se faisait de lui, celle d'un homme autoritaire et dur, âpre en affaires mais assez couard pour préférer la fuite au lieu d'affronter l'ennemi de face afin de laver son honneur dans le sang.

Avant de courir derrière le coupable qu'un chapeau avait trahi, et pour calmer les élans de Marino et des pères de famille maintenant terrorisés au sujet de la vertu de leurs filles, Debrume proposa de retrouver l'objet, seule pièce à conviction pouvant être identifiée par un témoin. Il ne pouvait être qu'à Apreville. Ou alors, sur la tête de Linguier et quelque part ailleurs. Ainsi d'ultérieures recherches seraient-elles justifiées. L'affaire du chapeau prenant des proportions dérangeantes, le juge Jobelin se laissa convaincre et lança une perquisition.

On fouilla la demeure et ses dépendances avec minutie. Tous les chapeaux qui se trouvaient à Apreville furent amenés sur le parvis et rangés en rang d'oignon. On fit venir Pierin' qui connaissait toutes les formes de couvre-chefs existantes, ovale-normal, ovale-allongé, ovale-rond... Il les examina l'un après l'autre : aucun des chapeaux d'Apreville n'avait de parenté avec le fatidique chapeau qu'il avait vu sur la tête du visiteur nocturne. Tout y était différent, la forme, les bords, les liens qui n'existaient pas sur ceux qui étaient devant lui. Il n'y avait là que des chapeaux de feutre déformés par les intempéries, des chapeaux à large bord et à calotte creuse, les chapeaux de paille grossière des domestiques et les chapeaux de soie que leur maître portait les jours de fête ou quand il quittait Apreville, haut-de-forme et autres chapeaux de paille d'Italie... Pierin' était sûr de son fait : le chapeau du Maître d'Apreville, l'homme qui venait régulièrement chercher des noises à Gigi à la tombée de la nuit et qu'il avait vu sortir de la resserre de Mamma Marietta n'était pas parmi ceux-là.

Après ce verdict, la battue pouvait donc avoir lieu. Avec l'ardeur de ceux qui se croient du bon côté de la morale et la conviction qui avait fait défaut quand on l'avait cru disparu en mer, on rechercha Aimé Linguier. Pour le coup, les piémontais étaient devenus des témoins dignes de foi. Certains poussaient même jusqu'à déplorer leur absence à la battue.

Le premier à le faire, mais pour une tout autre raison, c'était Debrume : en se volatilisant, les piémontais avaient laissé le chantier à l'abandon. La désolation la plus totale y régnait. Les travaux avaient été suspendus en plein cours d'exécution, les acteurs ayant disparu comme sous le coup d'un sort jeté par un sorcier maléfique. La charpente, partiellement montée, n'avait pas été couverte. Le bonhomme dressait sa carrure solitaire au milieu de la forêt de poutres, chevrons et solives bien ordonnés mais inutiles. Quelques tuiles seulement avaient été posées, comme par inadvertance, sur le côté ouest de la maison. Les autres gisaient en attente au pied des murs maîtres, à côté de tas de gravats à l'abandon. Au rez-de-chaussée, une seule fenêtre protégeait avec obstination une unique pièce à l'extrémité est de la façade qui n'avait pas de toit. Et cette incohérence, - les tuiles couvrant une pièce sans fenêtre côté ouest, tandis qu'une autre pièce à ciel ouvert possédait déjà sa fenêtre côté est -, était un mauvais présage, comme si le chantier était tombé dans les mains d'un maître d'œuvre fou. Il faudrait attendre encore longtemps pour voir la maison renaître dans son harmonie primitive, avec son intérieur douillet, ses parquets dorés, la soie rose du petit salon capitonnant les murs, les cheminées mêlant leurs fumées à l'air saturé dz l'humidité des brouillards cotonneux montant de la plaine, les lourds après-midi de l'été finissant.

Pour Debrume, cette débandade n'avait qu'une signification : Marthe ne reviendrait pas de si tôt à Combeferres. Il voyait s'écrouler un rêve. Dévasté par les travaux non terminés, le lieu avait définitivement perdu la magie qui avait fait naître des images, telles celle de Marthe et de Céleste se tenant face à face, reflet l'une de l'autre, et brodant au coin du feu dans le petit salon illuminé. Cette scène irréelle, il l'avait observée autrefois comme si la maison était encore debout, des années après l'incendie qui avait ravagé Combeferres et mis en fuite Marthe et ses gens, alors que les ronces et le lierre avaient déjà envahi les tronçons de muraille noircis. Aujourd'hui, le fragile sortilège de ce moment était anéanti pour toujours. Contre son attente, la reconstruction de Combeferres, support matériel de son rêve, ne lui avait pas rendu le passé comme il l'avait espéré. Chimères et espoir étaient aspirés dans le puits noir d'un futur dévorant. L'oubli était sur le point de gagner, comme il l'avait toujours redouté. Quant à l'avenir qu'il n'avait pas été assez habile pour construire en temps utile, il demeurerait en chantier pour une durée indéterminée, tout autant que Combeferres qui voyait ses travaux suspendus dans l'incohérence et le désordre.

Si aujourd'hui, il ne lui restait que le désir malsain de fouiller avec un amer plaisir le cœur des turpitudes humaines, c'était que éloigner de lui les désillusions de sa propre existence. Il venait de comprendre que toutes les bonnes raisons qu'il s'était données jusque là, comme celle qui consistait à être agréable à Marthe en défendant ses amis, ne le protégeraient pas longtemps de la douleur qu'il sentait revenir et gagner peu à peu du terrain. Elle allait s'emparer à nouveau de lui, identique à celle qui l'avait laissé chancelant des années auparavant, face à la vacuité d'un temps à venir hanté par le spectre redoutable de la solitude. Céleste n'était plus de ce monde, Marthe était loin, toujours plus inaccessible comme un rêve impossible. Evangéline était sous la terre. Et désormais, pour lui, rien ne pouvait plus changer.

<u>**31**</u>

Debrume attendait beaucoup de l'abondant dossier de Nadège qui mettait tant de temps à dévoiler son mystère. Mais il ne réussit pas à convaincre maître Trabon que la défunte pouvait y révéler des faits aptes à éclairer la situation d'un jour insoupçonné et qu'il y avait urgence à procéder à son ouverture.

Si le père d'Evangéline renâclait devant l'insistance de l'inspecteur, ce n'était pas pour mettre une entrave à une enquête dont il n'avait cure, mais pour une raison toute personnelle : il gardait une rancœur manifeste contre lui et ne manquait jamais de la lui signifier. Ce père éploré, prêt à accuser le monde entier de la douleur causée par la disparition de sa fille bien-aimée, le tenait pour responsable de son voyage en Italie aux côtés d'Avrillé où elle avait trouvé une mort cruelle. Il fustigeait ce soi-disant fin limier pour ne pas avoir déjoué à temps les menées de l'assassin : « … Un ex-collègue à vous… vous auriez dû vous en douter ! Quel piètre amoureux avez-vous fait ! Et quel ridicule enquêteur ! » Comme il déroulait ses litanies de reproches à chacune de leurs rencontres, l'inspecteur avait peu à peu cessé de lui rendre les visites de courtoisie qu'il avait d'abord pensé lui être de quelque consolation.

Cependant, Maître Trabon ne pouvait se dérober à son devoir bien longtemps. Dans l'ancienne étude fondée par son grand-père, étriquée et poussiéreuse, aux rayonnages débordant de dossiers oubliés, il accueillit enfin témoins et ayant-droit. En guise d'introduction, il lut à haute voix la lettre de Nadège adressée à Debrume. Puis, sans s'y attarder, il fit un rapide recensement des divers papiers officiels serrés dans la cassette, émanant de différentes administrations. Quelques feuillets liés par un ruban de soie noire retinrent tout à coup son attention. Ils étaient de la main de Nadège et intitulés : « Ma confession ». Après avoir regardé Debrume d'un air étonné, délaissant les autres documents, il choisit d'en faire la lecture en priorité.

« S'il venait à l'idée de quelqu'un d'entreprendre des recherches pour retrouver Aimé Linguier, qu'il ne se donne pas cette peine. Mon époux a quitté depuis longtemps la compagnie des hommes et malgré ses fautes, égales aux miennes et comme elles dues à la cruauté des coutumes et des traditions dont nous avons été les victimes innocentes, si vous gardez quelque souvenir de lui, priez Dieu avec moi pour que son âme repose en paix. Quant à son corps, il a trouvé une sépulture selon ses vœux dans la terre de ses ancêtres, cette terre tant aimée qu'il a perdue un jour, mais qui continue de l'accueillir comme si elle lui appartenait encore. Il y a reçu la bénédiction et les hommages dus aux morts. Nous lui devons de respecter son sommeil éternel après les

terribles vicissitudes que la vie lui a fait traverser. C'est pourquoi je ne vous dévoilerai pas le lieu de sa tombe. Et vous prie de ne pas le chercher.

Cette paix je la lui dois et vous allez savoir pourquoi. Nous fûmes mariés de force par nos pères qui, dans notre union, virent la possibilité de réunir les terres d'un grand domaine, celui d'un ancêtre commun qui l'avait reçu lui-même en héritage. D'héritage en héritage, l'on pourrait sans doute remonter à la nuit des temps : Apreville, dont le nom reste marqué du sceau des villas romaines octroyées aux vétérans des conquêtes de la Gaule, a couvert pendant des siècles la totalité de Couraurgues et de Courrel. Les divers événements historiques qui ont modelé la région ont vu peu à peu le démembrement de ses terres. Je ne sais quel ancêtre féru d'histoire et de généalogie a mis en tête à ses descendants le devoir de les rassembler. Une occasion se présentait pour en réunifier une part importante grâce au mariage de deux enfants innocents. Ils furent promis l'un à l'autre dès le berceau. On les marierait à l'âge vénérable de seize ans et Apreville redeviendrait la place-forte qu'elle avait été, un domaine imprenable sur son éperon rocheux, pour le bonheur d'hypothétiques nouveaux héritiers qui s'emploieraient à l'étendre à leur tour et le feraient prospérer afin de le transmettre dans son intégrité.

Pourquoi Aimé a-t-il, en même temps que le domaine, hérité l'obsession familiale de cette reconstitution ? Je ne saurais le dire. Quant à moi, je ne l'ai jamais comprise alors qu'elle a conditionné ma vie entière tout en la détruisant. Sans cette funeste obsession, j'étais promise à un autre destin. Car j'aimais ailleurs et ce, depuis ma plus tendre enfance. Nous avions grandi ensemble et rien n'aurait dû entraver cet amour si fort qui semblait naturellement destiné à trouver dans le mariage son accomplissement. Mais il y avait l'obsession de nos pères, ce legs néfaste qui avait pétri leur destin. J'ai eu beau me battre, je n'ai pas réussi à adoucir la terrible sentence. Par ma rébellion, je fus réduite à la prison : on m'enferma dans un couvent. Je voulus mourir.

Mon amoureux me croyant à jamais perdue entra en religion par désespoir. Mais Dieu ne voulut ni de lui, ni de moi. Notre amour était plus fort que toutes les lois et les volontés des hommes. Le sort lui-même décida de ne pas s'acharner sur nous et, dans un premier temps, vint à notre secours.

Je m'évadai avec l'aide de ma nourrice qui m'aimait comme sa propre fille et ne voulait pas me voir mourir. Il quitta les ordres. Nous vécûmes notre idylle interdite. J'étais enceinte de quelques mois et nageais dans le bonheur quand les hommes de mon père me reprirent. Je fus mariée dans les deux jours à Aimé Linguier que je n'avais jamais vu de ma vie. Les terres étaient enfin réunies. Basile naquit. Notre vie de malheur commençait. Je la refusais de toute mon âme. Aimé était à mes pieds, heureux que je lui aie donné un héritier. Même s'il n'était pas le père de sang et qu'il le savait, il l'aimait comme son propre fils. Basile a grandi entouré de son amour et l'a toujours tenu pour son véritable père. Grâce au ciel, la jeune Bénédicte entra à cette époque dans la maison pour suppléer à mes manques de mère distraite et peu attentionnée.

J'avais perdu à jamais, tout au moins le croyais-je, la seule raison de mon existence. Il ne me restait plus qu'à attendre la mort. Je passais les deux premières années de cette union que je considérais contre nature, prostrée, immobile, ne m'intéressant à rien et surtout pas à cet enfant qui me rappelait son père ainsi que la faute dont je tremblais qu'elle me soit reprochée à chaque instant, même si pour l'heure, mon mari se montrait compréhensif et aimant. En effet, la gentillesse et le respect dont il faisait preuve adoucissaient la prison de larmes dans laquelle je m'étais enfermée et forçaient ma reconnaissance. Peu à peu, vaincue, je m'abandonnais à cette étrange tendresse installée entre nous. Elle était un baume sur mon cœur que ma passion interdite avait laissé exsangue : quelqu'un auprès de moi, toujours silencieux et attentif à ma douleur, refusait de me voir mourir à petit feu. Pour lui, rien n'était trop beau pour moi. Il me comblait de cadeaux, de bijoux, de toilettes, de chevaux. Pour me distraire, il entreprit de nous faire voyager.

Nos besoins étaient devenus considérables et les finances d'Apreville n'y suffisaient plus. Aimé se mit alors en tête de gagner de l'argent. Ce fut sans doute à cette époque, lors d'un rapide séjour chez ma sœur Elyette à Aix, que le hasard lui fit rencontrer Navel et qu'il eut vent de la construction de rizières en Camargue dont on disait qu'elles rapportaient de gros dividendes. Ne connaissant rien aux affaires, se laissant convaincre par quelque courtier véreux, il se décida à investir sans beaucoup de prudence.

Tandis que la richesse tardait à venir, la première conséquence des efforts et stratagèmes de cet homme obstiné, aimant envers et contre tout, fut que, au lieu de la mort que j'invoquais, c'est ma fille chérie qui s'annonça. Elle arrivait après quatre années de cette union brinquebalante, comme un cadeau du ciel, pensais-je, une promesse de rédemption. Une sorte d'apaisement m'envahit qui ne dura pas. Sous la pression des circonstances, il laissa rapidement place à la tristesse qui m'avait toujours accompagnée depuis la perte de mon unique amour. Or, je devais apprendre que le passé ne s'éteint jamais et que, alors qu'on croit avoir eu raison de lui, il revient fouiller votre âme de ses griffes d'acier, pour révéler ce que l'on tente d'y étouffer dans ses replis les plus profonds.

En effet, le jour du baptême de ma petite Rosine en l'église de Courrel, je vis paraître, aux côtés du bon vieux curé de mon enfance qui devait administrer le sacrement, le jeune homme dont on m'avait séparée en m'arrachant le cœur, le père de mon premier enfant que je n'espérais plus revoir dans ce monde. J'appris par la suite qu'il s'était présenté sous l'identité d'un certain abbé Bonnal. Notre bon vieux curé atteint d'une déficience de la vue qui l'handicapait énormément, ne l'avait pas reconnu : ses yeux ne lui permettaient plus de distinguer la tache de vin que Séverin portait à la main droite. Sans doute fut-il le seul au village, avec sa servante, à ne pas avoir vu ce signe qui l'identifiait entre tous. Certes, Séverin avait beaucoup changé et la servante qui lisait les lettres du curé, n'étant pas native de Courrel, avait l'excuse de ne pas l'avoir connu enfant. Elle ne soupçonna pas non plus que la lettre qu'il présentait était un faux et ne venait pas de Monseigneur. Le pauvre prêtre qui n'avait vu que du feu au subterfuge, précipita, mais bien involontairement, notre malheur. Il n'est certes pas à incriminer : nous avons été seuls à forger notre destin car nous n'avons pas su éviter le piège qu'il nous tendait.

Le jeune abbé Bonnal passa la journée à nos côtés, à Apreville où Aimé donnait une fête somptueuse en l'honneur de la naissance de sa fille. L'abbé, - je crus mourir quand il m'approcha -, me fit des avances désespérées que je refusais de toutes mes forces et avec la plus grande froideur, contre mon cœur bien sûr. Mais j'estimais devoir désormais une droiture irréprochable à ce mari qui m'aimait, ainsi qu'à mes enfants. J'avais tant de fautes à me faire pardonner d'eux ! Malgré tout, je ne mesurais pas encore pleinement le tort que je leur avais déjà fait.

Je ne voulais pas retomber dans le mensonge qui avait causé ma perte une première fois. Je croyais m'en tirer ainsi, mais il n'en fut rien. Aimé avait aussitôt compris, au premier regard, qui était le jeune abbé. Néanmoins, il le laissa fréquenter Apreville les jours et les années qui suivirent. Comme toutes les amoureuses, je tremblais en le guettant de ma fenêtre. Je tremblais davantage en le voyant arriver, et encore plus si quelquefois il tardait. Il chevauchait un âne et avait une allure si humble et anodine que quiconque aurait pu s'y tromper. Mais qui trompait-il ? Quant à moi, je restais inflexible dans ma loyauté, mais à quel prix !

Dans le même temps, Aimé, associé à ce Maurice Navel de malheur rencontré fortuitement à Aix, avait engagé des capitaux *importants dans un projet de rizière. Il eut alors l'idée de voir dans quelle affaire il avait mis les pieds. Un peu tardivement je le déplore, mais cela se passa bien ainsi. Il quitta Apreville pour se rendre en Camargue chez ce Navel qui l'avait entraîné dans une aventure d'où il devait tirer, quant à lui, de gros avantages, contrairement à Aimé qui par là nous conduisit à la faillite. Non, Aimé Linguier n'était pas fait pour faire fortune : il s'est fait rouler toute sa vie et par tout le monde. Il avait cette naïveté des gens honnêtes qui me le rendait attachant. Et je me désespérais d'autant plus de jouer le rôle de femme dévoyée qui était le mien, et de lui avoir fait porter la paternité d'un autre, même si cela ne semblait pas le gêner puisqu'il adorait ce fils qui grandissait à ses côtés et que Basile le vénérait.*

Dès qu'Aimé eut mis un pied en Camargue, notre vie bascula. Les difficultés financières n'eurent plus de fin. Navel mourut deux ans plus tard, après avoir dilapidé ses gains. Sa veuve se trouva dans la détresse et eut toutes les peines à conserver les biens qui lui venaient de son père. Aimé, se sentant en partie responsable de ce désastre, ne savait plus comment faire pour la tirer de l'impasse et sauver sa dot du naufrage. Ainsi prolongea-t-il son séjour et devint-il son amant. Il faut dire que, dans le même temps, il avait découvert les taureaux et s'était lancé dans le commerce de ces bêtes pour lesquelles il avait conçu la passion insensée qui le conduisit à sa perte. Eugénie Navel n'y était pour rien : ce n'est pas pour la manadière qu'il avait perdu la raison, mais pour la manade toute entière. Tentant de sauver ce troupeau d'ancienne race, il se vit entraîné dans des entreprises de plus en plus glauques. Quelques années plus tard, j'appris qu'il s'était engagé dans la contrebande du sel. J'eus du mal à imaginer cet homme si probe et altier, respecté de tous, parcourant les chemins la nuit à la tête de sa troupe de contrebandiers et déjouant les pièges des douaniers. Un bandit des grands chemins, voilà ce qu'était devenu le Maître d'Apreville, héritier d'un domaine qui avait été jusque là sa seule raison de vivre.

Lorsqu'il tomba si bas qu'il ne put plus se relever, le seul pourtant à lui tendre la main fut Séverin Derive. Mis au courant de ses difficultés, il racheta sa dette en échange d'Apreville, lui évitant l'ignominie d'une faillite. Le domaine était sauvé mais il ne nous appartenait plus. De ce jour, on ne vit plus beaucoup Aimé à Apreville. Maître Legal vint y assumer la fonction de régisseur à demeure. Le jeune abbé Bonnal avait renoncé à me convaincre. Après avoir fréquenté Apreville pendant un temps, il ne s'y montrait plus depuis plusieurs années lorsque Maître Legal se présenta. C'était alors un homme mûr, portant barbe et lorgnons. Il avait perdu l'humilité et la jeunesse du religieux et montrait l'autorité nécessaire pour diriger le domaine. Je le reconnus sans hésiter, et l'aurais reconnu même sans la tache de vin à sa main droite.

Le destin nous proposait une nouvelle chance pour la troisième fois. Mon mari m'avait délaissée pour une autre. Vaincue, je cessais de résister. C'est ainsi que, pour mon amour d'enfance, j'ai perdu ma dignité, le respect de mon fils et la confiance de ma fille.

Quant à Aimé, c'était maintenant un vagabond vivant du produit de la contrebande. Sa déchéance n'en finissait pas. Hormis l'affection de ce fils qu'il revenait voir de temps à autre, il n'avait plus rien. Il arrivait une nuit, dormait à la bastide dans son ancienne chambre, mais refusait de dîner à notre table. La cohabitation avec Maître Legal lui était impossible, bien que devant les domestiques ce dernier lui rendît sa place de maître du logis. Le drame était inévitable. De ce drame, mon fils fut le premier témoin. Il en a assumé toutes les conséquences, comme un homme fort qu'il n'est pas encore.

C'était par un temps d'orage. Basile avait entendu son père se lever au milieu de la nuit. Il le vit quitter la bastide, enveloppé de sa houppelande, et il le suivit. Caché derrière un buisson, il perçut d'abord les cris d'une dispute. Le ton montait à l'instar de celui du ciel qui s'était mis à gronder et qui, peu après, déversait sur les deux corps enlacés dans l'affrontement soudain d'une colère farouche, des tonnes d'eau noire et glacée. Sous les éclairs et les coups de tonnerre, Basile observait la lutte enragée de ces deux corps d'homme se vautrant dans la boue comme des bêtes. Il tenta d'intervenir. Mais il avait présumé de ses forces. S'il avait eu l'idée d'appeler les domestiques à la rescousse, son père était sauvé. Je crois que cette erreur a profondément perturbé son jeune esprit et sans doute ne se la pardonnera-t-il jamais.

Aimé mourut lors de cette rixe. N'accusez personne. Ce fut un accident. Et je vous en prie à genoux, ne cherchez pas sa dépouille. Ma conscience me dicte de ne pas vous révéler le lieu de son sépulcre que, sans mes indications, vous ne pourrez trouver. Si je vous fais ce récit, c'est seulement pour que vous puissiez éviter d'autres drames.

Paralysé par sa propre impuissance devant le spectacle de ces deux hommes déployant leur fureur dans une parade mortelle, mon fils n'avait pas douté un instant de la victoire de son père. Quand il constata sa défaite et sa mort, il comprit qu'en dehors de l'assassin, il en était le seul témoin. Il lui parut aussitôt évident que personne d'autre que lui ne devait être au courant de la honte dont son père vénéré avait été injustement la victime. Et pour cela il était prêt à tout comme on l'a vu par la suite. Devant le corps encore chaud, il jura solennellement que l'assassin de son père n'échapperait pas à sa vengeance.

Cette nuit-là, il monta la garde près du cadavre afin de le protéger des attaques des renards et des loups. La nuit suivante il enleva le corps. Après avoir rassemblé les restes déchiquetés, il les enterra dans une sorte de minuscule grotte naturelle connue de lui seul. Le lieu est consacré à sa mémoire. Il réitéra son serment : nul ne saurait jamais qu'Aimé Linguier avait été vaincu et abattu comme une bête que les chasseurs acculent. Nul n'aurait jamais connaissance de la faiblesse du père, de celle du fils et de son lamentable manque d'à propos face à la *cruelle situation. C'est à maintenir ce secret qu'il emploierait le reste de sa vie.*

Jugeant qu'il n'y avait aucune raison de me ménager, mon fils me fit participer aux diverses étapes de cette étrange mise au tombeau : je devais partager avec lui sa douleur, sa honte, son mensonge, tout cela dont il me considérait la seule coupable. Il vint m'éveiller en pleine nuit, me forçant à m'habiller et à venir assister aux obsèques dont il était le seul officiant. Il m'obligea à l'aider à porter la dépouille. Il me dit avec rudesse que les pleurs étaient désormais superflus et arrivaient bien trop tard. Il me fit jurer de garder le silence sur l'événement de la nuit précédente : ce mensonge nous attacherait l'un à l'autre pour toujours, que je le veuille ou non. Il garderait le secret sur la culpabilité de mon amant si je lui laissais les mains libres. Comme je me sentais humiliée et anéantie ! Et comme il avait plaisir de constater qu'il m'avait vaincue ! Cette nuit-là je perdais à jamais mon autorité de mère. Mon fils me méprisait. Il haussait la voix avec plaisir, cette voix d'homme qui lui venait et qui serait bientôt la même que celle de son père. Me dominant maintenant d'une tête et de toute la force de sa jeunesse et de sa morgue, il était devenu le seul maître d'Apreville.

Dès lors, il s'employa à mener une guerre ouverte contre tous les obstacles qui se présentaient à lui. Il me jura qu'il tuerait Maître Legal, qu'il bannirait du domaine sa petite sœur Rosine qu'il détestait. Bref, qu'il me détruirait ainsi que ceux que j'aimais. Il reprenait à son compte la sempiternelle obsession de ses ancêtres, la reconquête des terres. Avec une fanatique certitude, tout en gardant la mort d'Aimé secrète, il se mit en devoir de lui vouer un culte à sa mesure, de le rendre présent parmi les hommes à leur insu, invisible à leurs côtés. Se croyant l'héritier de la puissance que son père tenait des taureaux, il prit l'ascendant sur les domestiques et s'employa à jouir avec le plus grand cynisme de la puissance et de la liberté de ces bêtes, chefs des manades dont son père lui avait tant parlé : le mufle au vent, respirant à pleins poumons l'air du large, mesurant les changements du temps et visionnant les étendues sauvages, ils dominent leur troupeau d'une autorité absolue, avec tout pouvoir de vie et de mort sur lui. Vous avez compris qu'il a également repris à son compte l'autre folie d'Aimé, celle des taureaux.

Pour Basile son père devait rester à jamais le passeur de la force volée aux taureaux mais qui, dans le duel, l'avait trahi. Il refusait cette trahison qu'il considérait accidentelle, un mauvais coup du sort dont j'étais la seule responsable. Il avait le devoir d'en inverser les conséquences. Il se battrait contre la mort elle-même, aidé de la puissance surhumaine lui venant des taureaux. Voilà ce qu'il m'affirmait dans ses délires émaillés de discours hallucinés et incohérents, devant la sépulture de son père. Mais il croyait ferme à tout cela, comme hélas je pus le constater. Et il se mit à peaufiner les rites de la nuit des obsèques, invoquant le dieu des taureaux et glorifiant la mémoire de son père. Il m'a ainsi contrainte, sous les coups et la menace, à répéter ses litanies inventées de toute pièce, pendant des nuits entières, dans le froid, sous la pluie ou la neige, sans pitié pour la maladie qui me rongeait. Puis, comme s'il avait assez de me voir, il me chassait violemment. Alors, sans force, tremblante de fièvre, je le voyais s'allonger à plat ventre sur la terre nue de la tombe. Certes, il croyait ainsi accéder à une communion des âmes par-delà le mystère de la vie et de la mort.

Il m'a harcelée chaque nuit, m'obligeant à l'accompagner devant le sépulcre pour me faire réitérer mon serment, jusqu'au jour où il m'a annoncé qu'il était prêt : à l'aide de la force qu'il cultivait et faisait croître par ses incantations et ses psalmodies, il allait terrasser la volonté maléfique qui s'était abattue sur son père et sur lui-même. Hélas, j'ai la conviction qu'après ma mort il passera à l'acte.

Ce que mon fils ne sait pas, et qu'il ne doit apprendre sous aucun prétexte tant que Maître Legal vivra, c'est que celui-ci est son père de sang : Séverin Derive. Et qu'il les rend, lui et sa sœur Rosine, héritiers de ce domaine d'Apreville racheté à mon époux, ce domaine qui a tant contribué à notre malheur.

Je suis sur le point de mourir. Je vous demande instamment de faire protéger, après ma mort, mon fils de sa propre folie ainsi que Maître Legal, son père, dont les jours sont menacés. Venez en aide à ma fille Rosine qui est sans défense face à la cruauté de son frère. Je vous en prie, soyez vigilants. Personne ne peut avoir une idée de l'horreur de ce qui peut arriver.

Vous trouverez ci-joints, le testament de Maître Legal, à ouvrir après sa mort, ainsi que les preuves que je n'ai pas menti, les comptes détaillés du domaine, déficitaires d'année en année, les documents liés aux différents investissements dans les rizières, les papiers de banque, l'acte qui rend Séverin Derive propriétaire d'Apreville, l'historique des hypothèques, les extraits de la levée des hypothèques, les minutes des différents procès… etc.

Après l'ouverture de ce dossier et lors d'une autre séance, je supplie Maître Trabon de faire lecture du message suivant et de lui seul à Basile et Rosine :

« Je demande à mes enfants de me pardonner. J'ai fait tout ce que j'ai pu pour sauver quelque chose du désastre de nos vies sans y parvenir. Qu'ils pardonnent également à leurs pères, emportés par des passions incompréhensibles. Je n'ai rien à leur laisser sauf mon amour de mère. Qu'ils le gardent pour toujours dans leur cœur. »

Maitre Trabon se tut, laissant son auditoire quelque peu pantelant. Elyette s'éventait abondamment, poussant des soupirs à fendre l'âme, essuyant de temps à autre une larme de son mouchoir de dentelle.

C'est alors que Debrume se dressa d'un seul coup, comme sous l'effet d'une force invisible. Il venait de voir surgir devant lui, mais un peu tard, ce que cachaient les daguerréotypes de HD, cette information qu'il y avait tant cherchée, qu'il avait vue sans la voir et qui lui eût donné l'une des clés de l'affaire : la tache de vin sur la main du jeune abbé Bonnal, bien en évidence, qui identifiait Séverin Derive. C'était cette même tache de vin sur sa main droite que Maître Legal n'avait pas l'idée de cacher, que Debrume avait remarquée plusieurs fois quand il l'avait rencontré non loin du puits de la Font où ils avaient parfois échangé quelques mots. Comment avait-il pu l'oublier ? Les regards, les sourires, l'attitude des corps figés des daguerréotypes, ne faisaient que souligner cette unique information qu'il avait recherchée dans sa mémoire inconsciente jusqu'à en éprouver de douloureuses hallucinations.

Elle arrivait trop tard et ce n'était pas lui mais Nadège qui l'avait formulée. Mais elle était superflue désormais, parce que Debrume avait un autre moyen de confirmer ses déclarations et de confondre le meurtrier de Maître Legal : « Je sais où se trouve le tombeau d'Aimé Linguier, déclara-t-il sur ce ton inimitable qui plaisait tant à Marino. Je sais également où trouver l'assassin de Maître Legal. Le pauvre Hector n'y est pour rien. Comme je l'ai toujours pensé, il a bien fallu que ce soit quelqu'un qui enferme la victime dans l'étable : il l'a donnée en holocauste à son courroux en guidant d'une main invisible l'instinct de chef de meute de ce pauvre animal. Et maintenant nous savons de qui il s'agit. »

32

Vers la fin de l'après-midi, Honoré Deroure prenait le soleil dans son jardin lorsqu'il vit arriver son ami Debrume.
- Vous êtes le bienvenu ! Je ne vous attendais pas, mais comme je garde toujours un petit vin blanc de Bellet au frais au fond de ma

cave… Voici une belle occasion que nous allons fêter ensemble !
Vous me semblez épuisé…

- C'est que la journée fut rude !

- J'ai entendu parler de vos exploits…On ne parle que de vous au village !

- Mes exploits ? Il n'y a pourtant pas de quoi...

- Ce pauvre Basile…, moi qui ai connu son père… enfin, son père…

- C'était à s'y méprendre : on aurait vraiment dit Aimé quand nous l'avons vu surgir comme un fou dans sa tenue de gardian…

- … tel son fantôme…

- Exactement : on a tous cru voir un revenant ! Le garçon avait dû nous apercevoir de loin tourner autour de la tombe. Il nous est tombé dessus avec une telle violence… Il s'en est pris à moi, j'ai cru qu'il allait me tuer. Nous avons eu toutes les peines du monde à le maîtriser. Etonnamment, lorsque nous y sommes parvenus, (nous étions trois hommes, n'oubliez pas !) il s'est immobilisé d'un coup. Il s'est dégagé. Il a reculé de deux pas, en silence. Une atmosphère étrange est alors tombée sur le petit groupe que nous formions. Quelque chose de très confus et douloureux émanait de ce garçon et nous subjuguait. Tel un prince rendant la justice, avec en guise de couronne son chapeau de gardian sur la tête, il trônait sur un rocher. Il s'est mis à nous toiser sans dire un mot. Son calme était effrayant. Tout en nous tenant à distance, il nous évaluait. Puis il a porté son regard droit devant lui, bien au-delà de nous, au-delà des arbres et des rochers. Que fixait-il ainsi ? Le fond de quelles ténèbres ? Sans doute quelque chose qui le terrorisait et que lui seul pouvait voir… quelque chose qui donnait à l'air une lourdeur irrespirable et qui nous clouait au sol. Tout ce qui nous entourait en était saturé. Ce qu'on pouvait lire dans ses yeux faisait froid

dans le dos, … une flamme diabolique... Comment vous dire… ?
Son regard n'avait rien d'humain : c'était comme si nous étions
face à la haine faite personne…

- Comment avez-vous fait pour obtenir ses aveux ?

- Cela n'a pas été facile. Je l'ai provoqué et je l'ai fait sans
mansuétude. Même si cela me coûtait, je n'avais que ce moyen.
Je ne pourrais vous répéter ce que je lui ai dit. Il me regardait,
sans baisser la garde, fier et dédaigneux. Son silence était
toujours aussi terrifiant. Un silence dont les maléfices avaient le
pouvoir de nous priver de parole. J'avais du mal à trouver mes
mots. Et puis tout à coup tout a changé. Il m'a ordonné
violemment de me taire et s'est mis à nous parler comme à des
demeurés mentaux. Sa voix était claire, une voix de tête, et ses
arguments convaincants…, tellement convaincants que pendant
un instant j'en ai eu l'esprit confus. Après les hurlements et les
horreurs dont il nous avait abreuvés, et après l'agression dont
j'avais été le principal objet, sa parole d'oracle était déroutante.
Et il n'en avait pas fini avec sa morgue ! C'était elle qui avait tout
pouvoir sur lui et sur nous. Elle lui faisait revendiquer haut et
fort sa vengeance et ce grand honneur de l'avoir accomplie sans
l'aide de personne. Il a clamé sa culpabilité comme il l'eût fait
d'un exploit chevaleresque : le meurtre de Maître Legal donnait
sens à sa vie... Il y avait pensé depuis toujours. Mais que signifiait
toujours pour un garçon de cet âge ?

Puis, comme un vol d'oiseau de mer tombant sur nous,
son rire a éclaté, un rire fou qui glaçait le sang. Il n'était pas facile
de comprendre son discours haché, mais il devint vite clair qu'il
se moquait de Gigi qui avait prétendu lui faire la morale et qu'il
avait réussi à piéger. Il le traitait d'imbécile et d'autres
qualificatifs moins mesurés et se réjouissait de le voir bientôt
accusé de viol et d'autres sévices sur sa sœur. Toujours arborant

le chapeau de gardian de son père (et là, au fait, Pierin' a bien raison, ce chapeau n'a rien à voir avec ceux qu'on porte ici), il s'est moqué de Pierin' qui avait cru voir Aimé alors qu'il était déjà mort et que c'était lui qu'il voyait, le fils d'Aimé. Puis il a voulu à nouveau me frapper en me reprochant de m'être mis sur son chemin. Ses forces étaient décuplées. J'ai alors compris ce que signifiait cette expression qu'on emploie à tort et à travers « être hors de soi ».

La scène a été éprouvante pour tous. Elyette s'est trouvée mal. Vous pensez bien que j'avais pris soin d'avoir tous les témoins possibles avec moi. Et ce fut une heureuse précaution. Marino et Jobelin n'ont pas eu trop de leur robustesse pour me tirer une nouvelle fois des griffes de ce garçon qui ne connaît pas sa force. Le juge, qui repart ce soir même, m'a affirmé qu'il n'a jamais été confronté à une telle chose, et pourtant, dit-il, il en a vu de toutes les couleurs dans sa carrière.

Mais c'est un peu plus tard que j'ai pris la mesure du désespoir de cet enfant, au moment où il a voulu nous montrer à quel point il ressemblait à son père, le défunt Aimé. Il s'était mis à cabotiner, à nous montrer le chapeau d'Aimé que Legal s'était d'abord approprié, à prendre des poses en se moquant de nous. J'ai pris alors conscience que ce garçon ne savait pas qu'Aimé était son père adoptif. Et, j'ose le dire, j'ai espéré qu'il ne saurait jamais qui était son père de sang. Non, il n'y a aucun doute sur la culpabilité de ce pauvre Basile, hélas !
- J'ai entendu les commentaires. Les villageois étaient anéantis de voir tant de cruauté et de cynisme chez un enfant. L'enfant, symbole d'innocence et de pureté, auquel on croit devoir cacher les turpitudes des adultes ! C'était comme s'ils venaient de découvrir la laideur, la bêtise, la méchanceté du monde... Ils constataient avec effroi que le Bon Dieu lui-même ne pouvait les

empêcher. Certains en voyaient leur foi toute chavirée. On se demandait tout à coup si Dieu était vraiment tout puissant, lui qui ne peut éviter le mal, ou s'il était vraiment aussi bon qu'on le dit, puisque, étant tout puissant, il permet l'existence du mal. Il y a eu de grandes discussions à ce sujet. Les esprits s'enflammaient. Les bigotes morigénaient les sceptiques : le Bon Dieu n'y était pour rien, c'était le Diable qui avait posé sa main crochue sur Apreville et pris possession de l'âme de Nadège en la faisant sombrer dans le péché de chair. Le vent du doute s'est un peu apaisé quand on a fait appel aux services du Malin. Mais les esprits sont restés confus. Je ne doute pas que Monsieur le Curé aura tôt fait de remettre de l'ordre dans tout cela. C'est son métier de remettre la foi sur ses rails et les têtes à l'endroit !

- Basile n'est qu'un enfant malade, qui a souffert et qui souffre le martyre. Sans la cruauté délirante de ceux qui ont détruit la vie de ses parents, un si grand malheur ne serait pas retombé sur lui en faisant tous les dégâts dont nous avons eu le désolant spectacle. Et dire qu'au départ tout l'enjeu n'était qu'un arpent de terre ! C'est ridicule !

- Il sera jugé croyez-vous ?

- J'espère en tous cas qu'on aura quelque pitié pour lui : sa souffrance est inhumaine…

- Enfin, je suis heureux de voir que vous avez brillamment mené à terme cette enquête ! En plus des aveux, vous avez pu réunir des preuves…

- Arrivé à ce point, ce n'a pas été le plus difficile. C'est l'orgueil démesuré de Basile qui nous y a aidés. En effet, dans tous les cas, il est toujours poussé à satisfaire son orgueil plutôt qu'à obéir à la prudence. Quelques autres perfides provocations de ma part l'ont poussé à faire état de ce qu'il considère comme sa glorieuse prouesse. Il a voulu nous montrer qu'il possédait une preuve tangible de l'assassinat de son père par Legal. C'est lui qui nous a dit exactement où creuser la roche. Nous y avons trouvé les restes du corps d'Aimé Linguier. Ils étaient exactement à l'endroit auquel j'avais pensé, enfouis dans cette faille du soubassement d'Apreville évoquée par Nadège dans sa confession. Ce ne sont que des morceaux… Il a dû dépecer le corps pour pouvoir les y mettre, imaginez… en présence de sa propre mère…

Malgré les hommages à son père qu'il répétait toutes les nuits devant son tombeau, personne n'y a vu que du feu, ou n'a voulu rien voir. Certes, il a choisi un endroit qui ne pouvait éveiller les soupçons. Cet endroit lui est cher depuis sa petite enfance : sa bonne, Bénédicte, entrée à l'âge de quinze ans au service des Linguier pour s'occuper de lui, venait l'y promener et c'est là qu'elle lui a fait faire ses premiers pas, elle me l'a dit. Plus tard, il y cachait des jouets, des friandises, des livres et s'y réfugiait des journées entières. Bref, il est très possible que personne n'ait jamais eu l'idée d'y voir un tombeau clandestin.
- C'est vous qui l'avez compris ? Mais comment ?
- Parce que, quand l'insomnie me torture… enfin vous savez tout cela ! Je vous l'ai dit, j'ai vu briller cette lumière et j'ai été tellement ébahi par la scène que je suis revenu presque toutes les nuits. Je croyais à un jeu, certes bien étrange. Mais quand vous m'avez parlé de la passion d'Aimé pour les taureaux, je me suis rendu compte que tout concordait pour que ce jeu ne soit pas innocent : ces rites, ces incantations, le trophée, la passion insensée d'Aimé, la terreur de Rosine, le désespoir de Nadège, les secrets d'Apreville dont tout le monde parlait mais dont je ne savais rien, tout cela avait forcément un lien. J'ai acquis peu à peu la conviction qu'il pouvait s'agir de quelque chose qui n'avait rien à voir avec un jeu, mais je n'aurais jamais soupçonné que…

Bref, je n'ai eu l'idée du sépulcre qu'à posteriori, après les révélations de Nadège, hélas, je dois le reconnaître… Et il n'y a pas de quoi se vanter !

- Enfin, on se demande comment un enfant a pu avoir tant d'imagination. A l'aide de sa mère m'a-t-on dit ? Etait-elle aussi dérangée que lui ?

- Si ses malheurs ont rejailli sur son fils, pour tout le reste elle n'y est pas pour grand-chose. Elle n'a fait qu'assister aux obsèques sanglantes sous sa menace. Elle n'était pas folle, simplement désespérée. Et elle avait perdu depuis longtemps tout ascendant sur lui !

- Et, dans vos provocations, vous n'avez dit à aucun moment à ce garçon que Maitre Legal - Séverin Derive- cet homme dont il a organisé la mort, était son père de sang…

- Je ne pouvais prendre une telle responsabilité. Seuls les juges décideront si l'on doit encore grever sa souffrance d'une telle révélation… Sera-t-il soumis à la peine capitale ou à la camisole de force et à la réclusion *ad vitam* dans un asile ? … Les spécialistes des maladies mentales auront-ils leur mot à dire ? Malgré les progrès de la science, la médecine reste impuissante dans ce domaine, et le rôle de la justice ne se limite qu'à empêcher le sujet de nuire davantage. Quant à moi, en ne prenant pas la responsabilité de lui dévoiler la vérité, comme je vous l'ai dit, je n'ai fait que respecter les dernières volontés de sa mère avant même de les connaître. Je m'en suis tenu à mon devoir de policier : faire arrêter un coupable, disculper un innocent. Et je dois vous avouer que j'ai eu beaucoup de chance, mais il s'en est fallu de peu : j'ai failli m'acharner contre un autre qui n'y était pour rien… Si j'avais persisté dans cette voie… en y pensant j'en ai froid dans le dos ! Comment aurais-je pu me pardonner cette lamentable erreur ?

- Gigi va sortir de prison. Je m'en réjouis pour les piémontais qui ont été traités comme des brigands à leur arrivée à Couraurgues. Après la mort de Legal, quand Gigi a été arrêté, les villageois voulaient tomber sur leur campement à bras raccourcis et détruire tout ce que ces pauvres gens avaient eu tant de mal à rassembler pour survivre, et là aussi, il s'en est fallu de peu.
- D'après Pierin', des attaques de cette sorte avaient déjà eu lieu mais elles venaient des gens d'Apreville. C'est à cette occasion qu'il a vu ce fameux chapeau, je vous le rappelle et qu'il a cru identifier Aimé. Or, c'était juste après sa disparition. Il y a eu des blessures graves de part et d'autre en particulier pour Pierin' qui en souffre encore. Mais les piémontais préfèrent qu'on les oublie. Ils m'ont affirmé qu'ils n'en diraient rien à la police.
- En fait c'est ce chapeau de gardian, celui d'Aimé, qui a tout déclenché dans votre esprit. Alors que tout le monde a cru que le Maître d'Apreville n'avait pas disparu en mer mais était revenu pour se venger...
- Parce que c'est à partir de là, en effet, que les langues se sont déliées. Basile a maintenant la carrure d'un homme, il est aussi grand qu'Aimé. Pierin' n'y voit pas beaucoup. De loin, la taille a suffi à le convaincre qu'il s'agissait du Maître d'Apreville, le seul qu'il connaissait pour l'avoir vu seulement quelquefois, Aimé Linguier. En fait Maître Legal, devenu régisseur, avait aussi adopté cet accoutrement, en l'absence d'Aimé et après lui. Mais, quand on a su Maître Legal assassiné, comme on a revu cette silhouette d'Aimé tellement identifiable, personne n'a pensé à Basile qui ne se montrait jamais ainsi. J'ai compris plus tard qu'il ne portait cette tenue qu'il jugeait sacrée que lorsqu'il accomplissait un acte concernant son père. Tout le monde a donc cru dur comme fer qu'Aimé était revenu et qu'il avait accompli sa vengeance.

Mais je n'étais pas convaincu de ce retour d'Aimé, à cause de ce que j'ai appris en Camargue à son sujet… Après avoir observé assidûment Apreville, j'ai pensé qu'il était nécessaire de procéder à de nouveaux interrogatoires. J'ai eu des réponses différentes de celles qu'avait obtenues Marino en mon absence. En les recoupant, j'ai eu connaissance d'un infime détail qui changeait tout pour moi et m'a empêché de m'enfoncer plus avant dans l'erreur. Contrairement à ce qui m'avait d'abord été rapporté, Casimir, s'il était accepté par Hector dans l'enceinte de son étable, ne pouvait approcher l'animal à moins de dix pas. C'était Basile qui avait le soin quotidien de l'animal : il l'avait adopté comme compagnon de jeu, c'était un cadeau de son père. Depuis qu'on avait enfermé cette bête dans son étable puante, il était bien le seul à pouvoir le détacher. Il passait son bras autour de sa puissante encolure et la bête se frottait contre lui pour le saluer. En le voyant dominer ce monstre qui les terrifiait, les domestiques avaient fini par avoir du respect pour Basile, puis s'étaient mis à le craindre quand il avait formulé des menaces, puis à lui obéir au doigt et à l'œil car ils le croyaient doté de pouvoirs occultes : voir cet animal sauvage devenir doux comme un agneau sous l'autorité d'un gamin, les subjuguait. Ils savaient ce qu'il pouvait faire d'un coup de corne ! Il y avait déjà eu des morts et des blessés, raison pour laquelle Aimé lui-même avait pris la décision d'enfermer Hector.

De son côté, Bénédicte a finalement avoué qu'elle passait toutes ses nuits avec Casimir, ce qui a été confirmé par les divers témoignages des femmes de chambre. On ne peut imaginer comme les gens s'épient sans cesse et savent tout sur tous !
- Bénédicte redoutait tellement pour sa réputation qu'elle préférait envoyer Casimir à l'échafaud plutôt que déclarer qu'elle n'était plus vierge…

- Oui, j'ai failli, à cause de cette hypothétique virginité, commettre bien des erreurs. J'étais vraiment sur le point d'arrêter Casimir. Je n'avais rien contre lui pourtant, je n'aurais même pas dû le soupçonner un instant. En fait, cette histoire me torturait tellement qu'il me fallait à tout prix un coupable, ce qui prouve que je ne suis pas fait pour ce métier.

- Certes le sort vous est venu en aide, tout est tombé à point nommé. Mais au final, vous avez fait votre travail et vous l'avez mené à bien.

- C'est une erreur impardonnable, une hérésie de compter sur le sort quand on enquête. Mais oui, le sort m'a aidé. Pourtant que d'erreurs n'ai-je pas commises ! Par exemple, j'avais vu quelque chose, mais je ne savais quoi, sur vos clichés du baptême. Cela m'a préoccupé longtemps sans que je puisse y mettre la main dessus. Si j'avais eu plus de clairvoyance, en identifiant la tache de vin de l'abbé Bonnal, j'eusse fait le lien avec Maître Legal et compris plus tôt qu'Apreville était installée sur une poudrière. L'autre erreur a été de ne pas avoir compris que Rosine était persécutée par son frère depuis son enfance. Pour Gigi, cela était d'une telle évidence qu'il ne m'en a même pas parlé. Il considérait que Basile était un enfant à éduquer, un pauvre orphelin sans guide. Il a essayé de l'aider, de le morigéner avec le résultat qu'on sait. Hélas ! Que de failles dans mon enquête ! Et aussi : si je n'étais pas parti en Camargue sur les traces d'Aimé, peut-être eussè-je empêché ce meurtre. Mais le sort en a décidé autrement… et c'est moi qu'il a épargné en m'évitant de commettre la plus grosse erreur de ma carrière !

- Y a-t-il des métiers sans prise de risque ? Si vous voulez en changer, faites donc de la politique. Il y faut de l'imagination et de l'esprit, ce qui ne vous fait pas défaut, et on peut toujours s'arranger pour justifier toutes les erreurs !

- J'y penserai… !

- En fait, vous n'aviez qu'un but, j'imagine : à tout prix sauver Rosine et Gigi pour les beaux yeux de Marthe. Et vous avez réussi.

- Certes, si Gigi avait été convaincu de meurtre, l'opprobre serait retombé sur les républicains italiens, y compris Marthe. Il me fallait le sauver à tout prix.

- Bref, c'est encore pour elle que vous vous êtes autant démené, avouez-le !

Debrume eut un temps d'arrêt, puis secoua la tête. Ses yeux, d'un bleu limpide mais terne en ce jour d'épreuve, s'illuminèrent tout à coup.

- Allez savoir…

- Et Elyette qui ne cesse de soupirer après vous et dont les charmes ne peuvent passer inaperçus ! Quel ingrat vous faites !

- Elle est pourtant si envoûtante ! Mais ce qui me lie à Marthe est d'une autre nature, vous le savez bien… Et vous savez aussi… que cela ne peut s'expliquer avec des mots.

- En fait, c'est Marthe que vous attendez depuis toujours, et je suis sûr que vous l'attendiez déjà bien avant de rencontrer Céleste !

- Peut-être… De toute façon, que faire désormais à part attendre… ?

- Tout au moins, c'est bien ce dont vous voulez vous persuader. Il y a quelque chose de rassurant dans l'attente. Elle permet de différer les décisions. Et donc, elle est une manière de donner un sens à la vie qui n'en a guère par ailleurs… Elle nourrit les rêves et les espoirs les plus fous. Mais, en revanche, vous avez raison, l'existence ne vaut rien sans rêve. Et les rêves d'amour ne sont-ils pas les plus beaux ?

<u>33</u>

« … il bel paese

ch'Appennin parte, e'l mar circonda et l'Alpe. »

Pétrarque CXLVI

Journal

28 septembre 187…,

Le calme est enfin revenu à Couraurgues, encore une fois et pour une durée indéterminée. On a repris les anciens travaux, retrouvé l'apaisement des anciennes croyances, célébré la fête patronale dans le respect des traditions. En se confortant dans le bien-être des certitudes établies, chacun s'emploie à effacer le souvenir de cette famille qui a répandu autour d'elle un malheur dont personne ne veut plus entendre parler. Aujourd'hui, c'est comme s'il ne s'était rien passé à Apreville. Tel est le pouvoir de l'indifférence…

On a moissonné. La récolte a été bonne et engrangée à temps. Juste après la fête de la moisson, précis au rendez-vous, sont venus les orages. L'automne s'annonce serein et l'hiver tranquille : avec l'aide de Dieu, on fera reculer le vertige de la misère et de la solitude. Tel est le pouvoir de l'espérance.

Quant à moi, j'attends le retour de Marthe. Honoré a raison. L'attente peuple ma vie et nourrit mon rêve. Mais il se pourrait qu'un jour elle ne suffise plus…

Gigi est sorti de prison, amaigri, le visage hâve. Il a été fêté par ses pairs comme un héros. Mamma Marietta est également de retour. Elle lui concocte les bons petits plats piémontais qu'il affectionne. Je suppose que leur rusticité lui ramène les goûts inoubliables de l'enfance que nos palais frelatés d'adultes espèrent toute leur vie retrouver intacts. Mais l'enfance a disparu, et le rêve que l'on fait d'elle, si essentiel et si fragile, perd de son acuité au fil des jours. C'est de ce rêve qu'on finit par garder la nostalgie.

A Combeferres, les travaux ont repris de plus belle. Nos piémontais, lavés de tout soupçon, ont retrouvé l'ardeur au travail qui les caractérise. Un bourdonnement incessant de voix et de mouvements est revenu habiter le domaine. Ils ont posé hier la dernière tuile et la maison est désormais hors d'eau. Les orages d'automne peuvent gronder, ils ne la feront plus trembler sur ses fondements. Une équipe s'est mise à la menuiserie d'arrache-pied, tandis qu'une autre termine les planchers. Je gage qu'avant l'hiver, on pourra faire le premier feu dans la maison dûment fermée, prête à affronter le froid.

Depuis qu'elles ont quitté le Couvent de Notre-Dame-des-Ormeaux, Rosine et Mamma Marietta ne se quittent plus. La petite aide la vieille femme dans les tâches ménagères les plus lourdes, comme si elle éprouvait un réel plaisir à lui être utile. Et de son côté, Mamma Marietta la traite avec l'affection d'une grand-mère. Déjà, Rosine parle le piémontais.

Bénédicte et Casimir, qui se sont enfin mariés après de longues années d'une liaison clandestine et qui dirigent maintenant Apreville d'une main de fer, sont contrits de cette situation. Bénédicte a essayé d'enfermer l'enfant dans sa chambre, mais celle-ci s'en est évadée en faisant une corde à l'aide de ses draps comme dans les livres d'aventure. Le couple d'intendants ne juge pas convenable, pour une jeune fille de bonne famille, de fréquenter des tâcherons si peu nantis et étrangers de surcroît. Ils se haussent du col depuis qu'ils ont reçu leurs nouvelles fonctions de Maître Trabon, le tuteur des enfants. Quant à Elyette elle se dit prête à adopter sa chère nièce. Elle veut l'emmener loin d'Apreville pour la préparer à faire son entrée dans le monde. Mais Rosine n'est pas d'accord. Il n'est pas pensable pour elle de s'éloigner de la tombe de sa mère et de Mamma Marietta et de Gigi qu'elle considère comme ses sauveurs.

Si Marthe revient, elle pourra peut-être calmer l'empressement d'Elyette à lui trouver un riche mari. Le tuteur légal, Maître Trabon aura aussi son mot à dire. Qui sait s'il n'a pas déjà un peu d'affection pour Rosine qui lui rappelle sa fille Evangéline avec laquelle elle partage le goût des chevaux et de la vie au grand air ? Je le vois souvent se rendre à Combeferres lui faire une petite visite, histoire de s'assurer que tout va bien pour elle.

Rosine aime Apreville. Elle monte à cheval comme une sauvageonne. Bien que très jeune, elle a autant de connaissances en matière d'élevage et d'exploitation agricole que son frère Basile qui a eu le mérite, pour s'éviter de la peine, de lui avoir appris ce qu'il savait et qu'il tenait de son père et de Casimir. Elle fera une belle amazone si on ne l'enferme pas dans un couvent pour lui apprendre la broderie et les bonnes manières.

Mais il se peut qu'Elyette change d'avis à son sujet (« la donna è mobile » comme chacun sait !) Car Elyette me semble avoir la tête à d'autres intérêts pour le moment. J'ai quelque idée sur la question mais, pour en avoir le cœur net, il faut que je fasse subir un interrogatoire serré à ce filou de HD.

29 sept. 187…

Je ne cesse de penser à ce qu'a dû vivre ce malheureux Basile. Emporté dès le berceau dans la plus dure des réalités, il n'a pas eu le temps de s'attarder aux jeux de l'enfance. Le rejet, la cruelle indifférence de sa mère, son esprit fantasque, son étrange maladie l'ont détourné d'elle et lui ont fait vouer un amour démesuré à celui qu'il croyait être son père : il s'est accroché à lui comme à une planche de salut. Certes, le naufrage de la famille était entamé avant le mariage forcé de ses parents ; la planche était véreuse. L'amour de ce père attentif n'a pas suffi à sauver le pauvre enfant. Linguier aimait son fils adoptif. A-t-il pu le dresser à la haine contre son rival, son père de sang ? S'il l'a poussé au parricide… qui est le véritable coupable du meurtre de Maître Legal ? Voilà qui donnerait un éclairage terrible à cet Aimé Linguier que tout le monde considère comme la seule et principale victime du drame. Mais ce ne sont que conjectures. Coupables et victimes, ils le sont tous les uns des autres.

J'ai eu beaucoup de chance : mon enfance comparée à celle de Basile fut une enfance heureuse malgré son immobilité qui me plongeait dans une mélancolie tenace. Immobile, je l'étais, de toute la force de mon âme. J'avais sans cesse devant moi la menace de la mort de ceux que j'aimais et dont je sentais la fragilité. Est-ce que j'attendais seulement le moment où il me serait permis de vivre ?

Basile passera bientôt devant les tribunaux. Jobelin me dit qu'on l'enfermera dans un de ces asiles, hélas, où toutes les douleurs du monde sont concentrées. Il finira sa vie enchaîné à la camisole de force, unissant ses cris, ses pleurs et ses rires de dément à ceux d'autres déments comme lui, dans un parfait unisson, ne percevant plus du monde que le malheur qui l'a transformé en assassin.

Je me demande parfois ce qu'il eût fait, si on lui avait révélé, au moment où il a conduit Maître Legal, drogué et vacillant face à Hector, que celui-ci était son père de sang. A l'instant où il a froidement détaché la bête et s'est éloigné après avoir tourné la clé dans la serrure, laissant cet homme seul, sans force, face au taureau furieux, cet homme qui était son père, une telle révélation eût-elle mis fin sur le champ à la tâche qu'il s'était assignée depuis des années ? Mais ce ne sont, là aussi, que conjectures. D'ailleurs, peu importe l'identité de l'homme qu'il a donné en pâture à la fureur d'Hector. La vie est sacrée, bien que les hommes, depuis la nuit des temps, s'emploient à s'entretuer allègrement pour toutes sortes de bonnes raisons qu'ils se donnent. Et Basile a tué de sang-froid.

5 octobre

Le village baigne encore dans une sorte de léthargie bienheureuse, celle d'après les moissons et d'avant les labours.

J'apprécie la beauté qui se dégage de cet apaisement. La moindre plante, le moindre coin de mur en sont empreints.

J'ai reçu hier une lettre de Marthe. La première depuis mon retour de Camargue. Pour y voir plus clair, je parlerai demain avec HD : il n'y a que lui pour me dire les paroles qu'il faut…

9 octobre,

Je n'ai trouvé personne chez Honoré. Il avait laissé un mot accroché à sa porte qui m'était destiné. Il est parti avec tout son matériel de campagne et me promet de merveilleux daguerréotypes, une belle surprise, dit-il ! Il ne sait pour combien de temps il sera absent. Aurais-je vu juste ? N'aurait-il pas rejoint Elyette quelque part en Provence ? Le vieux coquin n'en dit rien et laisse planer le doute ! Mais pour ce qui me concerne, je devrai me passer de son avis…

24 octobre

Aujourd'hui, les labours sont interrompus. De terribles orages ravagent Couraurgues. On se réfugie dans les maisons et on allume les chandelles en plein jour. Une odeur de feu de bois et de poussière mouillée monte du sol. Personne dehors. Les caves ouvertes exhalent leurs odeurs d'abandon. Des torrents dévalent les rues. C'est la purification par l'eau, mais autour du village, sur les pentes du Couron, de multiples murets de pierre sèche devront être reconstruits… du travail pour les bergers….

Après la pluie, je me suis promené avec Icare que l'orage a énervé et qui n'en pouvait plus d'être enfermé depuis la veille. De loin, j'ai vu une petite fumée monter de Combeferres : signe que la première cheminée est entrée en fonction. Mais, de même qu'au village et à Apreville, pas un chat dehors. L'orage, terrifiant comme souvent en cette saison, semble avoir ratissé toute vie humaine. J'ai repensé à la lettre de Marthe. Désormais, je dois prendre ma décision seul…

28 octobre

Elle ne reviendra pas à Couraurgues de si tôt me dit-elle : Corsan a été élu député de l'opposition au Parlement de Turin. La construction de l'Italie requiert toutes les forces, même les plus anciennes, les plus usées. Garibaldi s'est retiré à Caprera. Mazzini est mort en 1872. Ceux de cette génération qui ont encore quelques forces à mettre au service de la nation naissante les utilisent à bon escient. Corsan ne manque ni du courage ni de la persévérance qui l'ont accompagné tout au long de sa vie.

Marthe et Utto s'apprêtent à suivre le couple à Turin. Marthe ne veut plus quitter Elodie dont la fragilité l'inquiète de plus en plus : c'est auprès d'elle qu'est sa place, quoi que cela lui en coûte et que leur vie ne soit pas facile, affirme-t-elle. Elle me demande avec insistance de la rejoindre : elle me le demande comme une faveur extrême que je lui ferais… Encore une fois, elle compte sur moi, dit-elle…

L'amnistie ayant été promulguée, Gigi et son équipe pourront quitter Combeferres à la fin de l'automne. Ils abandonneront le chantier pour l'hiver où les travaux deviennent impossibles à cause de la neige et du froid. Ils reviendront au printemps pour terminer leur tâche. Je partirai au même moment qu'eux, sans doute une quinzaine après Toussaint.

Je ne passerai donc pas l'hiver à Couraurgues. Cette année, je ne verrai pas les paysages enneigés, le village frileux, paralysé de froid. Il s'endormira sans moi et je pourrai rêver de lui, de sa léthargie enchanteresse. Et quelle nostalgie quand je penserai à mes déambulations nocturnes dans le brouillard, à mes courses derrière un fantôme évanescent dans la montagne figée sous le soleil d'hiver et sous la lumière aiguë de la tramontane !

Je n'aurai pas le cœur d'abandonner Icare à Marino. Je quitte Couraurgues à contrecœur, car là est le lieu de mon salut, le seul, tout au moins, que je puisse imaginer. Mais la vie appelle. Elle ne promet rien, ni le salut, ni autre chose, seulement cette succession de jours à vivre, sans but, guidés par le hasard.

Je vais retrouver dans l'action l'illusion apaisante d'avoir oublié Céleste et mon deuil impossible jusqu'à ce que la douleur me rattrape : on n'échappe pas à sa prison, on n'échappe pas à soi-même. Et la douleur passe parfois par d'étranges méandres souterrains, oubliés et secrets, avant de ressurgir au moment où l'on s'y attend le moins... Je n'en aurai jamais fini avec elle, je le sais.

Si je pars après Toussaint avec l'équipe de piémontais, je ne laisserai pas Icare, c'est décidé.

29 octobre

Quelque chose dans l'air a changé : le silence soudain sous le soleil pâle de l'automne est revenu. Ce silence assourdissant à force de présence. C'est lui qui fait rougir les érables et jaunir les tilleuls. Et qui me donne cette joie, cet espoir, comme si je retrouvais tout à coup mes forces de jeune homme...

Les labours ont recommencé, bientôt les semailles..., la vie continue ainsi que le cycle des saisons.

30 octobre

J'ai vu arriver la patache aujourd'hui, alors que je me promenais à Terpane. Il y avait pour moi un courrier de mon ami Honoré. Il m'envoie un merveilleux cliché de « son modèle préféré », en me recommandant la plus totale discrétion. Evidemment ce cliché n'est pas à mettre entre toutes les mains, le modèle s'y montrant particulièrement complaisant et fort peu vêtu... Il s'agit bien évidemment d'Elyette que le vieux filou a réussi à séduire malgré ses cheveux blancs. Il l'a également convaincue de poser une nouvelle fois pour lui dans des tenues très suggestives. Le résultat est un bel hommage à sa beauté. Il habite chez elle à Aix, pour une durée indéterminée me dit-il, et il me demande de lui écrire à son adresse. Il se dit satisfait de pouvoir mettre la touche finale à l'œuvre majeure de sa carrière de photographe. Il a même l'air de baigner dans le bonheur.

J'aurais pu profiter de ce bonheur à sa place. Mais je ne regrette rien. J'ai d'autres désirs et je cours après eux encore et toujours sans me lasser, car ils sont ma seule vérité. Un miracle pourrait se produire : Marthe et moi pourrions découvrir une évidence qui nous aurait échappé jusque-là…

La Grange, le 13 juillet 2015/ La Colle, le 11 mars 2017.

<u>Principaux noms de personnes</u>

- Charles Debrume, ancien inspecteur, de retour à Couraurgues.
- Cendrine est sa servante
- Marthe Regardini habite Combeferres que les villageois continue d'appeler le château. Fille de Roberto Regardini, patriote républicain militant et lié aux Corsan pour la cause républicaine italienne. Marthe est l'amie de Debrume.
- Céleste épouse décédée de Debrume
- Le juge d'instructions Jobelin, est l'ami de l'inspecteur Debrume.
- Brigadier Marino, en attente d'un poste après la chute de l'empire
- Docteur Courbet
- Maître Trabon, notaire et père d'Evangéline, marquise de Bourdaine
- Courrel le Curé de Couraurgues.
- Bénédicte, nourrice de Rosine, femme de chambre de confiance de Nadège puis, après sa mort, devient la gouvernante du domaine d'Apreville.
- Casimir, régisseur du domaine, supplanté par Maître Legal.
- Maître Legal, régisseur d'Apreville.
- Aimé Linguier, propriétaire du domaine, époux de Nadège, soit disant disparu dans un naufrage.
- Nadège Linguier, née Ventaroux, épouse d'Aimé.
- Rosine Linguier fille d'Aimé.

- Basile Linguier, frère de Rosine, héritier d'Apreville
- Gigi, un des piémontais protégés par Marthe, fils de Mamma Marietta
- Mamma Marietta
- Pierin', le piémontais blessé
- Beppino, un des piémontais
- Honoré Deroure, dit HD, photographe, ami de l'inspecteur Charles Debrume
- Benjamin Gaspard, géologue, ami de Debrume
- Juge Jobelin, juge d'instruction et ami de Debrume
- Ventaroux, père de Nadège Linguier et d'Elyette de Montbazin
- Elyette de Montbazin, née Ventaroux, sœur de Nadège. Elle est la cadette de la fratrie
- Eugénie Navel, habite le mas du Pont de Rostagne en Camargue, épouse de Maurice Navel
- Maurice Navel, époux d'Eugénie, gère le Mas et devient l'associé d'Aimé dans l'exploitation de rizières et de salines qui les conduit à la ruine.
- Yvon, palefrenier du Mas du Pont de Rostagne
- Séverin Derive, amoureux de Nadège Ventaroux
- Abbé Bonal , présent au baptême de Rosine aux côtés de Nadège est le faux nom de Severin .
- Hector, le taureau.

<u>Principaux noms de lieux fictifs</u>

- Couraurgues
- Courrel, village limitrophe de Couraurgues, résidence des Ventaroux
- le Fossan, petite rivière qui longe le domaine d'Apreville et se jette dans le Can
- le puits de la Font se trouve sur les terres d'Apreville
- Combeferres, domaine de Marthe Regardini est en cours de reconstruction après l'incendie qui l'a ruiné quelques années auparavant (cf Selon le feu)
- Montbazin, village de la Drôme provençale, résidence d'Elyette qui a épousé le baron de Montbazin
- le bac de la Ravenière en Camargue
- le Mas du Pont de Rostagne, résidence d'Eugénie Navel, veuve de Maurice Navel
- le Pont de Rostagne
- Couvent de Notre-Dame des Ormeaux, près de la ville de V.